Harald Martenstein
Heimweg

Harald Martenstein

HEIMWEG

Roman

 PENGUIN VERLAG

Sollte diese Publikation Links auf Webseiten Dritter enthalten, so übernehmen wir für deren Inhalte keine Haftung, da wir uns diese nicht zu eigen machen, sondern lediglich auf deren Stand zum Zeitpunkt der Erstveröffentlichung verweisen.

Verlagsgruppe Random House FSC® N001967

PENGUIN und das Penguin Logo sind Markenzeichen
von Penguin Books Limited und werden
hier unter Lizenz benutzt.

1. Auflage 2020
Copyright © 2007 by C. Bertelsmann Verlag,
in der Verlagsgruppe Random House,
Neumarkter Straße 28, 81673 München
Umschlag: Hafen Werbeagentur, Hamburg
unter Verwendung eines Motivs © ullstein bild – Oscar Poss
Satz: Buch-Werkstatt GmbH, Bad Aibling
Druck und Bindung: GGP Media GmbH, Pößneck
Printed in Germany
ISBN 978-3-328-10576-3

www.penguin-verlag.de

Dieses Buch ist auch als E-Book erhältlich.

1

Die Heimkehr meines Großvaters aus dem Krieg stand unter keinem guten Stern. Als seine Gruppe am Bahnhof ankam, zwanzig dünne Männer in grauen Wattejacken, spielte eine Kapelle Walzermelodien und Luftballons hingen an einem Reklameschild für Pepsi Cola. Die Wattejacken waren ein Abschiedsgeschenk der Sowjetunion, an ihre langjährigen deutschen Gäste. Der stellvertretende Bürgermeister hielt eine Rede und drückte jedem Spätheimkehrer die Hand, sofern eine solche noch vorhanden war. Die Zeitung würde ein Foto mit Bildtext bringen.

Die jüngeren Kinder, gezeugt während der letzten Heimaturlaube, hatten Angst vor den verdreckten Gestalten, die aus dem Zug kletterten, und versuchten, sich hinter ihren Müttern zu verstecken. Die Heimkehrer hatten ihre Stadt im Kopf, wie sie früher aussah. Sie sah jetzt aber völlig anders aus. Ihre Frauen waren älter als auf dem Foto in der Brieftasche, Gott allein wusste, was sie erlebt hatten. Mein Großvater trug einen unter widrigsten Umständen selbstgebauten Koffer, auf den er stolz war, aus Birkenholz, grau gestrichen, mit einem Griff aus original russischem Lagermaschendraht. Von seiner Russlandreise hatte er außerdem zwei steife Finger, einen Lungendurchschuss und eine nicht genau zu bestimmende Zahl von Lungenstecksplittern mitgebracht, das heißt, er war geradezu in Topform, verglichen mit einigen anderen armen Teufeln in seinem Eisenbahnwaggon. Er hatte nicht erwartet, dass jemand ihn abholt.

Vom Bahnhof lief er langsam nach Hause, schnupperte die feuchte Luft, die an manchen Tagen vom Fluss in die Stadt suppt, Rheinluft, die einen automatisch durstig macht. Erfreut stellte er fest, dass die restliche Neustadt weniger schlimm aussah als die Gegend direkt am Bahnhof. In einem Laden kaufte er von seinem Willkommensgeld Zigaretten, Schokolade, eine Flasche Bier und einen Blumenstrauß. Er klingelte an der Tür, zwei Mal, die Tür ging auf und er sah in das Gesicht eines unbekannten Mannes, der einen Schnurrbart trug und schwarze Haare hatte.

Mit so etwas war zu rechnen gewesen. Von seiner Grundhaltung her war mein Großvater Realist, vor allem, was die Liebe betraf. Er hatte sich schon im Zug die Worte zurechtgelegt, die er sagen würde. Deutliche, aber besonnene Worte. Falls der Mann Deutsch verstand. Andernfalls würde es schwierig werden.

Als er den Mund aufmachte, bemerkte er kleine Blutstropfen im Gesicht des fremden Mannes. Das Gesicht war blutgesprenkelt, als ob neben dem Mann jemand auf eine Mine getreten wäre, jemand, den es in kleine Stücke gerissen hat. Solche Gesichter hatte mein Großvater schon das eine oder andere Mal gesehen, in Russland. Der Mann schwankte, er hielt eine Pistole in der Hand. Hinter ihm lag meine Großmutter auf dem Teppich im Flur, sie schrie und fluchte gurgelnd und hielt sich den Hals, aus dem in regelmäßigen Abständen eine dünne rote Fontäne herausschoss. Der unbekannte Mann schrie ebenfalls, allerdings auf Französisch. Mein Großvater sagte gar nichts.

Mein Großvater hieß Joseph. Er war vor dem Krieg Bahnarbeiter gewesen, ein blondes, gut aussehendes Muskelpaket, einige Jahre jünger als meine Großmutter. Sie hieß Katharina, war Schönheitstänzerin und bildete unter dem Künstlernamen Salomé de los Rios mit ihrer Schwester ein Duett, das im Reich ein gewisses Aufsehen erregte, weil es hart am Rande der Schicklichkeit tanzte, bei ausreichender Gage auch ein kleines Stück über diesen Rand hinaus. Später arbeitete sie in einer Nachtbar, nicht mehr als Tänzerin im engeren Sinn, mehr in der Animierbranche. Sie saß mit großen grünen Augen und honigfarbenen Beinen an der Bar, in Tüll und Seide verpackt wie eine Praline und verbreitete eine einladende Aura, die sich ins Unermessliche steigern konnte, sofern ihr ein Gast einen Drink ausgab.

Sie war ein Naturtalent, weil die Liebe wirklich ihre Lieblingsbeschäftigung war. Das ist bei den deutschen Frauen ihrer Generation – nach allem, was man hört – nicht unbedingt die Regel gewesen. Meine Großmutter vermittelte den Männern das Gefühl, dass sie auch ohne Geld mit ihnen gegangen wäre. Sie hatte Freude an dem, was sie tat. Freude ist in jeder Branche ein entscheidender Vorteil. Sie war großzügig. Diese Großzügigkeit wirkte ansteckend auf die Männer. Man bekommt immer das zurück, was man gibt. Die Bar, die ihrer Schwester gehörte, lebte fast nur von ihr.

Morgens um vier tauchten manchmal Männer vor der Bar auf, die gerade erst geschlossen hatte, klingelten Sturm, machten ihr auf der Straße Heiratsanträge, während ringsheum die Lichter angingen und wütende Nachbarn ans Fenster rannten. Die Männer kauften Farbe und malten rote Herzen vor der Bar auf den Bürgersteig, mit Initialen darin, einer ließ sich ihren Namen auf den Unterarm tätowieren, ein anderer engagierte einen Stehgeiger für sie, wieder andere brachten Schubkarren voller Blumen und Cognac.

Das alles war im Grunde nicht nötig. Es war ihr beinahe egal. Ein Mann musste sich in Wirklichkeit nicht groß anstrengen, damit sie ihm ihren Zimmerschlüssel in die Brusttasche seines Jacketts gleiten ließ. Den Entschluss dazu fasste sie in dem einen kurzen Moment, in dem sie ihn zum ersten Mal sah. Andererseits konnte ein Mann sich noch so sehr anstrengen, wenn sie ihn nicht wollte, dann wollte sie ihn eben nicht. Daran hätten auch zwanzig Schubkarren voller Cognac nichts geändert.

Ihre Liebe verteilte sie nach klaren Kriterien. Sie liebte reiche Männer, und sie liebte schöne Männer. Es war nur leider so, dass die reichen Männer fast nie schön waren, und umgekehrt. An diejenigen aber, die beides waren, reich und schön, kam sie nicht heran. Die suchten sich andere Frauen, elegantere und klügere als sie. Sie begriff, dass sie sich zwischen den beiden Männersorten entscheiden musste. Sie entschied sich für die Schönheit.

Der Mann, den sie aussuchte, war nicht groß, aber muskulös, mit breiten Schultern und blonden Locken, einem Flaum auf der Brust und weißen Zähnen. Es machte ihm nichts aus, dass sie in einer Bar arbeitete. Es machte ihm nichts aus, dass er nicht ihre erste große Liebe war, auch nicht ihre fünfte, nicht einmal ihre zwanzigste. So gab sie sich hin auf dem Altar der Schönheit.

Mein Großvater meldete sich freiwillig, um etwas für seinen sozialen Status zu tun. Die Wehrmacht war für ihn die einzige realistische Aufstiegschance. Er wollte Offizier werden. Das war sein Traum: ein Offizier und eine Tänzerin.

Meine Großmutter brachte ihn zur Kaserne. Sie küsste ein Medaillon mit der Muttergottes darauf und hängte es ihm um den Hals. In der Kaserne rannten alle zu den Fenstern, sie pfiffen und winkten mit ihren Taschentüchern. Einige der Soldaten kannten meine Großmutter ja bestens.

Mein Großvater aber schwor beim Namen der Muttergottes, dass er für diese Frau bis in die hinterste Mongolei marschieren würde. Er würde Ninive erobern, Babylon befreien und Samarkand einäschern, sämtliche Völker würde er besiegen, die es hinter dem Ural gibt, und zwar, wenn es sein musste, mit nichts weiter bewaffnet als einem Taschenmesser. Anschließend würde er zwischen ihren Schenkeln versinken und frühestens in zweitausend Jahren bei bester Laune wieder hervorkommen. Mit dieser Haltung fuhr er in den Krieg. Wer immer sich ihm auf seinem Feldzug in den Weg stellte, der hatte es nicht leicht.

Er bekam das Eiserne Kreuz zweiter Klasse, die Nahkampfspange und den Gefrierfleischorden, letzteren für die Teilnahme an einem Gefecht bei minus fünfzig Grad. Mit zuerst zwanzig, zuletzt nur noch mit sieben Mann verteidigte er stundenlang ein Rollfeld gegen dreihundert Feinde. Am Ende wurde er, trotz seiner fast nicht vorhandenen Schulbildung, trotz seiner zurückhaltenden Art und trotz seiner geringen Körpergröße, wegen besonderer Tapferkeit und wegen der strategischen Fähigkeiten, die er bei der Verteidigung des Rollfeldes bewiesen hatte, für den Offizierslehrgang vorgeschlagen. Mein Großvater dachte: Ein Wunder. In diesem Krieg hat sich ein Wunder ereignet. Bald darauf war der Krieg vorbei.

Ein halbes Jahr länger hätten wir durchhalten müssen, dachte mein Großvater sein Leben lang, eine einzige gewonnene Abwehrschlacht mehr oder ein Erfolg bei der letzten Großoffensive am Kursker Bogen, dieser Sieg, der tagelang zum Greifen nahe schien, und ich wäre bei Kriegsende zumindest Leutnant gewesen.

Er kam ohne Hoffnung zurück, ohne Schwung und mit einer schlechten Meinung von der deutschen Obrigkeit. Schön war er auch nicht mehr. Schon bei seinem letzten Heimaturlaub war er nicht mehr schön gewesen. Dazu musste er nicht in den Spiegel schauen, das sah er in ihren Augen.

Der blutbespritzte Mann schien unverletzt zu sein. Er trat einen Schritt zu Seite, damit mein Großvater in die Diele eintreten konnte, dann ging er zum Küchentisch, setzte sich, vergrub seinen Kopf in den Händen und schluchzte. Alles Theater, fand mein Großvater. Er suchte Verbandszeug, fand aber keines, rannte zu meiner Großmutter und beugte sich über sie. »Hast du das Verbandszeug woanders hingepackt, das war doch im roten Schränkchen?«, rief er, laut und mit möglichst genauer Artikulation. Dies waren die ersten Worte, die er nach sechs Jahren Abwesenheit an sie richtete.

Meine Großmutter gab als Antwort ein gurgelndes Geräusch von sich, ruderte hektisch mit den Beinen und deutete auf ihren Hals. Dann griff sie nach dem Garderobentischchen und versuchte, sich hochzuziehen. Aber sie rutschte auf einer Blutpfütze aus. Sie war nackt oder im Negligé, darüber gehen die Darstellungen auseinander. Fest steht, dass meine Großmutter auch in der extremsten Situation eine makellos schöne Frau war.

Mein Großvater rannte in die Küche, riss dem weinenden Franzosen die Pistole aus der Hand, damit er sich nichts antut, dieses Arschloch, rannte mit den Geschirrabtrockentüchern zurück, wickelte meiner Großmutter ein paar Geschirrtücher um den Hals und lief nach unten, um Hilfe zu holen. Telefon hatte im Haus niemand. Auf der Straße lief er, während er »Sanni! Sanni!« rief, als wäre er wieder bei der Wehrmacht, in der Schlacht am Kursker Bogen, von der er sein Lebtag regelmäßig erzählen würde, einer Patrouille der französischen Militärpolizei in die Arme. Er wurde ohne langes Gefackel unter Verdacht des Mordversuchs verhaftet. Immerhin hatte er eine Pistole in der Hand, immerhin war er von oben bis unten mit Blut bespritzt. Er war klepperdürr, dazu klapperte er mit den fünf Zähnen, die er noch hatte, und rollte mit den Augen wie ein Wahnsinniger.

Deswegen musste mein Großvater das Wiedersehen mit seiner Frau erst einmal verschieben. Der Franzose hieß Raymond, das Tatmotiv war Eifersucht. Natürlich nicht Eifersucht auf meinen Großvater, sondern Eifersucht auf einen anderen Franzosen namens Antoine. Raymond und Antoine wurden ermahnt und in verschiedene, weit entfernte Garnisonen strafversetzt. Das Problem war die Tatwaffe, ein russisches Modell. Raymond erklärte, dass er die Waffe im Nachttisch meiner Großmutter gefunden habe, als er auf der Suche nach einem Kondom die falsche Schublade aufzog. Beim Anblick der Waffe hätten ihn urplötzlich seine verletzten Gefühle übermannt. Der Schuss hatte die Hauptader um ein paar Millimeter verfehlt.

»Woher hatten Sie die Pistole, gnädige Frau?«

»Von meinem Mann.«

»Und? Weiter?«

»Der hat sie im Urlaub aus Russland mitgebracht. Sie hat einem russischen Kommissar gehört. Den sie erschossen haben.«

»Wussten Sie nicht, dass Ihr Mann an diesem Tag nach Hause kommt? Haben Sie die Benachrichtigung nicht bekommen?«

»Die hab ich verloren.«

»Wussten Sie nicht, dass Deutsche keine Waffen besitzen dürfen?«

»Das hab ich vergessen. Entschuldigung.«

»Was sollen wir Ihrer Ansicht nach jetzt tun?«

»Er ist ein Kriegsverbrecher. Ein Faschist. Sperren Sie ihn ein.«

»Wegen dieses Kommissars? Das interessiert uns im Moment nicht.«

Meine Großmutter hatte ihrem Mann eine Scheidungsklage in das Lager geschickt, nach Westsibirien, wo er sich auf einem Donnerbalken die Seele aus dem Leib schiss. Aber das ging nicht. Kriegsgefangene sollten aus humanitären Gründen nicht geschieden werden, so bestimmte es das Rote Kreuz. Es war ein Präzedenzfall, vielleicht gibt es Akten darüber. Können Sie denn nicht ein bisschen warten, sagte die Frau vom Roten Kreuz, das kann sich doch auch von ganz alleine regeln, in den Lagern sterben doch so viele.

Mein Großvater wurde bereits nach ein paar Tagen aus dem Gefängnis entlassen und zog in die Wohnung seiner Frau, ein Zimmer, Küche, Diele. Zum zweiten Mal stand er mit seinem Birkenholzkoffer in der Tür und sagte: »Ich verzeihe dir.« Das war der zweite Satz, den er nach sechs Jahren zu ihr sprach.

Sie sah ihn nicht an. Aber sie warf ihn auch nicht raus. Sie hätte, um ihm rauszuwerfen, jederzeit jemanden aus der Bar zu Hilfe rufen können. In einer Schublade fand er die Postkarten, die er aus dem Lager geschrieben hatte.

»Mein liebes Frauchen, heiß geliebte Frau, teile dir wieder mal kurz mit, dass ich noch lebe. Wartete sehnsüchtig und vergebens auf Post von dir. Hatten am vergangenen Sonntag Wunschkonzert. Ich bekam solches Heimweh. Die Sowjetunion hat einen Plan aufgestellt, nach dem wir alle bis Ende 1949 zu Hause sein sollen. Habe große Hoffnung, aber den Glauben vollkommen verloren.«

Wegen der Zensur durfte man nichts Konkreteres schreiben. Man konnte nicht schreiben: Ich habe die Ruhr, drückt mir die Daumen, die Überlebenschance liegt bei fünfzig Prozent. Dergleichen war aus politischen Gründen verboten. Das Thema Liebe war erlaubt. Liebe wurde, im Gegensatz zur Ruhr, als politisch harmlos angesehen.

Einige Monate nach seiner Rückkehr baute er einen Vogelkäfig, der ein Viertel der Küche einnahm, kaufte Wellensittiche und brachte ihnen russische Flüche bei. In dieser Hinsicht ist der Reichtum der russischen Sprache groß. Fast alle Wellensittiche konnten »V pizdu!« rufen, was vom Sinn her ungefähr das Gleiche wie »Scheiße!« bedeutet, nur, dass es im

Russischen nicht auf die menschliche Ausscheidung als imaginäre Ursache aller Probleme Bezug nimmt, sondern auf das weibliche Geschlechtsteil.

Er redete stundenlang mit den Wellensittichen, über alle möglichen Themen. Er erzählte ihnen vom Lager, auf Russisch, erzählte ihnen Witze und die neuesten Fußballergebnisse. Er erzählte, wie viele Männer jede Nacht gestorben waren und wie er sie am Morgen, als sie schon steif waren, zusammen mit einem anderen Gefangenen nach draußen getragen hatte. Er erzählte, dass viele dabei waren, die er für stärker und widerstandsfähiger hielt als sich selber, starke Kerle, mit Köpfen wie Stiere, kluge Kerle, denen immer etwas einfiel. Sie alle aßen Gras, sie alle soffen aus Pfützen, fast alle bekamen den verdammten Durchfall und das Leben floss aus ihnen heraus, als ob man einen Stöpsel gezogen hätte. Es war im Lager nicht vorherzusagen, wer überlebte und wer nicht, niemals, so wenig, wie man den Gewinner einer Fußballweltmeisterschaft vorhersagen kann. Favoriten sterben. Der Außenseiter kommt ins Finale.

Überleben, das war die überragende Leistung, die er vollbracht hatte, die einzige Sensation, die er jemals vollbringen würde. Aber wer nahm eigentlich Kenntnis davon? Das war doch nicht nichts. Weltmeister im Nichtsterben. Elf Jahre lang fallen sie links und fallen sie rechts, verhungern, gehen ein, weil sie nicht aufpassen, weil sie Pech haben, weil sie schwach sind. Du aber überlebst. Es ist, wie sich später herausstellt, völlig egal. Du hast unter allergrößter Gefahr ein Leben gerettet und kein Hahn kräht danach, bloß, weil es zufällig dein eigenes war.

Die Postkarten aus dem Lager packte er in den Birkenholzkoffer und trug sie in den Keller. Er fand eine Stelle als Packer in einer Zahnpastafabrik. Nach einer Weile wollten sie ihn befördern, er kündigte lieber. Irgendwo wartete eine Karriere auf ihn, aber nicht in der Packerbranche. Er sagte: Mit Hartnäckigkeit kannst du alles schaffen, nur keinen Krieg gewinnen.

Warum liebte sie ihn nicht mehr? Warum hatte sie ihn von Heimaturlaub zu Heimaturlaub immer kälter behandelt? Warum hasste sie ihn so sehr, dass sie versuchte, ihn zu denunzieren? Nur, weil er nicht mehr schön war? Konnte das wirklich der Grund sein?

Meine Großmutter arbeitete weiter bei ihrer Schwester. Um ihren Hals trug sie ein Seidentuch, obwohl die Narbe nur klein war. In der Bar hing auch ein Bild ihres Vaters. Wenn ein französischer Soldat nach dem Mann auf dem Foto fragte, antwortete sie: »Er war Widerstandskämpfer. Résistance. Die Nazis haben ihn umgebracht.« Wenn ein Deutscher fragte, sagte sie: »Vermisst in Russland. Ritterkreuzträger.«

Wenn es spät wurde, in den weißen Stunden vor Sonnenaufgang, in denen sie meistens beschwipst war, sah sie ihn sitzen, ihren Vater, immer am selben Tisch. Er sah glücklich aus. Auf seinem Schoß saß ihr Bruder Otto und schmiegte sich an ihn. Neben ihnen aber hockte der Heigl, total verdreckt, schon halb vermodert, aber immer noch mit seinem siegesgewissen Lächeln. »Meine beiden besten Männer«, flüsterte er und zwinkerte meiner Großmutter verschwörerisch zu.

Am Anfang waren sie nur Schatten. Aber von Mal zu Mal sah Katharina die drei deutlicher. Sie kamen immer früher. Manchmal schon vor Mitternacht. Eines Abends brachten sie einen Gast mit. Der Neue trug eine verbogene Brille und eine verwahrloste Uniform. Es war ein nicht unsympathisch wirkender, aber, dem Geruch nach zu urteilen, seit längerer Zeit ungeduschter Mann von schätzungsweise Mitte zwanzig. Er stand auf, ging zu ihr, quer durch den ganzen Raum an die Bar, wo Katharina gerade mit einem Gast bei einem Piccolo saß. »Entschuldige die Störung«, sagte der Neue mit einem starken Akzent, »aber ich wollte mich vorstellen. Ich bin ein alter Bekannter von deinem Mann. Ich war politischer Kommissar der Roten Armee in Smolensk.« Der Kommissar lächelte schelmisch und verbeugte sich, eine Verbeugung, die offenbar ironisch gemeint war. Dann ging er zurück zu den anderen, und der Heigl holte ein Skatspiel heraus.

Katharina machte sich Sorgen. Sie bekam allmählich Angst.

Mein Großvater aber stellte sich endlich vor den Spiegel und versuchte, sich mit den Augen einer Frau zu sehen. Er sah ein zerknittertes Persönchen mit zu großer Nase und schütterem Haar. Dann dachte er an Russland, wo seine Muskeln und seine Zähne begraben lagen. Er hasste dieses Russland so sehr, dass er keine Worte dafür finden konnte. Wer hatte bloß Schuld an dieser ganzen Scheiße?

2

Ich bin nur ein Kind, obwohl ich schon so lange auf der Welt bin. Es ist das erste Mal, dass ich eine Geschichte aufschreibe. Ich habe keine Erfahrung mit so etwas. Es ist wohl eine Art Liebesgeschichte, und sie spielt größtenteils zwischen ungefähr 1950 und ungefähr 1990. Fragen Sie nicht, in welchem Jahr jedes einzelne Kapitel spielt, nicht einmal mein Großvater würde es schaffen, diese Frage zu beantworten. Natürlich könnte man zu den einzelnen Kapiteln im Hintergrund eine Fernseh- oder Radiosendung laufen lassen, wie es in Filmen oft gemacht wird, mit dem ostdeutschen Aufstand von 1953, mit dem ersten Elvis-Presley-Hit oder irgendeinem Wahltag, dann hängt zufällig auf der Straße ein Plakat mit dem Kopf von Konrad Adenauer. Aber das ist doch nur ein Trick. Als ob Elvis Presley und Konrad Adenauer so wichtig wären für alle und jeden.

Meinen Großeltern sind solche Sachen egal gewesen. Für sie gab es eigentlich nur die Zeit vor dem Krieg, eine kurze Zeit, in der sie sehr jung waren, es gab den Krieg und es gab die endlos lange Zeit danach, diese Zeit, die den weitaus größten Teil ihres Lebens ausmachte und die ihnen doch in manchen Momenten beinahe bedeutungslos vorkam, weil ihr Leben für immer im Schatten der beiden früheren, kürzeren Episoden lag. Es war so ähnlich wie bei einem erfolgreichen Sportler, nehmen Sie Boris Becker, dessen Karriere früh endet und der sein weiteres, womöglich sehr langes Leben als ein endloses Danach zu empfinden gezwungen ist. Mit dem Unterschied, dass die entscheidenden Jahre von Boris Beckers Leben, diese Erinnerung, die er niemals los wird, Jahre des Triumphes gewesen sind. Das kann man von der Generation meiner Großeltern nicht behaupten.

Das ganze Geschichtenerzählen ist ein einziger Betrug. Ich meine – man kennt als Erzähler das Ende, tut aber so, als ob man es nicht kennt. Man könnte alles ganz schnell erzählen und sich viel Zeit sparen, aber nein, man erzählt es langsam. Das, was man schreibt, ist manchmal klüger oder dümmer als man selber, genau wie ein Kind, bei dem die Eltern manchmal staunen, was, das soll von uns abstammen, aber wir verstehen es nicht, es ist anders.

Da es sich um meine Großeltern handelt und da es mich zweifellos gibt, muss irgendwann ein Kind auftauchen, das sagt einem der gesunde Menschenverstand. Es dauert aber eine Weile, werden Sie in dieser Hinsicht nicht ungeduldig.

Das Ziel meines Großvaters ist klar. Er möchte die Liebe seiner Frau zurückerobern, ohne genau zu wissen, ob er diese Liebe überhaupt jemals besessen hat. Und er möchte seine Kriegserinnerungen los werden. Das Ziel meiner Großmutter besteht darin, dass sie ihr Leben genießen und ein Stück Sonne sehen will.

Sie hatten beides hinter sich, den Krieg und die Liebe. Das sind wahrscheinlich die wichtigsten Dinge, die in einem Leben passieren können, vom Kinderkriegen abgesehen. Aber seltsamerweise waren sie immer noch jung. Stellen Sie sich eine Flut vor, die ein Drittel eines Dorfes wegreißt. Ein Teil der Überlebenden ist an dieser Flut schuld gewesen. Sie haben den Staudamm aus irgendeinem Grund kaputtgemacht. Von einigen Dorfbewohnern weiß man, dass sie mit dieser Sache zu tun hatten, bei anderen ist es unklar. Viele Überlebende fragen sich: Warum bin gerade ich übrig geblieben? Manche versuchen, eine Beziehung zwischen ihrem Überleben und ihrer Schuld oder Unschuld herzustellen. In Wirklichkeit ist so etwas Zufall. Das Leben belohnt oder bestraft einen nicht. Das Leben ist den Menschen furchtbar wichtig, umgekehrt aber sind die Menschen und ihr Schicksal der Natur vollkommen gleichgültig.

Am Besten denkt man nicht weiter darüber nach. Genau das versuchten sie.

Die Kinderzeit meiner Großmutter fiel in die Zeit kurz nach dem ersten großen Krieg, sie erinnerte sich an Brauereipferde, die mit Bierfässern beladene Wagen über Kopfsteinpflaster zogen und an Bahngleise, weit draußen am Rand der Stadt, wo sie mit ihrem jüngeren Bruder Otto hinter Büschen versteckt auf Züge wartete. An einer bestimmten Stelle gab es ein Signallicht, das manchmal rot leuchtete und die Züge zum Halten zwang. Dann stürzte sie mit Otto aus ihrem Versteck heraus, kletterte auf einen der Waggons, der Kohlen geladen hatte, und warf so viele Kohlen wie möglich hinab. Otto versuchte, möglichst viele davon zu fangen, wobei er wild um sich schlug und um sich biss, denn es gab immer noch andere Kinder, die ebenfalls auf der Jagd waren, Schmarotzer, die Otto seine Beute aus der Hand zu reißen versuchten. Aber den Mut, auf einen Waggon zu klettern, hatten die anderen Kinder nicht. Wenn der Zug anfuhr, sprang sie erst im letztmöglichen Augenblick ab, kurz bevor der Zug zu schnell wurde. Sie versuchte, diesen Moment von Mal zu Mal immer weiter hinauszuzögern.

Manchmal sprach sie mit Otto über den Mann, den sie einmal heiraten würde, obwohl Otto dazu nicht unbedingt der geeignete Gesprächspartner war, als Junge, aber er war nun mal da, und er war ein guter Zuhörer. Otto selber sagte, dass es ganz einfach darauf ankommt, den Richtigen oder die Richtige zu finden, dann heiratet man und ist glücklich. Meine Großmutter lachte ihn aus. So einfach ist das nicht. Es gibt sehr viele, die in Frage kommen, eine bestimmte Person, ich zum Beispiel, könnte mit vielleicht zehn Prozent aller Männer glücklich sein, das heißt, dass sie mir gefallen, dass sie ungefähr richtig sind und dass ich mit ihnen auskomme, und von diesen zehn Prozent gefalle ich vielleicht der Hälfte, das heißt, es kommt in der passenden Altersgruppe ungefähr, na, ich würde sagen, jeder Zwanzigste in Frage, das sind Tausende allein in Deutschland, in die ich mich verlieben könnte und umgekehrt sie in mich.

Ja, sagte Otto, einen von denen triffst du halt, verstehst dich gut mit ihm und entscheidest dich, ganz einfach. Du hast deine Ruhe und bist zufrieden.

Oh nein, antwortete meine Großmutter. Das ist nicht so einfach. Jeder, der eine Wohnung hat, träumt von einer besseren Wohnung, noch besser, egal, wie schön die Wohnung ist, in der diese Person gerade wohnt. Jeder, der eine Stelle hat, denkt darüber nach, ob es nicht eine noch bessere Stelle gebe oder möchte befördert werden. Das ist immer und überall so, ich kann mir nicht vorstellen, dass es mit den Frauen und den Männern anders ist.

Aber wenn man heiratet, liebt man sich, sagte Otto. Das ist was ganz anderes als eine Wohnung. Eine Wohnung ist was Nützliches.

Damals, als sie zwölf oder dreizehn war, spürte sie zum ersten Mal eine Unruhe, die sie niemals mehr verlassen würde. Ihr erster Freund war ein Student, der Sohn eines reichen Bierbrauers. Er schenkte ihr ein Fahrrad, ein viel zu kostbares Geschenk, von dem ihre Eltern nichts erfahren durften. Der Student stellte das Fahrrad in sein Zimmer in der Altstadt neben sein eigenes Fahrrad und brachte es zu den Verabredungen mit, die ebenfalls heimlich blieben. Sie fuhren zu zweit den Rhein entlang, zu Plätzen, die der Student kannte und die einsam waren. Dort sahen meine Großmutter und der Student einander in die Augen, das heißt, sie taten natürlich auch andere Dinge, Verbotenes, der Student hätte ins Gefängnis gehen müssen, wenn es herausgekommen wäre. In den Augen des Studenten sah meine Großmutter das Feuer der Leidenschaft, jene erste, frühe, bedingungslos begehrende Liebe, die, wie die Erwachsenen sagen, nach einer gewissen Zeit etwas anderem Platz macht, das angeblich tiefer und reifer ist, der wahren Liebe sozusagen. Meine Großmutter spürte, dass der Student sie in genau diesem Moment wahrscheinlich genauso liebte, wie sie sich selbst liebte, nämlich ohne jeden Vorbehalt, ohne Zukunft, ohne Vergangenheit und ohne darüber nachzudenken. Sie ahnte, dass diese Einheit früher oder später zerfallen würde, der Student würde einen Schritt zurücktreten, er und sie wären wieder zwei verschiedene Menschen, er würde ihre Fehler und ihre Vorzüge sehen, abwägen, sich entscheiden. Sie dachte, dass man sich auf diese Weise nur nahe sein kann, wenn man sich nicht oder fast nicht kennt, nur dann sieht man im anderen sich selber und liebt den anderen wie sich selbst. Es ist Betrug, dachte sie, es ist wie im Kino. Alles nur gespielt.

Wenn ich heirate, sagte sie zu Otto, möchte ich auf keinen Fall so etwas Ähnliches werden wie eine Wohnung.

Otto, mein Großonkel, der noch klein war, erzählte immer, dass er in seinem ganzen Leben nur ein einziges Mädchen küssen wird, und zwar eines, das ihm allein gehört. Denn er fand es schon eklig, aus einem Glas zu trinken, aus dem schon jemand anderer getrunken hat. Ein Mädchen zu küssen, das schon einmal einen anderen geküsst hat, wäre noch tausendmal ekliger. Die Erwachsenen lachten, wenn er das sagte. Aber er hat es tatsächlich geschafft.

Ich habe gesagt, dass ich das Geschichtenerzählen für einen Betrug halte, weil der Erzähler sich ständig verstellen muss. Jetzt sage ich, was ich am Geschichtenerzählen gut finde. Ich finde es gut, dass man zwischen den verschiedenen Personen oder zwischen der Vergangenheit und der Gegenwart einfach hin- und herspringen darf. Im Kopf geht es genauso. Im Kopf denkt man auch nicht immer fein säuberlich und in der richtigen Reihenfolge eins nach dem anderen. Man darf es nur nicht übertreiben.

Ich erzähle, wie Joseph, mein Großvater, in den neunziger Jahren war. Daraus können Sie mühelos ersehen, dass er überlebt. Falls er also in eine gefährliche Situation gerät, wissen Sie schon jetzt, dass er irgendwie davonkommt, es sei denn, die neunziger Jahre sind dran.

Er lebte in dieser Stadt, in der er immer gelebt hatte und in der er fast alle Leute kannte, in seinem Viertel zumindest. Er war freundlich und ließ sich gerne auf ein Gespräch ein, aber lud nie jemanden ein. Er selber wurde auch niemals eingeladen, weil man wusste, dass er nicht kommen würde. Im Fernsehen schaute er sich am liebsten Tierfilme, Fußball und die Tagesschau an. Meistens trug er einen Poncho und eine Pelzmütze wie ein kanadischer Trapper, dazu eine Brille mit sehr großen, blau getönten Gläsern, die seiner Erscheinung etwas von einem alten, allerdings nicht besonders weisen Uhu gaben. Er hatte lange, schneeweiße Haare, lange Koteletten und einen buschigen Schnurrbart, außerdem Untergewicht. Seine Arme und Beine waren dünn und seine Haut war milchweiß wie bei einem Schwerkranken, aber er hatte nicht Krebs, obwohl jeder, der ihn sah, darauf getippt hätte. Fünfzehn, zwanzig Jahre lang lebte er in diesem Zustand und bekam die verschiedensten Krankheiten, aber niemals Krebs. Meistens hing eine Zigarette in seinem Mundwinkel, HB natürlich, die Marke der Arbeiter. An den Fingern trug er Ringe mit bunten

Glassteinen. Er sah aus wie ein Freak. Wenn ihm die echten Freaks begegneten, die Jahrzehnte jünger waren als er, wussten sie nicht, was sie denken sollten – war er eine Parodie oder war er ein Zeitreisender, der ihnen warnend ihre eigene Zukunft vorführte? Er war damals schon in seinen Siebzigern und ging etwas unsicher. Er hatte Stil. Aber keiner konnte sagen, welcher Stil es war.

3

Die Bar hieß »Rheingoldschänke«, sie lag in der Nähe des Süd-
bahnhofs. Alle anderen Häuser in der Gegend hatten Bomben
abbekommen, einige davon Volltreffer. Die Fassaden standen
meistens noch. Manche Gebäude sahen auf den ersten Blick
beinahe normal aus. Hinter den Fassaden aber befanden sich
keine Wohnungen, Büros oder Geschäfte mehr. Hinter den
Fassaden erstreckte sich das Reich der Erinnerung.

Die Stadt war zu einer optischen Illusion geworden, wie ein
Westerndorf in einem Filmstudio. Einzig die Rheingoldschänke stand treu und fest und zwinkerte verführerisch mit ihren
zwei roten Glühbirnen, die links und rechts neben dem Eingang befestigt waren und im Drei-Sekunden-Rhythmus an-
und ausgingen.

Die Schänke gehörte meiner Tante Rosalie, der älteren
Schwester meiner Großmutter. Sie war eine knochige Ketten-
raucherin und aufgrund eines leidenschaftlichen Konflikts
mit einem Mann, der es nicht wert war – ein Ereignis, über
das niemals gesprochen wurde –, schon mit Mitte dreißig Ge-
bissträgerin.

Tante Rosalie hatte schöne Augen, ein klassisches Profil, das
heißt eine etwas zu große Nase, und sprach sehr schnell. Dabei
schob sie mit der Zunge ihre Zähne im Mund hin und her. Sie
trug fast immer Schwarz, dazu eine rote Korallenkette, die ihr
bis zum Bauchnabel reichte. Die Korallenkette war ein Stil-

zitat aus den zwanziger Jahren, aber damals dachte man noch nicht in solchen Begriffen.

Die Einrichtung der Rheingoldschänke bestand aus einer Theke mit Messinggeländer und etwa einem halben Dutzend runder Bistrotischchen, zu denen rote Kunstledersessel mit sinnlich geschwungenen Beinen gehörten. Neben der Theke befand sich eine Tür. Wer diese Tür öffnete, sah eine Treppe. Die Treppe führte nach oben zu drei kleinen Dachkammern, die »Chambres séparées« genannt wurden und den besonderen Reiz dieses Lokals ausmachten.

Nach der Schlacht von Stalingrad, als man überall in Deutschland die letzten Reserven mobilisierte, wurde in einer der unseren Totalmobilmachungsbehörden der Gedanke geboren, dass eine dieser letzten, noch nicht optimal eingesetzten, womöglich kriegsentscheidenden deutschen Reserven aus dem weiblichen Personal der Rheingoldschänke bestehen könnte. Führer, Volk und Vaterland verpflichteten meine Großmutter zum Bau von Panzerfäusten. Der Panzerfaustbau sollte in den Opel-Automobilwerken vonstatten gehen, auf der anderen Rheinseite. Meine Großmutter zog sich ihre Arbeitskleidung an, also das, was sie trug, wenn sie zur Arbeit in der Rheingoldschänke ging, ihre Netzstrümpfe, einen sehr engen Rock und eine ärmellose Chiffonbluse. So fuhr sie in die Opelwerke. Dort bekam sie eine Kittelschürze, die sie, entgegen den Vorschriften, aufgeknöpft trug.

Die Aufgabe bestand darin, in einer Halle an langen Tischen zu sitzen und Sprengpulver in die Panzerfäuste einzufüllen. Rauchen war verboten. Die noch leeren Panzerfäuste wurden von so genannten Fremdarbeitern, meist weiblichen, zu den Tischen geschleppt. Die Aufsicht führten ältere deutsche Männer. Nach einigen Tagen stellte sich heraus, dass sich das männliche Aufsichtspersonal in der Halle, in der meine Großmutter ihren Dienst verrichtete, besonders zahlreich und lange aufhielt. Dort gab es offenbar einen stark erhöhten Aufsichtsbedarf, während die Produktion in anderen Hallen nahezu sich selber überlassen blieb, was in diesen Hallen nicht ohne Einfluss auf die Produktionszahlen war.

Wahrscheinlich hat meine Großmutter, obwohl sie sich als vollkommen unpolitisch verstand, auf ihre Weise die Dauer des Zweiten Weltkrieges um zumindest einige Sekunden verkürzt, Sekunden, in denen das Deutsche Reich weitergekämpft hätte, wenn es nur einige wenige, zusätzliche Panzerfäuste besessen hätte. Das heißt, sie hat, lediglich indem sie ihre Kittelschürze aufgeknöpft trug und eine enge Bluse anzog, das Leben von zumindest einigen Menschen gerettet, ich behaupte einmal: mehrere Dutzend. Den Unterhaltungskünstlern dieser Zeit, Leuten wie Heinz Rühmann oder Johannes Heesters, wird oft vorgeworfen, dass sie mit ihrer Kunst das Reich unterstützt und den Durchhaltewillen gestärkt haben, obwohl sie selber immer wieder sagten, dass sie vollkommen unpolitisch waren, ahnungslos und sich keiner Schuld bewusst. Meine Großmutter ist, natürlich auf eine bescheidene Weise, der genau umgekehrte Fall. Heinz Rühmann drehte Durchhaltefilme. Meine Großmutter trug eine Kapitulationsbluse.

Abends fuhr sie meist in Begleitung zurück in die Rheingoldschänke. Bei den älteren Herren von der Hallenaufsicht war sie extrem beliebt, trotzdem wurde sie häufig ermahnt, weil ihr Arbeitstempo, auch bei größtmöglichem Wohlwollen, nicht den Notwendigkeiten des totalen Krieges entsprach. Nach einigen Wochen fanden die Kontrolleure in einer der Panzerfäuste einen Lippenstift, Farbe Hellrosa, den meine Großmutter, als beim Luftalarm die Sirenen losheulten, aus Zerstreutheit oder Schreck fallen gelassen hatte. Sie gab die Tat zu, zeigte aber wenig Schuldbewusstsein, sondern verlangte, dass man ihr den Lippenstift zurückgibt. Nach Rücksprache mit der Staatspolizei war die Produktionsleitung der Ansicht, dass es sich nicht um einen Fall von Sabotage handelte, sondern um einen Fall von mangelndem Talent zu selbst einfachsten Tätigkeiten in der Rüstungsproduktion. Im Interesse des Endsiegs sei eine Tätigkeit meiner Großmutter in der Rheingoldschänke sowie in ihrem eingetragenen, immerhin erfolgreich ausgeübten Beruf als Schönheitstänzerin wahrscheinlich sinnvoller als eine Tätigkeit im Panzerfaustbau.

In jedem Jahr, wenn es Mai wird, denke ich daran. Das Deutsche Reich hat am 8. Mai kapituliert. Wenn meine Großmutter bis zum Ende in der Panzerfaustproduktion geblieben wäre, hätte das Reich bereits am 7. Mai kapitulieren müssen. So haben wir Geschichte gemacht.

Sie trat einzeln oder im Duett auf. Meistens am Wochenende, aber nicht in der Rheingoldschänke, sondern in besseren Etablissements, wenn nicht den besten. Hin und wieder gab es kleine Tourneen, ihr Einzugsgebiet reichte bis Hannover und Karlsruhe. Als Kind hatte sie im Stadttheater klassisches Ballett gelernt und gehörte dort kurze Zeit zum Ensemble, wo sie äußerlich die auffälligste Erscheinung war, wenn auch nicht die stärkste Tänzerin. Das Stadttheater langweilte sie. Bei ihren Auftritten als Schönheitstänzerin trug sie einen chinesischen Fächer, dazu einen Schweif und eine Krone, beides aus Straußenfedern. In ihrer beliebtesten Tanznummer stellte sie eine Waldnymphe in einem Blätterkostüm dar, die von einem Faun auf einer Lichtung überrascht wird. Die Nymphe will dort in einem Teich ein Bad nehmen. Sie streckt und reckt sich, tanzt auf den Spitzen um den Teich herum, wirft Blicke ins Publikum und lässt ihre Blätter verheißungsvoll rascheln. Die Blätter waren aus grünem Seidenpapier.

Den Faun spielte ihre Schwester, die als Verfremdungseffekt einen Nadelstreifenanzug trug, auf dem Kopf Bockshörner, am Kinn einen Ziegenbart und im Mundwinkel eine Zigarette mit Goldmundstück. Der Faun tanzte nicht, sondern drückte seine Gefühle durch schlangenhafte Bewegungen seiner Arme und Hände aus.

Als sie den Faun bemerkt, versucht die Nymphe, mit flatternden oder chinesischen Bewegungen in den Wald zu fliehen. Dort möchte die Nymphe nur allzu gern einen Baum erklimmen, stellt sich auf die Fußspitzen, springt, seufzt, ruft um Hilfe und reckt ihre Arme nach oben, wobei ihr wie zufällig das Oberteil ihres Kostüms zerreißt und die Blätter sanft zu Boden segeln. Die Nymphe merkt, dass sie den Baum trotz allen Jammerns und Mühens nicht hinaufkommt und versucht nun, in den Teich zu fliehen, dabei vollführt sie auf eine zunächst fast schulmäßige Weise einige klassische Ballettbewegungen, steigert sich aber in ihrer Angst vor dem Faun in eine so heftige Raserei, dass ihr dabei auch das Unterteil ihres Blätterkostüms zerreißt. Nun zieht die Nymphe mit einer eleganten Handbewegung den Schweif aus Pfauenfedern, der an ihrem Hinterteil befestigt ist, um die Hüfte herum nach vorne und bedeckt damit wedelnd ihre Blöße, in der anderen Hand hält sie den Fächer, mit dem sie vor ihrem Oberkörper herumwedelt.

Inzwischen hat die Nymphe begriffen, dass sie dem Faun sowieso nicht entrinnen kann. Also zwinkert sie ihm heuchlerisch zu und schäkert mit ihm, dabei hüpft sie, tanzt auf den Spitzen, wackelt mit verschiedenen Körperteilen und vollführt Pirouetten, wobei die entscheidenden Stellen immer hinter einem Schleier von Straußenfedern verborgen bleiben. Nun nähert sich der Faun, Hände lässig in den Hosentaschen, und macht ein liebeshungriges Gesicht. In dem Moment, in dem die Nymphe die Arme ausbreitet, den Vorhang aus Pfauenfedern weggleiten lässt und hingabebereit zu Boden sinkt, geht das Licht aus. Das Publikum jubelt.

Nach der Vorstellung verteilten meine Großmutter und ihre

Schwester Visitenkarten mit der Adresse der Rheingoldschänke und einer kleinen Skizze, die den Fußweg vom Südbahnhof zeigte.

Der Betrieb in der Rheingoldschänke war in der Endphase des Krieges auch während der härtesten Flächenbombardements fortgesetzt worden. Während der erfolgreichen Kriegsjahre hatte meine Tante umfangreiche Vorräte an Cognac und Champagner angelegt, Direktimporte aus dem nahe gelegenen Frankreich, die notfalls bis Anfang 1946 gereicht hätten, weil sich der Verbrauch mit Hilfe des Preises steuern lässt. Nur die drei Kammern unter dem Dach hatte sie vorübergehend stillgelegt. Als Ersatz richtete sie ihren Vorratskeller behelfsmäßig her, indem sie Teppiche über die Lattenwände hängte, aus Kissen und Decken eine Art Diwan konstruierte und, obwohl es gefährlich und höchstwahrscheinlich verboten war, mehrere Kerzenleuchter aufstellte, denn der Mensch ist keine Maschine. Ein bisschen romantische Stimmung muss sein. Den Champagner versteckte sie unter den Kohlen.

Es wurde von Woche zu Woche schwieriger. Die Kohlevorräte schrumpften schneller als die Champagnervorräte. Einige Kisten kamen zum Vorschein und mussten mit Ketten und Vorhängeschlössern gesichert werden. Es gab auch immer weniger Männer. Die Männer, die sich noch in der Stadt aufhielten, waren meistens alt, oder verwundet, oder in trauriger Stimmung. Trotzdem war meine Tante Rosalie bis zuletzt davon überzeugt, bis etwa Anfang 1946 durchhalten zu können. Sie dachte sogar darüber nach, ob sie vielleicht weibliche Gäste für die Rheingoldschänke gewinnen könnte, zum Beispiel, indem sie ausgewählte, kultivierte Fremdarbeiter oder italienische Kriegsgefangene in der Bar einsetzte, am besten junge Akademiker, Männer mit Niveau, die sich für den einfühlsamen Umgang mit einsamen, verwirrten oder verwitweten Frauen interessieren. Das hätte doch auch zur Stabilität der

Heimatfront beigetragen. Aber ihr wurde schnell klar, dass sich das mit den unteren deutschen Behörden nicht realisieren ließ. So etwas hätte ganz oben genehmigt werden müssen, aber ganz oben hatten sie keine Zeit, die zwei oder drei Briefe, die sie in dieser Sache schrieb, blieben unbeantwortet.

Im März des Jahres 1945 umzingelten dreihundert amerikanische Panzer die Stadt, und Geschütze des Typs »Long Tom« feuerten einige Stunden lang in den rauchenden Trümmerhaufen hinein, der trotz seines erbärmlichen Anblicks nach den Behauptungen des Oberkommandos der Wehrmacht eine deutsche Festung darstellte. Die Verteidigung der Stadt beziehungsweise Festung lag hauptsächlich in den Händen der Schutzpolizei und der Feuerwehr. Deutsche Soldaten waren fast nicht mehr vorhanden. Ein Teil der Schutzpolizei versuchte, rechtzeitig vor der Entscheidungsschlacht mit einem Kanonenboot auf die andere Rheinseite zu fliehen, aber der Kapitän war nervös, das Boot stieß gegen die Trümmer einer gesprengten Brücke und sank.

Nach der Kapitulation der Stadt hielten deutsche Truppen noch einige Tage die andere Rheinseite besetzt, nun feuerte eine SS-Einheit, ähnlich wie vorher die Amerikaner, aufs Geradewohl in die Stadt hinein. Sie trafen aber fast ausschließlich Landsleute, weil die Amerikaner, sobald sie in die Nähe des Rheins kamen, zum Schutz deutsche Federkernmatratzen vor sich hertrugen.

Der Betrieb in der Rheingoldschänke blieb nur für wenige Tage unterbrochen. Dann öffnete meine Tante einfach wieder. Ihr Unternehmen nahm als einer der ersten Betriebe in der gesamten Stadt die Arbeit wieder auf, fast gleichzeitig mit dem Elektrizitätswerk, ohne jede Genehmigung, denn Bedarf war ganz offensichtlich gegeben. Die Nachfrage nach Romantik ist in einer so harten Zeit mit Händen zu greifen.

Eine Stunde nachdem die roten Glühbirnen wieder im gewohnten Rhythmus zu blinken begonnen hatten, tauchte ein amerikanischer Offizier auf, besichtigte mit ernstem Gesicht die Dachkammern, schaute in die Schränke, in die Personalausweise, unter die Matratzen, und schrieb nach kurzem Nachdenken eine Genehmigung, deren Text meine Tante nicht verstand.

Nach einigen Wochen rückten die Amerikaner wieder ab. Sie wurden von Franzosen ersetzt, die ein komplizierteres Temperament besaßen und, wenn es um finanzielle Fragen ging, in keinster Weise zur Großzügigkeit neigten.

In jenen Tagen, als in der Stadt schon längst wieder eine Art Frieden herrschte, wurde Joseph in der Nähe von Prag aus russischen Lautsprechern davon in Kenntnis gesetzt, dass der Krieg endgültig und nunmehr auch amtlich zu Ende war. An der Kapitulation seiner Einheit führte beim besten Willen kein Weg mehr vorbei. Sie gehörten zu den Letzten, die aufgaben. Joseph war zu Fuß von Deutschland bis kurz vor Moskau gelaufen, in hohem Tempo und mit vollem Gepäck, dann, auf dem Rückzug, in langsamerer Geschwindigkeit von Moskau zu Fuß wieder zurück in das Sudetenland. Jetzt lief er – zu Fuß selbstverständlich – wieder die volle Strecke zurück bis kurz vor Moskau, auf dem ersten Stück begleitet von fürsorglichen Rotarmisten, die seine Einheit vor den Tschechen in Schutz nahmen, die auf die deutschen Soldaten schlecht zu sprechen waren. Diejenigen Deutschen, die sich im Wald Richtung Heimat absetzen wollten, wurden nach ein paar Metern mit Steinen und Knüppeln totgeschlagen. Der Frieden war noch unstabil.

Meine Großmutter stellte sich den Frieden als Reich der Liebe vor. Sie würde tanzen. Es würde Musik geben, überall. Sie würde Kränze aus Blumen tragen, süße indische Zigaretten rauchen und auf Reisen Abenteuer erleben. Sie würde reich sein, zumindest reich an Erlebnissen.

Wenn sie Joseph ansah, ihren Mann, wie er jetzt war, wusste sie, dass es mit ihm schwierig werden würde. Joseph war müde. Er verzieh ihr alles. Aber sie hatte den Verdacht, dass er ihr nicht aus Liebe verzieh, nicht einmal aus Güte, sondern vor allem aus Müdigkeit.

4

In der ersten Zeit nach seiner Rückkehr wechselte mein Groß-
vater ziemlich oft die Stelle. Zuerst probierte er es bei der
Zahnpastafabrik, danach bei der Bahn, anschließend in einer
Eisenwarenhandlung. Nach ein paar Monaten war immer
Schluss. Er kündigte oder wurde gekündigt, ohne dass man
in jedem einzelnen Fall genau hätte sagen können, weswegen.
Im Grunde wollte er einfach nicht wieder da anfangen, wo
er vor dem Krieg aufgehört hatte, als Arbeiter, ganz unten.
In Russland hatte er Verantwortung für das Leben von fünfzig Männern getragen, im Lager war er einer derjenigen, die
am besten Russisch sprachen, auch deswegen hatte er überlebt. Zu seiner eigenen Verwunderung schien er ein Talent für
Sprachen zu besitzen. Kämpfen und überleben, das sind exis-
tenzielle, anspruchsvolle Aufgaben, dachte er. Ich habe mich
qualifiziert, dachte er. Ich war einer der Besten im härtesten
Spiel der Welt. Sicher, Glück war auch dabei.

Ich bin ein Sieger, dachte er. Wenn Überleben das vernünf-
tigste Kriegsziel ist, und dafür spricht vieles, bin ich ganz klar
ein Sieger.

Eine Zeit lang versuchte er es als Verkäufer in einer Tierhandlung. Aber er war zu rechthaberisch, um ein guter Verkäufer zu sein. Wenn die Kunden seiner Ansicht nach Unsinn
redeten, zum Beispiel, dass Skalare Maulbrüter sind, fiel er ihnen ins Wort und sagte: »Einem Dummschwätzer wie Ihnen

sollte man am besten gar keine Fische verkaufen.« Daraufhin wurde ihm nahegelegt, sich etwas anderes zu suchen.

Schließlich landete er als Bote bei einer Bank. Bei der Arbeit trug er einen Anzug. Wenn er nach seinem Beruf gefragt wurde, antwortete er: »Bankangestellter.«

Katharina schlief noch, wenn er sich Frühstück machte. Meistens belegte er sich ein Wurstbrot, danach noch ein zweites für die Frühstückspause. Wenn er nach Hause kam, wartete sie auf ihn, sie aßen etwas, anschließend gingen sie manchmal ins Kino oder am Fluss spazieren. Dann brachte er sie in die Rheingoldschänke, dort trank er ein oder zwei Bier. Katharina arbeitete nur, wenn sie Lust hatte. Dass sie nur relativ wenig Geld verdiente, war etwas, das mein Großvater nicht begreifen konnte.

Er sagte: »Du musst einen größeren Anteil verlangen. Du bist zu gutmütig.«

Sie sagte: »Wer bezahlt die Miete für die Bar, wer kümmert sich um die Genehmigungen, wer putzt, wer macht und tut, dann liegen noch Schulden auf allem, es ist außerdem meine Schwester, soll ich tun, als ob mich ihre Probleme nichts angehen, aber sie hat wenigstens Initiative, das liegt bei uns im Blut, wir haben Initiative, außerdem, du bist der Mann, du bist der Ernährer, sei froh, dass deine Frau überhaupt etwas verdient, schau dir die anderen Frauen an, die liegen den ganzen Tag faul auf ihren fetten Ärschen.«

Er sagte: »Ist ja gut.«

In der Bank war er beliebt, weil er zuverlässig war. Er kam nie zu spät. Er wurde nicht krank. Überstunden waren kein Problem. In Urlaub fuhr er nie. Er hatte Russland gesehen, das reichte, bei dem Gedanken an ausländische Landschaften bekam er ein unbehagliches Gefühl, eine Art Angst, gemischt mit schlechtem Gewissen, das Ausland blieb für ihn immer eine Gegend, in der geschossen und gekämpft wird und wo ein Deutscher seines Lebens nicht sicher ist. Da waren doch überall Partisanen. Statt des Urlaubs ließ er sich Geld geben. Hin und wieder schickte ihn sein Chef zwangsweise in die Ferien. Sie müssen sich erholen, sagte er, und ließ seine Sekretärin ein billiges Hotel im Schwarzwald buchen. Das Hotel zahlte die Bank. Er fuhr alleine, obwohl die Bank vielleicht auch ein Doppelzimmer bezahlt hätte. Aber dazu hätte er im Büro des Filialdirektors fragen müssen, das wollte er nicht. Außerdem fand Katharina den Schwarzwald langweilig.

Aus der kleinen Wohnung zogen sie in eine größere, siebzig Quadratmeter, Neubau, drei Zimmer, Küche, Bad, sogar ein Balkon, von dem man auf eine Brandmauer blickte. Die Wohnung gehörte der Bank, die Miete war niedrig.

Die neuen Häuser unterschieden sich von den anderen Gebäuden, die es in der Stadt bis dahin gegeben hatte. Jeder Reisende, der ohne historisches Vorwissen die Stadt besuchte, konnte sofort begreifen, dass hier gerade eine neue Epoche begann, besser gesagt, dass die Bewohner dazu entschlossen waren, eine neue Epoche zu beginnen. Sie sahen alle gleich aus, die Häuser, sie waren schmucklos. Vor dem Krieg hatte es hier und da immer noch einen Sims oder einen Vorsprung, einen kleinen Zierrat oder die Andeutung eines Erkers gegeben, etwas, das in die Vergangenheit wies. Die Häuser der Vorkriegszeit sahen nach dicken Mauern aus, nach einem festen Stand. Das war vorbei. Die neuen Häuser wirkten zerbrechlich in ihrer Glätte, ihre Mauern umschlossen sie nicht wie ein Schutz, sondern wie ein zerbrechlicher Firnis.

Die Wohnungen besaßen Wannen und Zentralheizungen, das heiße Wasser lieferte ein Boiler, dessen Flamme etwa eine halbe Stunde vor dem Bad mit Streichhölzern angezündet wurde. Die Gewohnheit, einmal in der Woche zu baden, meistens am Samstag, wurde von den meisten Bewohnern beibehalten, obwohl man jetzt theoretisch baden oder duschen konnte, so oft man wollte. Die Bäder waren bis zur halben Höhe des Badezimmers gekachelt, alles wurde in dezenten Farben gehalten, die als Farben kaum zu erkennen waren, ein ganz helles Gelb, ein ganz helles Blau, viel Grau, ja, eigentlich herrschte Grau vor. Die Geländer in den Treppenhäusern bestanden aus Stahl, der Handlauf war mit Plastik dünn überzogen. Die Balkonbrüstung bestand aus hartem Kunststoff, der gewellt war wie Blech. Unter dem Dach, im obersten Geschoss, besaßen die meisten Häuser kleine Mansarden, nur acht oder neun Quadratmeter, eine pro Mietwohnung, die von den Mietern als Gäste- oder Kinderzimmer verwendet werden durften.

Die neuen Häuser traten mit einem anderen Anspruch auf als die alten. Man sah ihnen auf den ersten Blick an, dass sie nicht für die Ewigkeit gebaut waren, nicht einmal für zwei oder drei Jahrhunderte. Man hatte aufgehört, so zu denken. Die neuen Häuser waren etwas Komfortables, aber Vorläufiges, sie verlangten nicht, dass man ein Gefühl mit ihnen verbindet. Letztlich war es egal, in welches der neuen Häuser man einzog.

Er übernahm den Posten des Hausmeisters. An jedem Wochenende fegte er die Treppen, den Hof und die Straße vor dem Haus, im Winter schippte er Schnee, wechselte Glühbirnen aus und verkaufte den Mietern fünf Mal in der Woche von siebzehn bis neunzehn Uhr an der Wohnungstür gewellte Metallmarken, mit denen sie die Maschinen in der Waschküche bedienen konnten. Hausmeister, dachte er, war im Grunde etwas Ähnliches wie Unteroffizier.

Auf der anderen Seite des Treppenhauses wohnte Familie Wiese. Die Wieses waren ungefähr gleichaltrig wie meine Großeltern, besaßen allerdings zwei Kinder, Junge und Mädchen, beide blass und hässlich. Den Jungen musste mein Großvater wegen unerlaubten Fußballspiels im Hof regelmäßig

35

zur Ordnung rufen, was er auf dezente Weise tat, um die gute Nachbarschaft nicht zu gefährden. Zwei Mal hatte Frau Wiese versucht, Katharina und ihn am Abend einzuladen, ganz spontan, auf ein Gläschen Wein mit Knabberzeug. Er hatte beide Male mit einer, wie er fand, fadenscheinigen Entschuldigung abgesagt – einmal wegen Grippe, einmal wegen der monatlichen Wäschemarkenabrechnung, muss unbedingt heute gemacht werden, wissen Sie, die Siedlungsgesellschaft ist da streng –, so eine gute Nachbarschaft wollte er auch wieder nicht. Frau Wiese grüßte trotzdem immer freundlich, fragte nach dem Befinden und so weiter, das kam meinem Großvater nicht normal vor. Was wollen die eigentlich, fragte er sich. Wer sich so ranschmeißt, will immer was, das kannst du nachlesen im Band Allgemeine Lebenserfahrung, Kapitel eins.

Er war auch für die Gartenpflege zuständig. Vor dem Haus befand sich ein etwa vier Meter breites und dreißig Meter langes Rasenstück, das der Verschönerung des Gesamteindrucks diente. In dem Rasenstück wuchsen drei Büsche. Damit niemand den Rasen betrat und damit er nicht von Hunden verunreinigt wurde, wurde er von einem etwa sechzig Zentimeter hohen Busch umgrenzt. Dieser Busch bestand hauptsächlich aus immergrünen, harten Blättern, an den Ästen wuchsen lange Stacheln, oder vielleicht Dornen, auch den Namen des Busches kannte mein Großvater nicht, an botanischen Einzelheiten war er nicht interessiert. Alle Pflanzen brauchen das Gleiche, Wasser und Sonne, lediglich in verschiedenen Mengen. Bei den Tieren aber braucht jede Art etwas anderes. Die eine Tierart braucht zum Beispiel Zuwendung, die andere möchte in Ruhe gelassen werden. Tiere sind interessanter. Je interessanter ein Lebewesen ist, dachte mein Großvater, desto schwieriger wird es, diesem Lebewesen etwas Gutes zu tun. Der Busch musste jedenfalls regelmäßig in die Form eines rechteckigen Kastens geschnitten werden, keine einfache Sache, vor allem wegen der Dornen oder Stacheln.

Beim Gießen erlaubte sich mein Großvater eine Eigenmächtigkeit. Ein paar Meter vom Haus entfernt, an einer Straßenkreuzung, stand einer der zahlreichen Bäume, die in dem Viertel im Rahmen der Neubebauung frisch eingepflanzt worden waren. Diesen Baum, dessen Namen er ebenfalls nicht kannte, goss er einfach immer mit, obwohl für den Baum ja eigentlich die Stadt zuständig war und obwohl das Wasser von der Siedlungsgesellschaft der Bank bezahlt wurde, er sich also nicht so korrekt verhielt, wie es sonst seine Art war. Wenn es im Sommer besonders trocken war, bekam der Baum außer der Reihe eine Extraportion Wasser, während der Rasen und vor allem der Dornbusch zu warten hatten. Samstag war Gießtag für alle, und zwar bei jedem Wetter.

Der Baum war zwei Meter hoch, nein, eher niedriger, er besaß ein halbes Dutzend Äste. Im Laufe der Zeit konnten mein Großvater und mit ihm die gesamte Straße beobachten, wie dieser Baum sozial auffällig wurde. Er überflügelte seine Konkurrenten. Er wuchs schneller und üppiger als alle anderen, in atemberaubendem Tempo schoss er nach oben, er explodierte vor Kraft und Lebenslust. Wenn jemand in den Straßen der Neustadt spazieren ging, ein Fremder, die Fronten der neuen Häuser entlang, die trotz ihrer dünnen Mauern und ihrer Zerbrechlichkeit etwas von Kasernen hatten, schwachen, ängstlichen Kasernen, obwohl Kasernen gar nicht mehr populär waren, dann musste dieser Fremde vor dem Baum meines Großvaters ganz einfach staunend stehen bleiben. Dieses Exemplar schien zu einer anderen Art zu gehören als die anderen Bäume der Neustadt, einer erobernden, amazonischen Art, und dieses unsystematische, scheinbar dem Lustprinzip gehorchende Anpflanzen eines einzelnen Zauberbaums passte überhaupt nicht zu den Prinzipien der Stadtgestaltung,

die damals üblich waren. Oft stand mein Großvater am Wohn-
zimmerfenster und schaute auf seinen Baum, den größten
Baum der Neustadt, und für das Glück, das er dabei fühlte,
fand er so wenig einen Namen wie für vieles andere.

An den Wochentagen fuhr er mit einem Moped die Korres-
pondenz der Bank aus, die zu wichtig und eilig war, um sie der
Bundespost anzuvertrauen, manchmal hatte er auch größere
Mengen Bargeld dabei. Nach zwei Jahren bekam er ein Auto,
einen Fiat 500. Das Auto besaß einen Motor mit fünfzehn PS,
der nur wenig größer war als ein Fußball und der ungefähr
die gleichen Hornissengeräusche von sich gab wie der Moped-
motor. Es hatte eine eierähnliche Form, die Rücksitze waren
für Erwachsene nur eingeschränkt verwendbar.

Obwohl mein Großvater nicht sehr groß war, berührte sein
Kopf beinahe das mit hellgrauem Plastik bespannte Dach des
Autos, das man im Sommer öffnen und zurückklappen konnte. Er pflegte sehr gerade zu sitzen, während sein Hinterteil
sich nur wenige Zentimeter über dem Asphalt der Straße befand. Der Wagen verursachte eine erstaunliche Menge Abgas,
fast immer zog er einen mehrere Meter langen Rauchschweif
hinter sich her. In dieser Art vermutete niemand zwanzig-,
dreißig- oder sogar fünfzigtausend Mark.

Die Erinnerung an die alte Zeit, jene Zeit, in der noch überall alte Häuser standen, wurde von den Hausierern und den
Scherenschleifern wach gehalten, die ein paar Jahre nach dem
Krieg damit anfingen, auf ihren alten Routen durch die Neustadt zu ziehen. Sie gingen von Haus zu Haus und klingelten
an den Türen, als wäre nichts gewesen, sie schienen keinen
Unterschied zu bemerken. Die Hausierer verkauften Teppiche und Staubsauger, Zeitschriftenabonnements und Versi-
cherungen, andere verkauften gar nichts, sondern sammelten
Spenden für das Rote Kreuz oder die Kriegsgräberfürsorge.
Einmal in der Woche kam ein Mann, der im Hof mit einer

Glocke läutete und rief: »Lumpen! Alteisen! Papier!« Gelegentlich stellte sich ein Geiger, ein Mundharmonikaspieler oder ein Sänger in den Hof, nach dem Ende des Konzerts warfen die Bewohner Münzen von den Balkonen. Die Hausierer und Bettler – letztlich waren auch die Musikanten Bettler – verschafften meinen Großeltern ein angenehmes Gefühl, denn es erinnerte sie an die Stadt, die sie in ihrer Jugend gekannt hatten, an die alte Neustadt.

Einmal kauften sie von einem Mann, der nicht gut roch, einen Staubsauger. Meine Großmutter unterzeichnete einen Ratenvertrag für den Staubsauger, obwohl ihr nicht wohl dabei war und sie zu wissen glaubte, dass solch ein Staubsauger anderswo billiger zu haben war. Aber sie empfand Mitgefühl für den Mann, der wahrscheinlich nicht so gut Fuß gefasst hatte wie Joseph und sie selber. In der folgenden Woche klingelten doppelt so viele Hausierer wie üblich, das hat man eben davon. Danach hütete sie sich wochenlang, einem von ihnen die Tür zu öffnen, aus Angst vor ihrer Weichherzigkeit. Mein Großvater murrte und schimpfte zuerst wegen des Staubsaugers, aber dann probierte er ihn aus und war von seiner Modernität, seinen unverwüstlichen, bodenbelagsunabhängigen Hartgummi-Gleitrollen und seiner kompromisslosen Saugbereitschaft stark beeindruckt. Er führte ihn sogar Besuchern vor, später, als es Besucher gab.

Auch die Zigeuner waren wieder da. Das war das Erstaunlichste von allem. Die Zigeuner boten sich hauptsächlich als Scherenschleifer an, außerdem wollten sie Teppiche verkaufen, die sie zusammengerollt über der Schulter trugen. Woher kamen sie? Waren es überhaupt Zigeuner? Sie direkt zu fragen, wagte in den neuen Häusern niemand. Sie hatten schwarze Haare, schwarze Augen, die Frauen trugen bunte Kopftücher, untereinander benutzten sie ihre Sprache, die niemand verstand, also mussten es Zigeuner sein. Die Zigeuner ließen sich Messer und Scheren an der Tür aushändigen, gingen damit weg, an einen unbekannten Ort, in ihre Wohnwagen vielleicht. Eine bis zwei Stunden später kamen sie mit den frisch geschliffenen Messern und Scheren zurück.

Die Bewohner hatten Angst, dass die Zigeuner die Messer nicht zurückbringen würden. Wenn sie dann aber nach zwei Stunden tatsächlich wieder klingelten, hatten die Bewohner Angst davor, dass die Zigeuner ihnen die frisch geschliffenen Messer an ihre Kehlen halten würden. Sie waren als Volk immer heißblütig gewesen, auch erotisch interessant, gewiss, und sie konnten in den letzten Jahrzehnten unmöglich gelassener geworden sein, im Gegenteil, der Zigeuner musste Wut im Bauch haben.

Deswegen wurde selten geöffnet, wenn die Zigeuner klingelten. Aber sie kamen einfach immer wieder. Schweigend standen sie im Treppenhaus vor der Tür, die Bewohner schauten durch ihre Gucklöcher hindurch, die es in den neuen Häusern gab, die so genannten Spione. Meistens waren es zwei Zigeuner, ein Mann und ein Kind oder eine Frau und ein Kind, in einer dieser beiden Kombinationen. Zigeuner und Bewohner blickten einander an, die Zigeuner sahen das blaue, braune oder grüne Auge im Spion, der Bewohner sah die Zigeuner, alle schwiegen, das dauerte eine Weile, dann sagte der erwachsene Zigeuner einen Satz zu dem Zigeunerkind, ruhig, ohne erkennbare Emotion, und sie gingen weiter zur nächsten Tür.

Am Wochenende wanderte mein Großvater die zwei oder drei Kilometer zum Fußballplatz, am Bahnhof vorbei, bei dessen Anblick er immer an seine Ankunft aus Russland denken musste, durch die Bahnunterführung hindurch, dann hoch, zu dem Stadion, wo er vor dem Krieg in einer Jugendmannschaft gespielt hatte, als linker Läufer, der die Bälle nach vorn trägt, damit die Stürmer ihre Tore schießen können.

Der Verein hatte in den fast fünfzig Jahren seiner Existenz

niemals auch nur den unwichtigsten Titel gewonnen, in der Oberliga kämpfte er immer gegen den Abstieg. Sie spielten nicht gut, aber wenigstens ließen sie sich nicht hängen. Kaiserslautern war ihr großer Rivale, gegen den sie sich ein oder zwei Mal in einen Rausch steigerten und legendäre Siege erzielten, für die sie anschließend, völlig erschöpft, mit fünf oder sechs Niederlagen in Folge bezahlten. Einmal mussten sie, um nicht abzusteigen, das letzte Spiel der Saison unbedingt gewinnen, nur ein Sieg zählte, sie lagen aber schon nach ein paar Minuten 0:2 zurück, aber am Ende siegten sie 3:2. Das war typisch für sie, egal, wie die Spieler hießen oder der Trainer, es war eigentlich immer aussichtslos, es war immer Kampf. Sie brauchten das Publikum, das Publikum flehte und drohte mit den Fäusten, das Publikum fiel vor ihnen auf die Knie oder beschimpfte sie, nur die stärkste Dosis half, aber am Ende gewannen sie immer die entscheidenden Spiele, um im nächsten Jahr wenigstens dabei bleiben zu dürfen, meistens in der letzten Minute. Auf den Stehplätzen fielen die Männer sich in die Arme, lachend und weinend gingen sie nach Hause, einen Verein, der so oft verliert, aber niemals endgültig, gibt es nur einmal.

Mein Großvater ging meistens mit einem Freund zum Fußball, den er aus der Schule kannte und der ebenfalls in Russland gewesen war. »Ging« ist in diesem Zusammenhang sicher nicht das ideale Wort, weil der Freund im Krieg beide Arme und beide Beine verloren hatte. Er war auf eine Mine getreten und hatte dabei unverschämtes Glück gehabt. So etwas überlebt man normalerweise nicht. Dieser Freund war in der Stadt berühmt dafür, dass er abends in den Neustadtkneipen mit dem Mund Skat spielte. Er schaffte es, die Karten mit Hilfe seiner Lippen und seiner Zunge so geschickt zu halten, dass niemand ihm in sein Blatt schauen konnte. Wenn er an die Reihe kam, legte er die Karten mit dem Bild nach unten vor sich hin, nahm eine von ihnen mit den Lippen auf und spuckte sie in elegantem Bogen auf den Tisch. Die Karten waren an den Ecken angekaut und glitschig, sie rochen nach Bier, manche Mitspieler wischten sie vor dem Aufnehmen kurz mit einem Taschentuch ab. Anderen war es egal.

Tagsüber saß er in der Innenstadt am Straßenrand und verkaufte Postkarten. Er bewegte sich auf einem Brett mit Rädern, zu dem ein Stock mit einer Lederschlaufe gehörte. Der Mann nahm die Lederschlaufe in den Mund und ließ sich ziehen, zum Beispiel hoch ins Stadion, aber auch in die Innenstadt, wenn er den Verkaufsplatz wechseln wollte, er sprach dann einfach jemanden an. Niemand wagte, Nein zu sagen. Die Schlaufe war an der Stelle, die er immer im Mund hatte, dünn und hart und mit einer Art Pilz überzogen, einem grünlich-schleimigen Belag. Den gleichen Belag hatte der Mann auf den Zähnen. Im Stadion, in dem es damals nur wenige Sitzplätze gab, die niemand sich leisten konnte, ließ er sich hochheben, um etwas zu sehen. Das schaffte mein Großvater immer nur für wenige Minuten, denn sein Freund war, trotz seines Handicaps, schwerer als er. Mit Armen und Beinen wäre er eine stattliche Person gewesen. Danach sprach der Mann nacheinander alle anderen Männer an, die um ihn herumstanden. Jeder hielt ihn einige Minuten lang hoch, bis niemand mehr Lust und Kraft hatte. Das war meistens in der Mitte der zweiten Halbzeit der Fall, wenn das Spiel in die entscheidende Phase ging.

Der Mann saß unten auf seinem Brett, schimpfte, bettelte und tobte, schrie: »Kameraden! Jetzt macht doch mal!«, seine Stimme war dabei auffällig hell, aber die berühmten, alles entscheidenden Tore in der neunzigsten Spielminute, diese Tore, von denen man in der Stadt noch jahrelang sprach, hat der Mann unten auf dem Brett niemals gesehen. Auf dem Nachhauseweg war er still und nachdenklich, es ging bergab, er rollte voran, mein Großvater hielt ihn an seinem Stock. Auch er schwieg.

Bei all dem war mein Großvater erst ein Mann in den mittleren Dreißigern, beinahe noch jung. Wenn er in den Spiegel schaute, bemerkte er, dass er sich seit seiner Rückkehr zum Positiven verändert hatte, kein athletischer Jüngling mehr, gewiss, keine Schönheit, aber passabel, mit vollem Haar, männlichem Kinn und so weiter. Er sah, wie sich auch die Stadt im Laufe der Jahre erholte. Am Bahnhof wurde gebaut. Es gab immer mehr Studenten, die in den Weinlokalen saßen und von der Zukunft redeten. Das Land stürmte voran, wie niemand es in den Trümmern der ersten Jahre, als er noch im Lager saß, für möglich gehalten hätte. Die Wirtschaft rollte schneller als jede Panzerarmee. Die Zukunft würde Triumphe bringen, das schien sicher, Aufstieg, Erfolge, die Zukunft erschien in diesem Augenblick wichtiger, als sie es jemals in anderen Epochen oder in anderen Ländern gewesen sein könnte. Denn die Vergangenheit war eine Zone, die niemand freiwillig betrat. Das Land bestand nur aus Zukunft, es hatte nichts anderes. Weil aber jedes Wirtschaftssystem zu großen Teilen auf dem Glauben an die Zukunft beruht, muss ein Land ohne Vergangenheit das erfolgreichste aller Länder werden.

Während er vom Fußballplatz nach Hause ging, dachte mein Großvater an die Kinder, die er großziehen wollte. Er sah sich, wie er mit einem oder mehreren Kindern zum Fußball ging, wie er die Abseitsregel und die Geschichte des Vereins erklärte, wie sie gemeinsam über Tore jubeln und im Chor rufen: »Schiri ans Telefon!« Das sollte sein Beitrag zur Zukunft sein.

Wenn die Kriegsheimkehrer in den Kneipen zusammensaßen, wenn sie ihrer verlorenen Jugend nachtrauerten oder ihren verlorenen Gliedmaßen, das ging bei ihnen alles ineinander über, wenn sie sagten, dass damals nicht alles schlecht gewesen war, dann sagten sie die Wahrheit, denn sie sprachen über sich selber. In Wirklichkeit meinten sie: Ich bin nicht ganz schlecht gewesen. Damit hatten sie sicher Recht, denn ganz schlecht ist keiner. Mein Großvater war wütend, weil viele andere überhaupt keinen Preis bezahlt hatten, Schreibstubenhengste, Bürokraten, Drückeberger, Großmäuler, die jetzt wieder Karrieren machten, wieder auf Vormarsch, während sie, die mit ihren Armen und Beinen die russische Erde gedüngt hatten, mit diesen Worten drückten sie das in der Kneipe aus, für die Zukunft nichts taugten, weil sie jeden Morgen im Spiegel die Niederlage sahen, die in ihren Gesichtern geschrieben stand.

Ein Kind, dachte Joseph, würde ihn mit neuen Augen sehen. Es muss nichts vergessen. Was vor ihm war, ist nicht geschehen. Ein Kind würde nicht den Mann lieben, der ich einmal war, sagte er sich, und nicht den Mann, der ich gerne geworden wäre, sondern den, der ich bin.

Als er vom Fußball zurückkam, setzte er sich an den Küchentisch und sagte: »Wir haben gewonnen. Wir sollten ein Kind haben, warum eigentlich nicht, ich verdiene, die Wohnung reicht.« Katharina stand am Küchenbuffet und rauchte. Sie sagte: »Was hast du vom Leben bis jetzt denn schon gehabt? Genieß das Leben erst mal ein bisschen. Es ist noch genug Zeit für alles.« Mein Großvater antwortete: »Wenn du nicht willst, sag es. Sag, ich will nicht. Aber schieb es nicht auf mich.«

Er schaute auf die Brandmauer. Links neben der Mauer stand ein Altbau, mit Balkonen nach hinten, die meistens als Abstellraum genutzt wurden. Rechts lag ein kleiner Hinterhofpark, mit Bäumen und Beeten, die man sehen konnte, wenn man sich vom Balkon ein wenig vorlehnte. Die Bäume waren noch klein, weil alle großen Bäume nach dem Krieg gefällt und zu Brennholz verarbeitet worden waren.

Katharina ging zu ihm. Sie setzte sich neben ihn und legte ihm die Hand aufs Bein. Sie fragte: »Warum ist das denn so wichtig?« Mein Großvater legte seinen Kopf auf den Tisch, er betrachtete das Brotmesser, das Holzbrettchen, die Kaffeetasse, die Tischdecke, er sagte: »Es ist ein Gefühl, das ich habe, es wäre gut für uns, besser kann ich es nicht ausdrücken«, und Katharina fand ihn ein bisschen unheimlich, aber auch attraktiv, mit dem Kopf auf der Tischplatte, neben dem Brotmesser, er machte die Augen zu, sie sagte: »ich weiß nicht, ob ich dafür die Richtige bin«, er sagte: »das heißt nein«, sie sagte: »das heißt, ich weiß nicht«, er sagte: »ich bin seltsam, oder«, sie sagte: »seltsame Männer gefallen mir«. Mein Großvater dachte daran, wie es wäre, wenn er jetzt das Brotmesser nehmen und Katharina erstechen würde. Seit dem Krieg hatte er manchmal solche Gedanken, weil er den Tod kannte, wie leicht es ist mit ihm, wie schnell das geht, aber er wusste, dass er Katharina nicht töten würde, er war nicht einmal wütend auf sie, es war nur der Gedanke daran, wie es wäre.

Stattdessen griff er nach ihrer Hand, küsste sie und spürte dabei, dass er jetzt mit ihr schlafen könnte, also taten sie es. Wie immer passte er auf. Anschließend zog er sich vorsichtig an. Katharina schlief schon, sie schlief danach schnell ein, so, wie es bei Männern oft ist, er war da anders. Er ging hinaus, es war fast Mitternacht, Sommer, an dem Baum vorbei, mein Baum, dachte er, und ging durch die Neustadt, wo die meisten Rollläden schon heruntergelassen waren. Es war so still, dass man hören konnte, wie die Ameisen im Schlaf ihre Beine bewegten. Das war so ein Sprichwort. In der Kneipe spielte der Beinlose immer noch mit dem Mund Karten.

5

Den Käfig für die Wellensittiche hatte mein Großvater mehrere Male vergrößert, denn die Wellensittiche fühlten sich wohl
und vermehrten sich dementsprechend. Der Käfig nahm die
halbe Küche in Anspruch, er enthielt ein Baumgerippe und
ein Dutzend kleine Vogelhäuschen, in denen Tag und Nacht
emsig gebrütet wurde. Die älteren Vögel setzten sich zutrau-
lich auf die Schulter, sie konnten immer noch ein paar Brocken Russisch. Bei den Jüngeren kam mein Großvater mit
dem Unterricht nicht nach. Die Jugend wuchs mehr oder weniger ohne Bildung auf.

Je größer der Käfig wurde, desto lebhafter wurden die Wellensittiche. Es wirkte wie eine Art Doping. Sie flatterten umher, kreischten und schafften es, dass ihr Sittichkot in der ganzen Küche klebte, aber wie, das war das große Rätsel. Weder
Joseph noch Katharina sahen je, wie es passierte. Vielleicht
koteten sie in ihren kleinen Holzhäuschen auf die Flügel und
nachts warfen sie das Zeug durch das Käfiggitter. Mein Großvater putzte es immer weg, er isolierte die Küchenfenster mit
Schaumstoff und Klebeband, auch die Tür wurde isoliert, wegen des Lärms und der Nachbarn. Aber man konnte die Vögel
im Schlafzimmer immer noch leise hören. Es klang wie im
Dschungel, nur, dass sich in das Gekreische hin und wieder
ein gedämpfter russischer Fluch mischte.

Meine Großmutter mochte die Vögel nicht. Vor allem beim

Kochen empfand sie den Gedanken an sie als unangenehm. »Weißt du, wie viel Vogelscheiße wir schon gegessen haben, ohne es zu merken?«, fragte sie. Um die Vermehrung der Vögel zu bremsen, baute mein Großvater ein Terrarium. Das Gestell des Terrariums schweißte er auf dem Hof aus den Resten eines Bettgestells zusammen, das im Keller herumgelegen hatte, die Glasscheiben ließ er sich zuschneiden. Er füllte das Terrarium mit Sand, den er sich am Rheinufer besorgt hatte, den Sand wusch er fünf Mal, wegen der Chemikalien. In einer hinteren Ecke des Terrariums grub er einen Blumentopf ein, in dem ein kleiner Gummibaum wuchs.

In dem Terrarium saß eine gepanzerte Echse, die böse glotzte und ungefähr so groß war wie ein Wellensittich. Auf einem interessant gebogenen Ast, den mein Großvater im Wald gefunden hatte, hockte ein Chamäleon, das mit Spinnen und Fliegen gefüttert wurde. Die Spinnen fing mein Großvater bei seinen Reinigungsarbeiten im Hof, er brachte sie in einer Streichholzschachtel nach oben und schüttelte die Schachtel über dem Terrarium aus. Das Chamäleon schaute sich die Spinne lange an, bevor es seine Zunge wie eine lange Schublade ausfuhr und die Spinne einsackte. Das Glanzstück des Terrariums bildete eine Blindschleiche, die fast einen halben Meter lang war. Die Blindschleiche war ihm bei einem Waldspaziergang aufgefallen, als er nach Käfern suchte, um dem Chamäleon Abwechslung zu bieten, er hatte sie in den Verbandskasten seines Autos gesperrt.

Ein- oder zwei Mal in der Woche suchte er in den Vogelhäuschen nach Eiern und verfütterte sie an die Bevölkerung des Terrariums. Die Blindschleiche war scheu und zeigte sich fast nie, die Eier aber fraß sie.

Eines Tages war die Blindschleiche verschwunden. Mein Großvater merkte es, als er das Terrarium saubermachte. Er war schlecht gelaunt von der Arbeit gekommen und beging einen Fehler, weil er schnalzende Lockgeräusche machte und leise sagte: »Wo steckt bloß die Blindschleiche?« Das hörte Katharina und schrie: »Die Schlange ist ausgebrochen!« Innerlich konnte sie nie akzeptieren, dass Blindschleichen zur Familie der Eidechsen gehören. Es ist ja auch eine verrückte Laune der Natur.

Mein Großvater suchte in allen Ecken und Winkeln, erst im Terrarium, dann systematisch in allen Zimmern. Die Blindschleiche schien sich tatsächlich in Luft aufgelöst zu haben. Im Terrarium war nicht das kleinste Loch, das Terrarium war dicht, so viel war klar, aber die Blindschleiche hatte womöglich den Deckel angehoben, mit der Beleuchtung. Ein Tier von dieser Größe muss zwangsläufig eine gewisse Kraft besitzen. Katharina schrie fast ununterbrochen, dass sie in der schlangenverseuchten Wohnung nie wieder ruhig schlafen könnte. Sie würde zu ihrer Schwester ziehen, Joseph sei verantwortungslos.

Mein Großvater nahm Katharina an der Hand. Nachdem sie seine Hand drei- oder vier Mal weggeschlagen hatte, ließ sie es sich gefallen. Dann führte er sie in den Hausflur, schloss die Tür ab, ging mit ihr auf die Straße und zu dem Fiat, der ihn zwischen all den VW-Käfern, den Borgwards und den Fords für den Bruchteil einer Sekunde an ein überdimensionales Wellensittichei erinnerte. Er sagte: »Die Blindschleiche bekommen wir in den Griff.« Katharina schrie: »Die Tiere müssen alle weg! Alle! Die Schlange ist ausgebrochen! Ich rufe die Siedlungsgesellschaft an, du darfst in der Wohnung gar nicht so viele Tiere halten!« Das stimmte.

Sie fuhren in das Tierheim. Mein Großvater sagte, dass er das Überbevölkerungsproblem bei den Wellensittichen mit Hilfe des Terrariums gelöst habe. Jetzt werde er auf genau die gleiche, ruhige und kontrollierte Weise das Blindschleichenproblem lösen. Sie würden eine Katze kaufen. Meine Großmutter schrie: »Nicht noch ein Tier! Nicht noch eines!« Joseph erklärte ihr, dass eine Katze der perfekte Jäger ist. Überall dort, wo in der freien Natur sowohl Katzen als auch Schlangen vorkommen, werden die Schlangen von den Katzen gefressen, eine biologische Tatsache, wobei er bereit war, für einen Augenblick die andere Tatsache beiseite zu lassen, dass nämlich eine Blindschleiche gar keine Schlange ist.

Meine Großmutter schrie: »Die Vögel! Die Katze wird doch auch deine Vögel fressen!«

Er habe sich schon längere Zeit überlegt, dass es mit den Vögeln so nicht weitergehe, sagte mein Großvater. Er sei bereit, die Voliere abzubauen und den Vogelbestand zu reduzieren. Acht Wellensittiche seien genug, nein, warum nicht noch radikaler: drei. Die Besten. Für diese Elite würde ein einziger, mittelgroßer Käfig genügen, den man auf den Küchenschrank stellen könnte, wo die Katze nicht hinkommt. Meine Großmutter sagte, unter diesen Umständen könnten sie sich die Katzen ja wenigstens mal anschauen.

Die Katze, die sie mitnahmen, war angeblich eine halbe Angora. Sie hatte jedenfalls was Edles. Langes, gelbliches Haar, graue Augen. Futter gaben sie einem für die ersten paar Tage gleich mit. Mein Großvater füllte einen Fragebogen aus, als Grund für den Kauf gab er an: »Tierliebe.« Auf dem Fragebogen sollte man auch ankreuzen, ob man bereits andere Haustiere besitzt und, falls ja, welche. Mein Großvater kreuzte an: »Keine weiteren Haustiere«.

Die Katze war jung. Als sie in der Wohnung aus dem Korb herausgelassen wurde, schlug sie mit dem Schwanz wild hin und her. Sie ließ sich aber auch streicheln, fing an zu schnurren und warf sich auf den Rücken, um sich am Bauch kraulen zu lassen.

»Gute Katze«, sagte Katharina, »gutes Tier. Wir müssen uns einen Namen ausdenken.« Die Katze sollte nachts mit ins Schlafzimmer, sonst würde sie sich nicht sicher fühlen. Mein Großvater erzählte, dass die Katze die Blindschleiche wittern würde, auf diese Weise könnten sie herausfinden, wo sie steckt, und er würde sie wieder einfangen. Dass die Katze die Schlange frisst, wollte er nicht.

Außer den Vögeln schien die Katze gar nichts zu wittern. Sie setzte sich vor die geschlossene Küchentür und miaute. Dann kratzte sie an der Tür. Immer, wenn jemand in die Küche ging, versuchte sie, mit hineinzuschlüpfen. Meine Großmutter meinte, die Schlange sei vielleicht immer noch in der Küche. Sie nahmen die Katze trotzdem auf den Arm und trugen sie aus der Küche heraus, denn die Wellensittiche spielten verrückt, sobald sie die Katze sahen, sie flatterten wilder herum als jemals zuvor. Dabei hatten die meisten von ihnen bestimmt noch nie eine Katze gesehen.

Die Ohren der Katze zuckten, sobald sie den Käfig erblickte. Sie versuchte, mit der Pfote durch das Gitter zu fassen. Dabei hatte die Katze doch auch umgekehrt keine Ahnung von Wellensittichen. Die Wellensittiche hätten ja auch eine Spezies sein können, die sich in ihrem Lebensraum hauptsächlich von jungen Katzen ernährt. Diese Möglichkeit wurde von der Katze gar nicht erst in Betracht gezogen. »Das ist der Instinkt, das ist die Natur«, sagte mein Großvater.

In der Wohnung wirkte sie nicht mehr ganz so edel, das gelbe Fell erinnerte meine Großmutter an die Schonvorhänge in einem Raucherhaushalt. Mein Großvater stellte das Katzenklo ins Schlafzimmer, dann brachte er Katharina in die Bar und trank dort wie gewohnt ein oder zwei Bier. Als er wieder nach Hause kam, hörte er die Katze an der Schlafzimmertür kratzen. Er ließ sie in die Küche, weil er dachte, dass sich die Katze und die Wellensittiche vielleicht aneinander gewöhnen und es beide mit der Zeit ruhiger angehen lassen. In der Natur nimmt ein Löwe die Affen, die über ihm im Baum herumturnen, überhaupt nicht mehr zur Kenntnis. Der Löwe hat sich innerlich damit abgefunden, dass er an die Affen nicht herankommt. Dieser Fall hier schien anders gelagert zu sein.

Am nächsten Tag war Samstag, und sie gingen tanzen. In der Rheingoldschänke gab es keine richtige Musik, nur eine Musikbox. Trotzdem war dort samstags viel los, aber zwei oder drei Frauen arbeiteten nur am Wochenende, es war genügend Personal da, Katharina musste nicht unbedingt kommen. Die besseren Tanzlokale lagen auf der anderen Rheinseite. »Lass uns den Bus nehmen«, sagte mein Großvater. Er dachte an die Alkoholkontrollen. »Warum nicht ein Taxi«, sagte Katharina.

Auf der Taxifahrt lehnte sich Katharina auf dem Rücksitz an ihn und zählte die Ruinen, das war ein Spiel von ihr. Jedes Mal, wenn sie über den Rhein in die Nachbarstadt fuhren, wurden es weniger.

Das Parkschlösschen war schon voll, als sie kamen. Es hatte eine lange Glasfassade zur Straße hin, gegenüber lag der Stadtpark. Die Dunkelheit des Stadtparks und die Helligkeit des Parkschlösschens standen zueinander in reizvollem Kontrast. Das Parkschlösschen gehörte einem Belgier, der nach dem Krieg nicht nach Belgien zurückgehen konnte, angeblich aus politischen Gründen. Woher er sein Geld hatte, wusste niemand. Der Belgier stand den ganzen Abend an der Theke und beobachtete das Lokal. Wenn es an einem Tisch ein Problem gab, ging er hin, beruhigte mit ein paar Worten die Lage und bezog dann wieder seinen Beobachtungsposten. Die Kapellen kamen meistens aus dem Ausland. Italiener, Schweizer, Griechen, alles Mögliche. Sie spielten Tanzmusik, Songs von Johnny Matthis, Perry Como, auch Caterina Valente oder Zarah Leander. Es gab schon die ersten Rock 'n' Roll-Hits, aber hier mochten die Leute mehr die langsameren Lieder und wollten richtig tanzen, wie sie es gelernt hatten. Mein Großvater tanzte nicht gut, aber es reichte, um sich nicht zu blamieren.

Er war zu klein und zu dünn, das war sein Hauptproblem, er wirkte nicht schlank, sondern spillerig, obwohl er viel aß. Er kriegte einfach kein Fett auf die Rippen. Katharina war auf der Tanzfläche eine Sensation. Um den Hals trug sie das schwarze Samtband, wegen der vernarbten Schusswunde.

Sie tranken zuerst Bier, später jeder ein paar Piccolos. An ihrem Tisch saßen zwei Amerikaner, schon etwas älter, vielleicht Offiziere, aber ohne Uniform. Katharina erzählte mit Händen und Füßen, dass sie Tänzerin sei. Der eine Amerikaner sagte: »Oh, I love ballet, German women can do incredible things with their bodies«, und lachte. Der andere konnte Deutsch und fragte, ob er sie vielleicht schon mal auf der Bühne gesehen habe, er sei schon ein paar Mal hier im Theater gewesen. »Ich glaube, ich bin jemand, den Sie erst noch kennen lernen müssen«, sagte Katharina. »Lohnt es sich denn?«, fragte der Amerikaner.

»Das weiß man immer erst hinterher«, sagte meine Großmutter. »Und Sie, lohnt es sich denn bei Ihnen?«

»Bei mir weiß man es auch erst hinterher«, sagte der Amerikaner, »aber ich höre selten Klagen.«

»Und ich höre sogar nie Klagen.«

»Tanzen Sie eigentlich lieber alleine oder zu zweit?«

»Ich habe sogar schon zu dritt getanzt. Auch das kann sehr schön sein.« In diesem Stil ging es eine ganze Weile hin und her.

Um kurz nach eins tauchte Katharinas Schwester auf. »Ich habe alle rausgeschmissen und den Laden dichtgemacht«, sagte sie. »Man lebt nur einmal.«

Begleitet wurde Rosalie von einem Mann Mitte oder Ende vierzig, der sein dunkles Haar mit Pomade frisiert hatte und einen weißen Anzug trug. Er hieß Fritz und hinkte. Die Schwester erzählte, dass Fritz ein großes Tier sei, Prokurist oder etwas in dieser Art, bei Erdal oder Hakle, war auch egal,

Geld wie Heu jedenfalls. Fritz sei die große Liebe ihres Lebens, zumindest für heute Abend. Fritz habe sogar die Absicht geäußert, sie zu heiraten, ist das nicht süß. »Da habe ich mein Gebiss ausgezogen, es vor ihm auf den Tisch gelegt und habe gefragt, was jetzt, mein Kleiner. Und Fritz – du bist süß, Fritz – hat seine Hose hochgekrempelt und mir sein Bein gezeigt, ein Holzbein, wir zwei passen zusammen wie der Kopf und der Hintern.«

Fritz sagte zu den beiden Amerikanern: »Mister America, did you ever kiss a woman that has no teeth? Teethless German women are the best teethless kissers in the world.« Sein Akzent war tadellos.

Fritz kannte die Kapelle. Er kletterte auf die Bühne, begrüßte alle, flüsterte kurz mit den Musikern, dann griff er sich das Mikrofon und sang mit einem hellen Tenor das Lied »Mamatschi, kauf mir ein Pferdchen, ein Pferdchen wär mein Paradies.« Anschließend bestellte er Sekt. Fritz war wirklich eine Granate.

Rosalie erzählte Fritz lang und breit die Geschichte von der Blindschleiche und der Katze und fragte ihre Schwester, wie es ihrem Zoo gehe, ob sie die Schlange nicht in ihrer Tanznummer verwenden könnten, aber bitte nur in ausgestopftem Zustand. Katharina erzählte, dass die Katze in ihrem Bett geschlafen habe und ganz schön Rabatz mache. Dann versuchte sie es auf Englisch, aber sie konnte nur »bed« und »pussycat« sagen, aber das kam bei den Amerikanern gut an, sie lachten jedenfalls.

Mein Großvater sagte dem Amerikaner, dass er bei einer Bank arbeite, als Security Officer, und deswegen eine Waffe besitzen dürfe. Er war schon ziemlich betrunken und bekam deswegen nicht mit, dass er den falschen Amerikaner erwischt hatte, den, der fast kein Deutsch sprach. Der andere tanzte inzwischen mit meiner Großmutter und knutschte mit ihr. Früh am Abend sah der Belgier so etwas nicht gern, um diese Uhrzeit war es ihm egal. Der Amerikaner, der am Tisch saß, legte Joseph die Hand auf die Schulter und sagte: »Don't drink too much, my friend.« Die Schwester kicherte nur noch herum, sie würde Fritz heiraten, wenn Fritz es ernst meine, klar, warum nicht, ein Mann mit viel Geld und mit einem schönen Tenor.

Mein Großvater sagte zu Fritz, dass er am Montag am liebsten nicht wieder zur Bank gehen wolle, gestern habe der Chef ihn zu sich bestellt, da denkt man vorher, habe ich womöglich was ausgefressen, aber er hatte ein gutes Gewissen, und dann hieß es, er solle bitte im Dienst keinen Anzug mehr tragen, das sei zu auffällig, in einem Kleinwagen mit Anzug und Krawatte erwecke man unnötig Neugierde. Ein Bankbote, meint der Chef, muss so unauffällig wie möglich sein.

Das klingt vernünftig, sagte Fritz, darf ich Joseph sagen, schau mal, Joseph, warum willst du dich denn von so einem Idioten überfallen lassen, dauernd steht was in der Zeitung. Die Haare von Fritz waren straff nach hinten gekämmt und glänzten wegen der Pomade, seine Schuhe waren aus geflochtenem Leder.

Mein Großvater sagte, da laufen genug Leute mit Anzug in der Bank herum, von denen ist noch nie einer überfallen worden. Der Anzug steht mir gut, es sieht einfach gut aus. Sollen die ruhig versuchen, mich zu überfallen, ich habe mit zwanzig Mann ein Flugfeld vierzehn Stunden lang gegen die Russen verteidigt, glaubst du, ich habe Angst vor einem Überfall. Im Gegenteil, ich freu mich drauf. Dann verlangte er von dem Amerikaner, dass er seine Muskeln fühlen soll, ein bisschen was davon war immer noch übrig. Der Amerikaner zögerte, aber dann fühlte er, sagte: »A very strong man« und klopfte meinem Großvater wieder auf die Schulter.

Der andere Amerikaner tanzte inzwischen zum bestimmt

fünfzehnten Mal mit Katharina und hatte ihr die Hand unter den Pullover geschoben. Als die Musik aufhörte, flüsterte er ihr etwas ins Ohr und ging mit ihr Richtung Ausgang. Er winkte seinem Freund, von wegen, er soll mitkommen. Mein Großvater stand auf, er stand noch ziemlich gerade, aber nicht hundertprozentig, ging zu dem Amerikaner, der mit Katherina am Ausgang stand, und sagte: »No this woman.«

Der Amerikaner wusste nicht, was er machen sollte. Sein Freund stand auf, der Belgier kam von seinem Platz an der Theke, beide nahmen meinen Großvater an beiden Armen, er solle sich beruhigen, erst mal eine Tasse Kaffee trinken, es sei doch alles ganz harmlos und so weiter. Katharina sagte, der Herr wolle heute Nacht noch mit dem Zug nach Frankfurt, der Drei-Uhr-Zug, er kenne sich nicht aus, sie wolle ihm nur den Bahnhof zeigen, sonst würde der arme Mann stundenlang herumirren, wen soll man um diese Zeit auf der Straße noch fragen. Taxis fahren ja auch kaum noch.

Mein Großvater sagte, den Drei-Uhr-Zug kenne er nicht. Ach, fragte Katherina spitz, fährst du öfter um diese Zeit nach Frankfurt?

Mein Großvater merkte, dass alle Leute ihn anschauten. Er sagte: »Bis später dann, pass auf dich auf« und ging zurück zu seinem Platz. Fritz rief: »Immer die Ruhe« und bestellte noch eine Flasche Sekt.

Mein Großvater sagte zu Katharinas Schwester, dass es ihm Leid tue, er habe die Nerven verloren, in der Bank sei zurzeit so viel Ärger, neue Bekleidungsvorschriften. Fritz habe er auch schon davon erzählt. Rosalie antwortete: »Macht doch nichts, Joseph.«

Mein Großvater sagte, dass er manchmal daran denke, wie es sei, ein Kind zu haben. Katharina sei ja nun in dem Alter, wo man sich endgültig entscheiden muss, er selber finde den Gedanken gar nicht schlecht. Die Schwester sagte: »Gute

Idee, das machen wir auch, was, Fritz«, und Fritz verdrehte die Augen, rollte die Zunge ein, genau wie das Chamäleon, dann ließ er die Zunge wie ein Zirkusartist nach vorne abrollen und leckte Rosalie den Schweiß von der Stirn.

6

»Was ist mit euch los«, fragte Fritz, »mit Katharina und dir?«

»Was soll denn sein?«, fragte mein Großvater.

Sie saßen in der Rheingoldschänke an der Bar, die einzigen Gäste. Draußen war es noch hell, durch die Vorhänge sah man Schatten. Leute, die rasch an der Schänke vorbeigingen, denn es war ein Ort von zweifelhaftem Ruf, kein Haus, vor dem man stehen blieb, um in Gedanken das Für und Wider abzuwägen, sondern eines, in das man, gegebenenfalls, rasch und entschlossen hineinging.

Fritz besaß einen Goldzahn, ziemlich weit hinten im Kiefer, der aufblitzte, wenn er breit lächelte. Wenn Fritz schmal lächelte oder falsch lächelte, blieb der Goldzahn verborgen. Der Goldzahn zeigte mit der Objektivität eines Barometers, ob Fritz es mit seiner guten Laune ehrlich meinte oder nicht. Rosalie mochte das. Endlich ein Mann, bei dem man weiß, woran man ist.

Mein Großvater glaubte, dass Fritz die magische Wirkung seines Goldzahns bewusst einsetzte. Andererseits, wer konnte das wissen? Solche Dinge kann man einen Menschen nicht fragen, weil es auf Fragen dieser Art keine ehrlichen Antworten gibt. Keiner sagt: »Ich bin ein Betrüger.« Ein Betrüger, der gefragt wird, ob er ein Betrüger sei, wird es besonders energisch abstreiten. Ein ehrlicher Mensch dagegen, den man fragt, ob er ein Betrüger sei, wird nachdenklich reagieren.

Fritz sagte: »Du musst Realist sein. Du musst sehen, was du hast, und dich an dem, was du hast, erfreuen. Über das Unrealistische denkst du besser gar nicht erst nach. Das kleine Einmaleins der Lebenskunst, Joseph.«

»Ich bin Realist«, sagte mein Großvater. »Durchaus. Ich erfreue mich.«

Fritz bestellte sich eine Cola. Alkohol trank er immer erst nach Einbruch der Dunkelheit. In der Dämmerung suche ich die Tränke auf, dann ist es weniger gefährlich, sagte er gern, die Raubtiere können uns nachts nicht so gut sehen.

»Katharina hat Angst«, sagte mein Großvater.

»Angst. Vor dir? Machst du ihr Angst? Das ist nicht klug, Joseph.«

Was arbeitet Fritz überhaupt, dachte Joseph, wenn er sich so gut auskennt mit allem. »Also, Fritz, erzähl mal.«

Fritz erzählt. »Es hat mit Geld zu tun. Bilanzen, Vertrauensstellung. Beim Geld hilft es auch, wenn du Realist bist. Soll ich versuchen, was für dich zu tun, Joseph, bei uns im Büro, zier dich nicht, wir suchen immer welche, darfst auch einen Anzug tragen.«

»Nein«, sagte mein Großvater, »ich bin zufrieden. Scheiß auf den Anzug, ich hätte mich nicht so aufregen sollen. Schneller Vormarsch, das ist nichts für mich. Ich grab mich ein und lass die Offensiven eine nach der anderen über mich drüberrollen. Nur die Liebe zählt. Prost.«

»Auch 'ne Meinung«, sagte Fritz. »Jedem das Seine.«

Rosalie stand hinter der Theke und spülte. Sie machte das am liebsten selbst, die Mädchen zerbrachen so viel. Wenn du ein Unternehmen führst, musst du so viele Dinge wie möglich selber in die Hand nehmen, du darfst dich nicht abhängig machen von anderen, deren Motivation nicht so stark ist wie deine eigene. Das hatte sie von amerikanischen Gästen gehört. In Amerika gab es Bücher darüber, Management, Erfolg, Motivation. Aber fast alles, was in diesen Büchern steht, kann man auch mit dem ganz normalen gesunden Menschenverstand herausfinden.

»Dein Freund war hier«, rief Rosalie. »Der Kerl ohne Arme und Beine. Arme Sau. Kein Mädchen traute sich, es ist eine Schande, der hat mir so Leid getan, dass ich mich fast selber aufgerafft hätte in meiner späten Blüte.«

Fritz lachte. Der Goldzahn blitzte. »Den muss doch einer hergerollt haben.«

»Ja, sicher«, sagte Rosalie, »einer hat den hergerollt und ihn dann einfach stehen lassen, mitten im Lokal, er hätte noch was zu erledigen. Ich hab ihn dann erst mal auf den Barhocker gewuchtet. Ganz allein. Schwerer Brocken, Mannomann.«

»Und?«

»Ich hab ihm einen Whisky mit Strohhalm gegeben. Der kann nichts vertragen. Nach dem Whisky war er schon fast hinüber.«

»Es ist nicht direkt ein Freund«, sagte mein Großvater. »Wir gehen nur zusammen zum Fußball.«

»Ich bin aber dein Freund, was, Joseph«, sagte Fritz. »Gib dem Joseph auch einen Whisky, Rosalie, auf mich.«

»Und, was ist passiert?«

»Die arme Sau hat mir Leid getan, ich hab zu den Mädchen gesagt, ich leg was drauf, ihr kriegt das Doppelte, er soll nichts davon merken, aber tut mir den Gefallen. Er ist garantiert ungefährlich, so jemand benimmt sich bestimmt nicht daneben, ein ruhiger und netter Kerl, in einer echten Notlage, wie soll er sich's denn selber machen ohne Arme, und der ist jung, der lebt vielleicht noch vierzig Jahre.«

»Waren denn wenigstens die edlen Teile noch in Ordnung?«, fragte Fritz.

»Ach, du bist doch ein Schwein«, sagte Rosalie. »Über so etwas spreche ich nicht, nicht einmal mit dem Mann meines

Herzens, merk dir das, Fritz, dein edles Teil ist bei mir gut aufgehoben, über so etwas schweigt eine Dame.«

»Ooooch«, sagte Fritz, »ich habe nichts zu verbergen, das kann ruhig alles in der Zeitung stehen.«

»Du bist eklig und hast ein Holzbein«, sagte Rosalie.

»Aber süß«, sagte Fritz, und dann lachten beide.

Als Rosalie wieder am Spülbecken stand, klopfte Fritz meinem Großvater auf die Schulter. »Na, alles paletti, Joseph?«

»Nein«, sagte mein Großvater, »lass das mit dem Schulterklopfen, da erinnere ich mich an den Scheißami von neulich«, und Fritz hörte sofort auf, was meinen Großvater wunderte.

»Die Amis sind die Amis«, sagte Fritz, »da kannste nix machen, die haben eingebaute Vorfahrt. Von Rosalie wollen die Amis nichts wissen, daran merkst du, dass sie keine Ahnung haben. Entschuldigung, das war nicht gegen Katharina gerichtet.«

»Sie glaubt, dass so eine Art Fluch auf ihr liegt«, sagte Joseph. »Sie träumt schlecht. Sie sieht irgendwas. Gespenster. Mich hat sie auch angeschaut wie ein Gespenst, als ich aus der Gefangenschaft zurückgekommen bin, die wollte gar nicht, dass ich zurückkomme. Ich bin jemand, der eigentlich tot sein sollte, verstehst du.«

»Wir alle sollten tot sein«, sagte Fritz. »Nach dem Willen des Führers sowie des Oberkommandos der Wehrmacht ist jeder Überlebende ein Verräter. Durch unser Überleben sind wir alle Widerstandskämpfer, mein lieber Schwager in spe. Sei nicht so selbstmitleidig. Scheiß auf die Gespenster, schau nach vorne, und lass dich von den Frauen nicht verrückt machen.«

7

Ich muss zurückreisen, in eine Zeit, in der das Land jung gewesen ist. Kriege kamen und gingen, Generationen wuchsen auf und starben, die Welt drehte sich langsam und vorsichtig. Die Menschen bewegten sich mit kleinen, tastenden Schritten voran, denn sie wussten noch nichts von ihren Möglichkeiten. Die Stadt aber war dort, wo sie immer war, der Fluss war dort, wo er immer war, der Himmel spannte sich über beides und die Vögel flogen, wie sie wollten.

Katharina erinnerte sich später nur schwach an ihren Vater, das heißt, an ihren Vater, wie er ursprünglich gewesen ist, damals, als alles in Ordnung war. Sie wusste, dass er komisch gerochen hat, süßlich, aber nicht nach Parfüm. Sie wusste, dass er gern Witze machte. Abends sang er manchmal, zuerst Kinderlieder, später ging er zu Liebesliedern über. Danach fing er an, Witze zu erzählen. Beim ersten Witz lachte ihre Mutter immer. Dann sagte sie zu Katharina und ihren Geschwistern: »Das versteht ihr noch nicht.« Beim zweiten Witz schaute sie Alfons kurz an und sagte: »Jetzt ist es Zeit fürs Bett, Kinder.«

Katharinas Vater war Bierbrauer, er hieß Alfons. Für einen Bierbrauer, der nur die Hauptschule besucht hat, war er ungewöhnlich belesen. Einmal in der Woche ging er in die Stadtbibliothek, die wie ein Palast des Geistes aussah, mit einer Freitreppe, Säulen und Kapitellen, dort lieh er sich dieses oder jenes aus. Er hatte kein Spezialgebiet, sondern fand eigentlich alles interessant, Reiseberichte von Sven Hedin, dem Schweden, der die großen Wüsten durchquerte, die Erinnerungen großer Ärzte wie Ferdinand Sauerbruch, historische Schriften von Mommsen und Treitschke, egal. Er las die frühen Sozialisten, zum Beispiel Proudhon, Anarchisten wie Max Stirner, die klassischen Schriften von Friedrich Engels und Voltaire. Er las langsam und quälte sich dabei, konnte sich aber einiges merken.

Politisch betrachtete er sich als einen Freigeist, der mal dieser, mal jener Richtung zuneigt. Seiner Ansicht nach musste man in der Politik ständig bereit sein, das Unerwartete oder Experimentelle zu tun. Nicht wie der Fluss, der mit großer Kraft immer in dieselbe Richtung fließt, eher wie der Vogel, der sich vom Wind tragen lässt.

Er war klein, mit Locken und einer Ledermütze, die er schief auf dem Kopf trug, um den Hals band er sich ein rotes Seidentuch, aus ästhetischen, nicht aus politischen Gründen. Er wirkte wie ein Dandy, nicht wie ein Proletarier. Wenn man neben ihm stand, spürte man, dass er nach Vergorenem roch, wegen der Brauerei. Dieser Geruch war mit Kölnischwasser nicht wegzubekommen.

Lange schon war kein Blut mehr den Rhein hinabgeflossen. Der letzte Krieg ist gerade erst vorbei gewesen, aber er war nicht bis zum Fluss gekommen. Der letzte Krieg blieb in den Bergen westlich der Grenze stecken. Unentschlossen wanderte der Krieg durch die Täler, grub ein paar Felder um, setzte sich für ein paar Monate mal auf diesen, mal auf jenen Bergkamm, ließ sich in jeder kleinen Stadt Zeit, zog sich zum Schein zurück, kehrte wieder. Er war kein großer Reisender, dieser Krieg. Nun war er also ein paar Jahre her, und an den nächsten Krieg, der eines Tages sicher kommen würde, weil es immer so gewesen ist, dachte noch keiner.

Alfons dachte über Erfindungen nach. Das Perpetuum mobile, die Alchimisten, die Goldmacher. Das waren die Lieblingsideen des Mittelalters: eine Maschine, die ohne Energie funktioniert, und eine Formel, mit deren Hilfe du Gold backen kannst wie der Bäcker Brot. Ewige Energie und ewiger Wohlstand.

Später erfanden die Menschen alles Mögliche, Dampfmaschinen, Eisenbahnen, Autos oder das Telefon. Ausgerechnet ihre beiden wichtigsten Erfindungsprojekte aber haben sie aufgegeben. Die Gelehrten erklärten, es wird nie funktionieren, es geht nicht. Perpetuum mobile, physikalisch ausgeschlossen, genau wie die Zeitmaschine, das sind Kinderträume, nun aber wird die Menschheit erwachsen und scheidet die Illusionen von den Tatsachen.

Eines Tages werden sie darauf zurückkommen, sagte sich mein Urgroßvater. Der Anfang und das Ende werden sich berühren, wie bei einem sehr alten Menschen, der sich plötzlich wieder bis in die geringste Kleinigkeit an seine ersten Jahre erinnert und sich beim Sterben wieder in das Geschöpf verwandelt, das er als Kind einmal war.

Nun muss ich zurückreisen in eine noch frühere Epoche. Ich sinke hinab in die Zeit, in der alles anfing, von den Dingen jedenfalls, die in dieser Geschichte von Belang sind. Ich gehe hinaus aus der Zeit der schwankenden, unsicheren Weimarer Republik, verlasse die Zeit, in der sich das Deutsche Reich und sein Kaiser nach der Welt ausstreckten wie Zweijährige nach einer zu hohen Türklinke. Ich bin jetzt in der Vorzeit des Reiches.

Alfons' Großvater, der Urgroßvater von Katharina, mein Urururgroßvater, war der Heigl, ein berühmter Räuber und Wilderer aus den bayrischen Wäldern. Michael Heigl wurde auch der bayrische Robin Hood genannt. Beweisen lässt diese Abstammung sich nicht. Fest steht, dass Alfons' Großmutter als

Komplizin des Heigl zu zehn Monaten Zwangsarbeit verurteilt wurde, nur zehn Monate, weil sie lediglich eine Nebengeliebte des Räubers gewesen ist. Die Hauptgeliebte Annamaria Gruber bekam wegen ihrer privilegierten Stellung im Herzen des Heigl fünf Jahre Arbeitshaus.

Die Taten meines Ahnen Heigl haben sich tief im neunzehnten Jahrhundert abgespielt. Zu etwa der gleichen Zeit tauchte in Nürnberg der rätselhafte Knabe Kaspar Hauser auf, der nicht sprechen konnte und in Gefangenschaft groß geworden war. Eisenbahn und Fotografie waren Neuigkeiten, über die man in den Städten staunte und die auf dem Land kaum jemand mit eigenen Augen gesehen hatte. Im Grenzgebiet zwischen Bayern und Böhmen erstreckten sich dampfende Urwälder, in die selbst die Einheimischen sich nicht hineintrauten, weil dort Wölfe und Untote wohnten. Die Bäume standen so dicht, dass zum Beerensammeln nur Kinder hinausgeschickt werden konnten, die Hecken hatten Dornen in der Größe von Hufnägeln, in den Tümpeln schwammen Blutegel, Schlingpflanzen griffen mit zischenden Geräuschen nach den Menschen und ließen sie nicht wieder los, bis sie verhungert waren. Die Toten verschwanden nicht und versteckten sich nicht schamvoll, wie sie es heute tun, sondern sie gingen in den Nächten in die Dörfer hinein, sogar in die Häuser, und setzten sich zu ihren Nachfahren.

Heigl gehörte zu der untersten Schicht der landlosen Tagelöhner, den Häuslern, die nichts besaßen außer ihrer Hütte und ein paar Ziegen, die neben der Hütte grasten. Dass der Sohn eines Tagelöhners eine Lehrstelle fand, war ein Glücksfall. Er aber schlug dieses einfache, bescheidene Glück aus, indem er als Sechzehnjähriger von seiner Lehrstelle ausriss. Die Herrin verlangte dieses, verlangte jenes. Kehre die Küche, miste den Stall aus, hol Löwenzahn, er aber hörte, wie in seinen Adern das Blut rauschte, er roch den Wald, spürte die Welt und ging weg, ohne irgendein Gepäck außer seiner Hoffnung. Er wollte aus den Bächen trinken und dem Wild Fallen stellen, er kannte Höhlen, von denen außer ihm niemand wusste. Nach ein paar Tagen erwischte ihn die Polizei, vom Richter wurde er wegen Müßiggangs zu zwölf Rutenhieben verurteilt. Müßiggang war eine Straftat.

Er wurde auf einen Holzbock gefesselt. Die Leute schauten aus den Fenstern und lachten. Blut lief ihm den Rücken hinab, von diesem Tag an war er kein Müßiggänger mehr, sondern ein aktiver, bewusster Feind der Obrigkeit, gegen die er nichts Spezielles hatte, außer, dass sie es war, die seiner Freiheit im Wege stand.

Nach seiner Verurteilung versuchte er, als Hausierer eine legale Existenz zu führen. Mit einem Karren voller Schüsseln und Krüge zog er von Hof zu Hof, außerdem verkaufte er bemalte Engelsköpfe aus Ton und Weihwasser, das er selber, Gebete sprechend, in eine bauchige Marillenschnapsflasche abfüllte, und zwar von dem Bach, der ihm von allen Bächen, die er kannte, am ehesten heilig vorkam.

Die Hausierer ersetzten im bayrischen Wald die Zeitung. Eine gedruckte Zeitung konnten oder wollten die Bauern nicht lesen. Ein Hausierer zog von Ort zu Ort und hielt die Ohren offen, über Todesfälle, Geburten und sonstige Neuigkeiten war er deshalb bestens informiert. Für den Preis einer warmen Mahlzeit begann mein Ahn Heigl, wie alle Hausierer, zu sprechen. Etwa eine Stunde lang berichtete er auf möglichst blumige Weise und zum Teil mit vollem Mund alles, was er an Berichtenswertem wusste oder sich an möglichen, aber plausibel klingenden Nachrichten ausgedacht hatte.

Die Sprache war jünger und unentschiedener als heute. Sie probierte sich selber noch aus, es schwammen in ihr Wörter herum wie »luren« und »hudern«, »schwaiben« und »kudern«, ein armer Teufel wurde »nötiger Hund« genannt, sich verabschieden hieß »abpfüten«, und wer jemanden verfluchte, der wünschte ihm den »Wehdam« an.

All diese Wörter waren überflüssig, wie sich inzwischen gezeigt hat, zu schwach vielleicht, es geht auch ohne sie. Aber damals hatte man sich über das Überflüssige noch keine endgültige Meinung gebildet. Es gab kein Gefühl für Gleichgewicht, das Überflüssige war in manchen Bereichen des Lebens überreichlich vorhanden, in anderen Bereichen dagegen fehlte es an allem.

Heigl erfand Drillingsgeburten, Rekorderten und Überflutungen, aber immer in weit entfernten Dörfern, damit die Nachricht sich nicht so leicht überprüfen ließ. Nach einer Weile stellte er fest, dass schaurige, übersinnliche und blutrünstige Ereignisse bei den Zuhörern besser ankamen als erfreuliche. Niemand möchte ein blutrünstiges Ereignis in seiner Nähe erleben, aber sobald es sich von einer Tatsache in eine Geschichte verwandelt, scheint etwas Gutes daran zu sein.

Er erfand eine Viehseuche, die in Sachsen wütete, bei der den Hühnern Schwungfedern wuchsen, sodass sie gackernd mit den Krähen wegflogen, und bei der die Kälber anfingen, mit menschlichen Stimmen zu reden. Weil ihnen aber der Verstand fehlte, riefen sie immer nur »Futter«, das war den Bauern lästig und ließ die Fleischpreise fallen. Er erfand die Rückkehr der apokalyptischen Reiter – Krieg, Hunger, Pest und Tod –, die in Schwaben eingefallen seien, und zwar nicht als Metapher oder als Bild, sondern tatsächlich als vier übellaunige Männer mittleren Alters auf vier Pferden. Von den Pferden sei eines rot, eines weiß, eines schwarz und eines fahl gewesen, genau wie in der Überlieferung vorgesehen. Die vier Reiter hätten hunderte Bauern erschlagen, bis sie sich untereinander zerstritten. Der Tod behauptete, er sei der König unter den vieren, da Krieg, Hunger und Pest alle letztlich mit ihm, dem Tod, ihren Höhe- und Endpunkt erlebten. Die ande-

ren drei Reiter hörten das nicht gern. Der Hunger aber stichel-
te die ganze Zeit gegen die Pest. Gegen Pesterkrankungen gab
es nämlich inzwischen ganz brauchbare medizinische Mittel,
im Grunde, sagte der Hunger, sei die Pest als apokalyptischer
Reiter überhaupt nicht mehr ernst zu nehmen, sie sollte ihren
Platz für die Tuberkulose räumen.

Ausgerechnet die Tuberkulose, brüllte die Pest voller Wut,
die Tuberkulose ist ein hüstelndes Weiblein, das nicht einmal
reiten kann, macht doch gleich den Keuchhusten zum apokalyptischen Reiter. Der Krieg wiederum war wegen der neu-
en Erfindungen in der Artilleriewissenschaft in einer Weise
selbstgefällig geworden, dass mit ihm nicht mehr vernünftig
zu reden war. Früher war der Krieg ein grobschlächtiger, aber
maßvoller Bursche gewesen.

Jetzt würden die apokalyptischen Reiter bereits seit mehr
als zwei Jahren auf einer Waldlichtung nördlich von Nürtin-
gen gegeneinander kämpfen. Ein Ende des Kampfes sei nicht
absehbar, obwohl der Hunger allmählich schwächelte.

Weil der Heigl keinen Gewerbeschein besaß, weder als
Handelstreibender noch als Geschichtenerzähler, wurde er
von der Polizei erneut aufgegriffen und in Ketten gelegt.

Das erste Mal war er verhaftet worden, weil er nicht arbeitete. Das zweite Mal wurde er verhaftet, weil er ohne Erlaubnis
Geschichten erzählte.

Der Richter sagte: »Du bist also ein Wiederholungstäter.«

Heigl antwortete: »Ich erhoffe mir nichts von diesem Gericht. Dieses Gericht sollte so weise sein, sich auch von mir
nichts zu erhoffen.«

Der Richter fragte ihn, ob er die Autorität der Behörden in
Frage stelle oder wie sonst diese Ansprache zu verstehen sei.
Hochmut kommt vor dem Fall. Der Richter sprach streng und
amtlich, aber die Haltung des Angeklagten weckte bei ihm
trotz allem eine gewisse Neugier.

Heigl antwortete: »Die Ketten, die ich trage, sind eine Tatsache. Insofern stelle ich die Autorität des Gerichts nicht in Frage, so wenig, wie ich den Fluss nicht in Frage stelle, der mich an der Fortsetzung meiner Wanderschaft hindert.«

Der Richter ließ die Ketten entfernen, weil er hoffte, auf diese Weise einen genaueren Blick in die Seele des Delinquenten tun zu können.

Nun sagte Heigl: »Ein Müßiggänger darf ich nicht sein, ein Gewerbe darf ich ohne Schein nicht ausüben, wie ich den Schein bekommen soll, weiß ich nicht. Verurteilt mich am besten zu einer Schulstunde im Gewerbescheinbekommen, ihr edlen Herren.«

Das Urteil gegen Michael Heigl war als Abschreckung für das gesamte bayrische Hausiererwesen gedacht und fiel deswegen härter aus als üblich, fünfundzwanzig Stockhiebe plus zwei Jahre Zwangsarbeit. Während der Urteilsverkündung waren die Augen des Richters auf den Text seines Urteils konzentriert, in dem ausführlich die Frechheit, die Uneinsichtigkeit und der niedrige Charakter des Angeklagten geschildert wurden, die Justizpersonen dösten dabei vor sich hin. Heigl sah aus dem Fenster. Er sah die Sonne. Während der Richter sein Urteil verlas, ging er zum Fenster, öffnete es leise und sprang hinaus.

Der Richter las weiter. Die Justizpersonen dösten. Die Abwesenheit des Angeklagten wurde erst Minuten nach der Flucht bemerkt, zu spät, um noch etwas ausrichten zu können. Heigl war in den Wäldern, die Urteilsbegründung besaß nur mehr die Bedeutung einer theoretischen Schrift oder einer allgemeinen Charakteranalyse.

Von diesem Tag an war mein Urururgroßvater ein Räuber und eine Legende. Solch eine beiläufige und lässige Flucht war noch niemandem gelungen.

In der Epoche der letzten Räuber, als die Wälder noch dicht

genug waren, um sich in ihnen zu verstecken, und die Waffen schon gut genug, um ohne die Mühen vergangener Jahrhunderte jagen zu können, ist Heigl neben dem Schinderhannes der Größte seiner Art gewesen. Seine Beliebtheit beruhte auf den Tatsachen, dass er ausnahmslos Großbauern und Kleriker überfiel, dass er gelegentlich ein paar Kreuzer an die Häusler abgab, in den Wirtshäusern für großzügige Lokalrunden berühmt war oder niemals, auch nicht in schwierigen Situationen, jemanden tötete.

Zu dem Zeitpunkt seiner eigenmächtigen Entfernung aus dem Gerichtssaal hatte mein Ahn, das ist verbürgt, schon mindestens zwei Kinder gezeugt, im Alter von erst zweiundzwanzig Jahren. Äußerlich muss er bei der Gerichtsverhandlung wie ein historischer Vorgänger von Che Guevara gewirkt haben. Lockiges Haar, Kampfhut, unrasiertes Kinn, ein ausdrucksstarker Schnurrbart und ein Flackern in den Augen, das eine innere Tendenz zu grundlosen Stimmungswechseln und leidenschaftlichen Aufwallungen verriet. Er zog sich auf den Kaitersberg zurück, wo der Urwald am dichtesten war, dort kannte er seit seiner Kinderzeit eine Höhle, die er mit Holz auskleidete, bis sie wie ein Partykeller unserer Tage aussah, und wo er viele Jahre lang mehr oder weniger wohnte, gelegentlich mit einer Gefährtin, die, nur mit Ohrringen bekleidet, bei Kerzenlicht vor ihm tanzen musste, was sie nicht ungern tat. Er ließ sein Haar lang wachsen, besorgte sich einen wallenden Ledermantel und trug ständig ein Fernrohr sowie ein Gewehr mit sich, einen so genannten Stutzen mit kurzem Lauf, den man auf dem Beckenknochen aufstützen kann, um damit beliebig oft aus der Hüfte zu schießen.

Mit der Liebe hat von all meinen Vorfahren der Heigl die geringsten Probleme gehabt. Er gab oder nahm sie, wie er wollte. All seinen Gefährtinnen war klar, dass bei seinem Beruf nicht an eine stabile und ruhig dahingleitende Beziehung

zu denken war, mit seiner Abreise oder seinem Ableben musste buchstäblich in jeder Sekunde gerechnet werden. Dies hat
dem Heigl, der durchaus ein gefühlvoller Mensch gewesen ist,
eine große emotionale Freiheit gegeben. Weil er ein Held war,
hat es ihm nie an Gefährtinnen gemangelt, weil er von der
Polizei verfolgt wurde, blieb er sozusagen jederzeit Herr der
Situation. Wenn der Heigl sagte: »Schatz, ich muss gehen«,
dann wurde er von seinen Gefährtinnen sogar bemitleidet,
weil sie dachten, dass wieder die Häscher hinter ihm her sind,
was tatsächlich oft, aber keineswegs immer der Fall war.

Der Heigl hat die freie Liebe praktiziert, aber auch dafür
muss man einen Preis bezahlen, zum Beispiel, dass man pau-
senlos auf der Flucht ist. Man muss dem Heigl allerdings zugute halten, dass er über eine lange Zeit seiner Hauptgeliebt-
en Annamaria Gruber verbunden blieb, mal auf engere, mal
auf weniger enge Weise.

Die Polizei jagte ihn ununterbrochen, jahrelang. Zweihundert Mann waren nur mit ihm beschäftigt. In kleinen Weilern
lagen bewaffnete Garnisonen wie in einer Frontstadt. Eigentlich richtete er keinen großen Schaden an. Er schoss Wild,
ja, gewiss, aber Wild gab es im Grunde genug. Er räuberte
ein wenig, aber nur so viel, wie er persönlich benötigte. Hin
und wieder räuberte er auch etwas, um seinen Gefährtinnen
oder einem Freund ein Geschenk zu machen, aber alles in allem ist er ein maßvoller und vernünftiger Räuber gewesen.
Schwerer als der materielle Schaden wog in den Augen der
Regierung der ideelle Schaden, der durch seine Unverfroren-
heit entstand.

Nachts wagte er sich aus seiner Höhle hinaus, legte sich
neben das Lagerfeuer auf den Rücken oder ging in die Dörfer, zu den Wirtshäusern. Die Tür öffnete sich, der bleiche
Heigl stand in der Öffnung, auf dem Rücken meistens ein
gewildertes Reh, das er dem Wirt als Geschenk hinwarf. An-

schließend setzte er sich zu den anderen an den Tisch, trank Bier und erzählte Abenteuergeschichten wie in seiner Zeit als Journalist.

Als die Belohnung für seine Ergreifung bis in die Höhe von zweihundert Gulden gestiegen war, kamen Kopfgeldjäger in den Wald, die schwere Gewehre trugen und auf Pferden ritten. Aber ohne Kenntnis der Waldpfade und Bachläufe und geheimen Höhlen war wenig zu machen. Die Bevölkerung des Grenzwaldes ließ sich trotz ihrer Armut nicht zum Verrat anstiften, sodass die Regierung Geheimagenten in die Dörfer schickte, um etwas über die Stimmung zu erfahren.

Die Agenten tarnten sich als Hausierer. Sie berichteten, dass die Bevölkerung den Heigl bis an den Rand der Maßlosigkeit bewunderte, weil er als »mutig« und »frei« galt. Der Räuber führe den Häuslern die Möglichkeit eines anderen Lebens vor. Der Anblick dieser theoretischen Möglichkeit gefalle den Leuten in ihrer Geducktheit, auch wenn sie selber, aus Mangel an Mut, nicht im Traum daran dächten, sich dem Heigl anzuschließen. Ein Kleinbauer habe den Satz gesagt: »Der Heigl macht, was er will, das ist also möglich«, dieser Satz kam dem Agenten bemerkenswert vor. In seinem Bericht fügte er aus eigener Initiative an, dass es in Wirklichkeit wohl kaum der Traum oder Wille des Heigl gewesen sein könne, sein Leben als Ausgestoßener im Wald und weitgehend nachts zuzubringen, ständig von Gendarmen verfolgt. So etwas kann kein Lebenstraum sein. Daran erkenne man die Dummheit der Bauern.

Die genaue Zahl der Heiglkinder ist nicht bekannt. Fünf waren es mit einer gewissen Resl, eine Person namens Mirl brachte mindestens zwei zur Welt, andere Kinder wurden ihm zugeschrieben, ohne dass ein Beweis erbracht werden konnte. Die Geburten fanden meist in der Höhle statt, der Räuber durchschnitt die Nabelschnur, versorgte Mutter und Kind, darin hatte er Übung. Vor der Niederkunft erkundigte er sich nach reichen Bauern, die kinderlos waren und seit längerem ergebnislos versuchten, einen Erben herzustellen. Solche Leute gibt es immer. Diesen Bauern brachte der Heigl seine frisch geborenen Kinder. Er klopfte nachts an die Tür und überreichte das Bündel. Dazu sagte er: »Dieses Kind dürft ihr, wenn ihr wollt, als euer eigenes aufziehen. Wenn ihr ihm verschweigt, dass ihr nicht seine echten Eltern seid, habe ich nichts dagegen. Ihr dürft auch ruhig Nein sagen, dann gehe ich ohne ein böses Wort wieder und suche andere. Wenn ihr das Kind aber annehmt und es schlecht behandelt, werde ich kommen und euch bestrafen, denn ich werde aus der Ferne aufpassen, wie es dem Kind geht, und zwar solange ich lebe. Aber ich werde mich dem Kind niemals zeigen und euch niemals belästigen, ihr werdet auch, anders als andere reiche Bauern, niemals von mir ausgeraubt. Denkt in aller Ruhe ein paar Minuten nach.«

Auf diese Weise versorgte der Räuber das Land mit Kindern, denn er und seine Gefährtinnen hatten wegen ihrer Lebensumstände keine andere Wahl.

Was aber seine Träume betraf, so muss man dem als Hausierer getarnten Geheimagenten letztlich Recht geben. Michael Heigl sah bereits nach einigen Monaten im Wald ein, dass er beruflich im Grunde etwas anderes anstrebte als ausgerechnet Räuber. Im Winter pendelte er nach Böhmen, weil er dort in krimineller Hinsicht nicht oder nur wenig auffällig war und die böhmische Polizei ihn in Ruhe ließ. Er mietete sich mit einer Gefährtin für einige Monate in Böhmen ein Zimmer und wartete auf den Wiederbeginn der Räubereisaison, die meistens um Ostern herum mit Aufknacken einiger Opferstöcke eröffnet wurde.

Von Böhmen aus wanderte er mit seiner Hauptgeliebten Annamaria Gruber versuchshalber nach Ungarn, das ihm aber klimatisch zu heiß war, von den ungarischen Ebenen aus in die Slowakei, wo es bergiger und deswegen kühler ist. In Pressburg, heute Bratislava, eröffnete er eine Schänke. Das Wirtshaus lief ausgezeichnet, bis es als Treffpunkt trunksüchtiger Elemente von der Polizei geschlossen wurde. So musste Heigl wieder zurück nach Bayern und in seinen alten Räuberberuf, den er nicht liebte, in dem er aber erfolgreich war.

Abends in den Wirtshäusern sprach er häufig über Amerika. Das war der neue Traum, den er hegte. Eine Auswanderung nach Amerika. Er stellte sich vor, wie er mit seinem Stutzen auf der Hüfte über die Prärie galoppierte und sich in den Rocky Mountains aus selbst gefällten Baumstämmen eine Farm aufbaute.

Er war der richtige Mann für Amerika, das spürte er. Freiheit, Mut. The famous German gangster-star, who was the uncrownded king of the Bavarian forest and escaped police more than twenty times.

Als ihn die Polizei erwischte, hatte er bereits Erkundigungen über die Schiffspassage angestellt. Seine Hauptgeliebte Annamaria Gruber wollte mitfahren. Dort hätten sie ihre Kinder behalten.

Erwartungsgemäß wurde er zum Tode verurteilt.

8

Auf die Frage, ob er sich an seinen Großvater erinnere, konnte Alfons, der Bierbrauer, keine klare Antwort geben. Eigentlich war es unmöglich. Sie konnten sich nicht getroffen haben. Er erinnerte sich aber an eine Hand, die ihn einmal angefasst hatte, an eine grüne Jacke, an eine tiefe Stimme, an ein Gewehr mit kurzem Lauf. Aber aus diesen Eindrücken setzte sich kein sicheres Gefühl zusammen, nicht einmal ein Bild. In der Bücherei hatte er ein Buch über die Epoche des Heigl ausgeliehen. Auf den zeitgenössischen Darstellungen sah er einen Mann, der den Hut schief auf dem Kopf trug, wie er.

Heigl war ein Tatmensch gewesen. Sich selber sah Alfons nicht als Tatmenschen.

Bis etwa zu seinem dritten Bier sprach er sich für die Republik aus. Danach wurde er in der Regel Revolutionär und fluchte auf alttestamentarische Weise wider den Kapitalismus. »Am Anfang war der Arbeiter. Der Arbeiter schuf den Wert. Dann kam der Kapitalist und schied den Wert von der Arbeit. Den Wert nahm er für sich, für uns ließ er die Arbeit übrig. Der Kapitalist behauptet, was für ihn gut sei, müsse auch gut für uns sein, denn er vermehre den Reichtum der Gesellschaft, davon habe jeder etwas. Sobald du aber zu ihm gehst und deinen Anteil am Reichtum der Gesellschaft haben möchtest, erklärt er, die Zeit sei noch nicht reif. Er müsse erst noch rasch ein klein wenig reicher werden, bevor er etwas abgeben kann. Wenn du dich nun weiter beklagst, wird er dir erklären, dass sein Wohlstand berechtigt sei, weil er Ideen und Initiative besitzt und das Risiko trägt, du aber seiest lediglich sein risikoscheuer Handlanger. Damit beweist er, dass all seine Versprechungen Lügen waren. Denn wenn er seinen Reichtum als vollkommen gerechten Lohn dafür empfindet, dass er der Tüchtigere ist, warum sollte er dann jemals etwas abgeben? Warum sollte er teilen? Aus Mitleid mit denen, die er für fauler und dümmer hält als sich selber? Nein, wieso auch. Sein Leben als Geschäftsmann hat ihn Mitleidlosigkeit gelehrt«, und so weiter.

Sobald die anderen am Tisch zustimmten und ihm auf die Schulter klopften, überlegte er es sich sofort anders und fing zur allgemeinen Überraschung an, die Republik zu verteidigen. »Und doch! Wo hat der Arbeiter mehr Rechte als in der Republik? Der Kapitalist ist wie das Hühnerauge am Fuß, er schmerzt, er ist lästig, er beeinträchtigt die Lebensfreude, aber ohne den Fuß gäbe es auch das Hühnerauge nicht. Und auf den schönen Fuß wollen wir wegen des lästigen Hühnerauges doch nicht verzichten, nein, wir nehmen es stöhnend in Kauf, der Fuß aber ist in diesem Beispiel die Republik.«

Seine Kollegen schüttelten die Köpfe und fragten: »Was willst du eigentlich?« Andere sagten: »Du bist ein kleinbürgerliches Element. So einen wie dich muss man gründlich schulen, bevor man ihn auf die Leute loslässt.«

Alfons war ein Spieler. Er spielte mit den Ideen, die andere ernst nahmen. Das konnte niemand verstehen. Die Richtigkeit einer Idee, dachte er, beweist sich erst, wenn sie in die Tat umgesetzt wird. Vorher kann man es nicht genau wissen. Deshalb ist es falsch, allzu viel Leidenschaft oder Lebenszeit an eine Idee zu verwenden, denn sie kann möglicherweise völlig falsch sein, und dann war es schade drum. Andererseits klingen manche Ideen viel zu verführerisch, um sie nicht wenigstens für eine gewisse Weile anzunehmen und spazieren zu tragen wie eine schöne Verkleidung. Oder man wirft diese Idee in die Luft, fängt sie wieder auf, man jagt ihr hinterher und springt sie an, wie Katzen es mit einem Wollknäuel tun, obwohl Katzen genau wissen, dass so ein Wollknäuel keine Maus ist.

Außerdem war er davon überzeugt, dass Gefühle wichtiger sind als Ideen. Man konnte seiner Ansicht nach die Bedeutung der Gefühle an den Höhlengemälden der Steinzeitmenschen ablesen, mit denen sie Hoffnung, Angst, Lust oder Vergnügen ausdrückten, diese Gemälde kann bis heute jedes Kind verstehen. Die Höhlengemälde waren nicht dumm oder falsch, obwohl das, was die Steinzeitmenschen über den Sinn ihrer Existenz, über die Natur und den Fortgang der Geschichte dachten, einem heute dumm und überholt vorkommen würde. Die Gefühle haben alle Wendungen der Geschichte überdauert. Lust ist Lust geblieben, Hass bleibt Hass, Angst ist Angst. Die Ideen wechseln sich alle paar Jahre ab, und die Wissenschaft verkündet alle paar Jahre eine neue Wahrheit. Hinter jeder Ecke wartet seit Jahrtausenden jemand und behauptet, er habe die Lösung für alles, immer wieder. Ein paar Jahrzehnte später packt einen das Grauen, wenn man die alten Lösungsvorschläge in den alten Büchern liest. Es ist interessant, von diesen Versuchen zu lesen, aber wie kann man sie immer wieder ernst nehmen?

Im letzten Lebensmoment, in diesem schillernden Strudel aus Erinnerungen, die in den letzten Sekunden angeblich immer genauer werden, kann man sich plötzlich wieder an jedes Lachen und an jeden Moment der Trauer erinnern, keine einzige Idee wird dann wichtig sein.

Deswegen glaubte Alfons, dass die Frage, ob jemand gelacht hat oder jemand wütend wurde und ob man am Ende überhaupt etwas Starkes gefühlt hat, von größerer Bedeutung ist als die Frage nach einer Wahrheit, die schon in ein paar Jahren unwichtig ist oder von den Spezialisten unter ganz anderen Aspekten gestellt wird, Aspekten, von denen wir heute noch keine Ahnung haben.

So ungefähr dachte er über das Universum.

Alfons und seine Frau Ursula wohnten mit Rosalie, Katharina und Otto, ihren drei Kindern, in einem kleinen Haus. Vier Zimmer, zwei unten, zwei oben, mit Garten, Keller und Speicher in einem Dorf am Rhein, ein paar Kilometer entfernt von der Stadt. Das Haus verdankten sie der Genossenschaft. Abends rechneten sie von Zeit zu Zeit aus, zu wie viel Prozent ihnen das Haus schon gehörte. Sie standen bei zweiundzwanzig Komma sieben. Jeden Morgen fuhr Alfons mit dem Fahrrad zur Brauerei, den Fluss entlang, obwohl es einen Zug gab und die Fahrt mit dem Rad fast eine Stunde dauerte. An vielen Stellen konnte er die schmalen Leinpfade benutzen, auf denen früher die Leinereiter die Kähne flussaufwärts gezogen hatten, weil deren Segelkraft nicht ausreichte. Links lagen die flachen Hügel mit ihren Weinstöcken, dazwischen Fachwerkhäuser, rechts zogen die Frachtkähne ihre Spur, beladen mit scharfkantigen Gebirgen aus Kohle, mit Wüsten aus Sanddünen oder Festungen aus Zementsäcken. Das alles kam aus dem Ruhrgebiet oder sollte dort hin. Während der Fahrt stellte er seine Überlegungen über das Universum an.

Eines Abends kam Alfons nach Hause, lehnte sein Fahrrad an den Zaun, gab Ursula und jedem seiner Kinder einen Kuss und sagte: »Heute, wie ich in der Pause da sitze und an nichts denke, steht auf einmal der Heigl neben mir. Er sagt nichts, er kuckt nur. Bist du der Heigl? frage ich. Freilich, antwortet er. Wo kommst denn du auf einmal her? frage ich. Da lacht er und sagt, ist doch egal. Dann geht er weg.«

Ursula wusste, dass Alfons in solchen Dingen kein Geschichtenerzähler war. Trotzdem machte sie diese Sache misstrauisch. »Ich denke, den Heigl haben Sie hingerichtet? Und wenn er lebt, wäre er mindestens neunzig?«

»Eher hundert.«

»Wieso bist du sicher, dass er es war? Wie sieht er aus? Ist er auf der Flucht? Ist er reich?«

»Einen weißen Bart hat er. Ungepflegt wirkt er. Aber es ist der Heigl. Du kennst das Bild in dem Buch. Die gleiche Person, nur alt.«

Ursula ging zum Geschirrschrank, nahm eine Tasse und trug sie zur Spülecke. »Was kann der wollen?«

»Der will mich sehen. Das ist doch natürlich.«

An den folgenden Tagen tauchte Heigl noch zweimal auf. Einmal stand er gegenüber vom Eingang zur Brauerei und winkte mit seinem Gehstock, verschwand aber sofort wieder. Das andere Mal traf Alfons ihn wie zufällig beim Spazierengehen im Stadtpark. Es war in der Mittagspause, die Alfons gern zum Nachdenken nutzte. Der alte Mann saß auf einer Bank, Alfons bemerkte ihn zuerst nicht. Heigl hinkte hinter ihm her, sein Atem rasselte, er war in keinem guten Zustand.

»Meine Männer hören immer noch auf mich«, sagte Heigl. »Fünfzig Mann. Die können's noch. Da genügt ein Wort von mir, und sie sind alle wieder dabei.«

»Was willst du mir damit sagen?«, fragte Alfons.

»Ich will damit sagen, dass wir jederzeit losschlagen können.«

»Losschlagen gegen wen?«

»Bist du blind?«, fragte der Heigl. »Bist du mein Enkel oder nicht? Siehst du das Böse oder nicht?«

Alfons lief zu Ursula, nach Hause. »Er will losschlagen. Er hat mich gefragt, ob ich das Böse sehe.«

Ursula machte gerade Abendbrot. Ursula sah das Böse nicht.

»Er ist im Gefängnis bei einem Streit umgebracht worden«, sagte sie. »Von einem anderen Gefangenen. Er ist tot.«

Sie hatte in der Bücherei nachgesehen, obwohl sie es eigentlich wusste. Das Todesurteil hatte Max II., König von Bayern, in einem Akt unerwarteter Gnade in eine lebenslängliche Kettenstrafe abgemildert. Kettenstrafe bedeutete, dass die Gefangenen tagsüber, während der Zwangsarbeit, eine Eisenkugel hinter sich herschleppen mussten. Als einer der Gefangenen einem unerfahrenen, hilflosen Neuling die Essensration wegriss, loderte noch einmal das selbstzerstörerische Feuer der Gerechtigkeitsliebe in Heigl auf. Er mischte sich ein. Daraufhin wurde er von dem anderen Häftling, viel jünger, viel stärker, mit seiner eigenen Eisenkugel erschlagen. Das Skelett des berühmtesten und letzten der großen Räuber befand sich zu Studienzwecken in der Münchner Anatomie. So hieß es.

Am übernächsten Morgen lag ein Brief im Briefkasten. Er war an Ursula gerichtet.

»Mein liebes Mädchen, ich weiß, dass du meinem Bub eine gute Frau bist. Halt ihn nicht von mir fern. An meiner Stelle ist damals einer von meinen Männern in den Tod gegangen. Es war ein genialer Schachzug von mir. Ich bin aus dem Kerker geflohen und musste mich in einer Höhle verstecken, bis alles verjährt war. Jetzt möchte ich in Ruhe meine letzten Jahre verbringen und meine Nachkommenschaft sehen. Aber sie lassen mich nicht in Ruhe. Ich weiß zu viel. Alfons muss mir helfen, ich bin alt und habe nicht mehr genug Kraft. Du darfst ihn nicht am Umgang mit mir hindern. Sonst geht die Sache schlimm aus. H.«

Ursulas erster Gedanke war, dass Alfons den Brief geschrieben hatte. Die Schrift war anders als seine, zittriger, mit größeren Buchstaben, aber das bewies gar nichts.

»Alfons, wirst du jetzt völlig verrückt?«, fragte sie. »Schreibst du verrückte Briefe? Was denkst du dir bloß aus?«

Alfons fasste sich mit den Händen an die Schultern, über Kreuz, als ob er friert. »Das denke ich doch selber, ich denke, dass es nicht stimmen kann. Aber er ist da. Er redet mit mir, genau wie du.«

»Hast du den Brief geschrieben?«

»Nein, ich schwöre es beim Leben unserer Kinder.«

»Warum sehe ich dann den Heigl nie? Bring uns halt mal zusammen.«

»Er ist misstrauisch. Er traut nur dem Blut.«

Ursula dachte, dass es an der Ernährung liegt, und kaufte öfter Fleisch und Butter statt Kartoffeln und Margarine. Sie achtete darauf, dass Alfons nicht zu spät schlafen ging. Sie schüttete heimlich Wasser in sein Bier. Aber sie war sich unsicher. Zu neunzig Prozent war sie der Meinung, dass Alfons verrückt geworden war, zu zehn Prozent dachte sie, dass es nicht völlig unmöglich war.

Alfons hatte einmal erzählt, dass er als Kind mit einem Floß unter dem Dom herumgefahren sei, alle hatten ihn für verrückt erklärt. In der folgenden Woche besorgte er ein Schriftstück des Dombauamtes in beglaubigter Abschrift, dafür hatte er sogar Geld ausgegeben. Unter dem tausendjährigen Dom liegt tatsächlich eine Höhle. Sie erstreckt sich über Hunderte von Metern, halb gefüllt mit Grundwasser, in dem einige ursprünglich hölzerne, im Laufe der Jahrhunderte halb versteinerte Stützpfeiler des Doms stehen. Es gibt zwei Zugänge. Fast niemand weiß es. Seit Ewigkeiten hat kein Erwachsener die Höhle betreten, denn sie ist ziemlich niedrig. Nur Kinder haben sich hin und wieder ein kleines Stück hineingewagt, bis die Kälte und das Grauen sie zum Ausgang zurücktrieben. Die Kinder berichteten von sonderbaren Geräuschen, von Lichtern unter dem Wasser. Die Höhle enthalte ein Geheimnis. Bald darauf wurden sie schweigsam, schliefen im Sitzen ein oder schauten stundenlang aus dem Fenster, ohne sich zu bewegen. Jeder, der die Höhle besucht hat, vergisst innerhalb weniger Stunden alles, was er gesehen hat. Wer als Erwachsener immer noch über sie spricht, gilt als verrückt.

Ursula wagte nicht, jemandem vom Heigl zu erzählen. Wenn die Geschichte stimmte, hätte es Verrat an Alfons bedeutet, jemandem davon zu berichten. Wenn es nicht stimmte, hätte sie Alfons der Lächerlichkeit preisgegeben.

Sie hatte also keine andere Wahl, als zu schweigen.

9

Ein paar Wochen später erklärte die Schwester meiner Großmutter, dass es mit Fritz wirklich eine ernste Sache sei. Sie
werde die Bar schließen und heiraten, obwohl Fritz elf Zentimeter kleiner sei als sie. Die Liebe besiegt alles. Fritz besitze
eine Villa mit Garten, ein Motorrad, trotz Holzbein, er sei tatsächlich Prokurist mit vierzehn Monatseinkommen, nur der
Name der Firma fiel ihr gerade nicht ein. Den Gehaltsnach-
weis aber habe sie mit eigenen Augen gesehen. Dieser Mann
verfüge über ein Format, eine Dynamik und eine Willenskraft,
die ihm erst einmal einer nachmachen solle.

Es war Winter, sie saß schwärzer und dünner denn je in der
Küche meiner Großeltern auf dem Sofa, bei einer Tasse Bohnenkaffee und einem doppelten Cognac, während mein Großvater mit hochgekrempelten Ärmeln auf dem Küchentisch
Katzensand filterte. Er besorgte den Sand für das Katzenklo
aus Kostengründen nachts auf den Baustellen, die es an fast
jeder Ecke gab. Größere Steine, Glasscherben und Ähnliches
filterte er mit einem selbst gebastelten Gerät heraus, das aussah wie das Sieb eines Goldwäschers in einem Western.

Die Schließung der Bar war in seinen Augen eine gute
Nachricht, die finanziellen Verluste konnte man schon irgendwie wegstecken. Die Schwester hatte meiner Großmutter bei
den Getränken, die sie während der Arbeit zu sich nahm, besser gesagt, aus atmosphärischen Gründen zu sich nehmen

musste, immer den gleichen Preis berechnet wie den Gästen, außerdem für alle Sonderleistungen bei den Gästen immer selber kassiert, Beträge, die schwer zu kontrollieren waren. Kein Wunder, dass am Ende des Monats nur ein paar hundert Mark übrig blieben. Außerdem sagte sie, die Bar sei verschuldet. Das war jetzt das Problem von Fritz.

Mein Tante sagte: »Ihr könntet die Dachmansarde vermieten. Fünfzig Mark kriegt ihr bestimmt.« Sie kannte auch schon einen potentiellen Mieter, Berti, den Bruder von Fritz, der Medizin studierte und im Studentenwohnheim dahinvegetierte, wo man außer essen, schlafen und lernen praktisch nichts machen darf. Das Zimmer, von dem sie sprach, war gerade so groß, dass ein Bett, ein Schrank und ein Tischchen hineinpassten. Die Mansarden waren beim Bau des Hauses als zusätzliches Kinder- oder Gästezimmer konzipiert worden und verfügten nur über eine Gemeinschaftstoilette und ein Gemeinschaftswaschbecken. Dem Bruder musste es im Wohnheim wirklich dreckig gehen. In diesem Moment klingelte es.

Meine Großmutter hatte eine Furcht vor Einbrechern entwickelt, die sachlich schwer zu begründen war. Wenn man die Dinge mit den Augen eines Einbrechers betrachtete, bildete ein Mietshaus in dieser Gegend der Neustadt nicht gerade das ideale Einsatzgebiet. Die Leute waren nicht reich. In den Häusern wohnten viele Menschen, folglich herrschte in den Treppenhäusern reger Verkehr. Die Türen zum Innenhof waren meistens abgeschlossen und schufen ein zusätzliches Hindernis. Das alles war Katharina klar, eine innere Stimme warnte sie trotzdem. Verbrecher verhalten sich irrational, sonst würden sie in einer anderen Branche arbeiten. Die Stimme der Vernunft ist unter allen vorstellbaren Stimmen wahrscheinlich die letzte, die einem zu der Laufbahn eines Verbrechers rät.

Deswegen hatte meine Großmutter ihren Mann dazu gebracht, zusätzlich zu dem vorhandenen Schloss der Tür ein Sicherheitsschloss zu montieren, mit einer Kette. Wenn die Tür geöffnet wurde, öffnete sie sich nur einen kleinen Spalt, fünf Zentimeter etwa, dann rastete die Kette ein und hielt die Tür fest.

Als Katharina das fertig montierte Sicherheitsschloss sah, war sie nur teilweise zufrieden. Es erschien ihr ohne weiteres denkbar, dass eine Person, die über ausreichende Motivation verfügte, mit einem Draht oder einem anderen Werkzeug durch den Türspalt hindurch nach der Kette angelte und sie aus ihrer Schiene heraushob, auch wenn die Schlösserfirma behauptete, dass so etwas nicht möglich sei. Eine Firma, die freiwillig zugibt, dass ihre Ware Schwachstellen besitzt und unter Umständen nichts nutzt, hat es in der Wirtschaftsgeschichte wahrscheinlich noch nie gegeben.

Also bearbeitete Katharina ihren Mann, bis er neben dem Kettenschloss einen Innenriegel aus Messing montierte. Diesen Messingriegel hatte Joseph im Geschäft ausgesucht, aber, wie es schien, einzig und allein unter dem Gesichtspunkt der Schönheit. Der Riegel glänzte wie Gold, aber dass er einem entschlossenen, kompetenten Einbrecher standhalten würde, war ein Gedanke, über den man nicht einmal diskutieren musste, weil die Absurdität dieses Gedankens sich schon beim ersten Blick aufdrängte, wenn man das schwächliche, materialtechnisch unterentwickelte Riegelchen anschaute und sich parallel dazu einen Gewohnheitsverbrecher vorstellte. Wenn man aber darauf vertraut, dass ein Einbrecher, der etwas vom Einbrechen versteht, gar nicht erst an dieser Tür erscheint – gut, dann hätte man gleich bei der ursprünglichen Lösung bleiben können, dann hätten sie ganz auf das serienmäßige Schloss der Hausverwaltung und auf das Glück vertrauen können.

Meine Großmutter stellte zu ihrer Bestürzung allerdings

fest, dass die Anwesenheit der beiden Zusatzschlösser ihre Sorgen nicht etwa dämpfte, sondern steigerte. Denn jetzt musste sie jedes Mal, wenn sie an der Eingangstür vorbeikam, auf dem Weg ins Bad, ins Wohnzimmer oder wohin auch immer, die beiden Schlösser sehen und an Einbrecher denken.

Vorher war die Angst nur hin und wieder da gewesen. Jetzt wurde sie ein ständiger Begleiter. Katharina hatte Träume und Vorahnungen. In den Träumen rüttelten Männer an der Tür, dann warfen sie sich mit vollem Gewicht gegen das Holz, bis es zersplitterte und die Männer unter brutalem Gegröle in die Wohnung eindrangen.

Mein Großvater kaufte ein Spezialschloss, das so groß war wie eine Zuckerdose und auf beiden Seiten des Türspalts mit stabilen Schrauben befestigt wurde. Der Riegel war aus Stahl und so dick wie zwei Daumen. Außerdem dübelte er oberhalb der Tür, in zwei Meter Höhe, einen weiteren Riegel in die Wand. Der Oberriegel konnte mit Hilfe eines Hakens, der im Schirmständer untergebracht war, von oben nach unten gezogen werden. Meiner Großmutter war nämlich aufgefallen, dass alle Riegelsysteme so konzipiert sind, dass man sie an der Längsseite der Tür anbringt, an dem Türspalt, dort, wo die Türklinke ist. Das war ein Schwachpunkt, denn oben an der Schmalseite wurde die Tür von eigentlich gar nichts gehalten, so dass ein gewiefter Verbrecher dort oben die Tür am ehesten ein Stück nach innen biegen konnte, um durch den schmalen Schlitz mit einem seiner Spezialwerkzeuge durchzufassen. Holz ist weich.

Wegen dieser Schutzmaßnahmen war das Öffnen und Schließen der Tür kompliziert und zeitraubend. Als es klingelte, ging Katharina zur Tür, schaute durch den Spion, sah eine unbekannte Frau und rief »Moment!«. Sie schob den Oberriegel hoch, öffnete mit dem Drehknopf das grüne Schloss, schob das lachhafte Messingzierschloss zurück, entriegelte die Kette, was mühsam war, weil die Kette klemmte, und drehte den innen steckenden Schlüssel des serienmäßigen Standardschlosses herum.

Zum Glück kam die Dame vom Tierheim erst jetzt, etwa vier Wochen nach dem Kauf der Katze, zu ihrem Kontrollbesuch. Sie war eine Dame von Mitte sechzig mit einem weißen Spitzenkragen, ein ganz seriöses Exemplar. Sie sagte, ohne sich wegen der Schlösser die geringste Irritation anmerken zu lassen, sie wolle nachschauen, ob es dem Kätzchen gut gehe und ob alles in Ordnung sei. Man solle ihren Besuch nicht als Zeichen von Misstrauen verstehen. Dies würde der Verein der Freunde des Tierheims immer so machen, ein kleiner Kontrollbesuch im Interesse des Tierschutzes. Leider gibt es böse Menschen, vor denen die Tiere selbst sich nicht schützen können.

Dass die Dame erst nach vier Wochen kam, war deswegen ein Glücksfall, weil mein Großvater erst ein paar Tage vorher die Voliere abgebaut hatte, die meisten Wellensittiche waren schon verkauft oder verschenkt. Die restlichen vier Vögel saßen in einem Käfig, der zu klein für sie war. Joseph wollte sich noch von einem der vier trennen, konnte sich aber unter den verbliebenen Kandidaten nicht entscheiden. Abend für Abend beobachtete er die vier Kandidaten und lauschte in sich hinein, nach der Stimme seines Herzens, damit es ihm die Lösung mitteilt. Aber sein Herz blieb stumm.

Meine Großmutter sagte an der Tür: »Entschuldigung, da muss ich meinen Mann holen«, machte die Tür wieder zu, allerdings nur provisorisch mit dem grünen Schloss, und rannte in die Küche. Die Wellensittiche stellten ein Problem dar, weil sie unterschrieben hatten, dass sie keine weiteren Tiere besäßen und all ihre Liebe und Zuwendung weltexklusiv der Katze zukommen ließen. Das Terrarium komplizierte die Situation zusätzlich. Außerdem besaß mein Großvater neuerdings ein Dutzend Stabheuschrecken, filigrane, langbeinige, tabakbraune Wesen, die bewegungslos in einem Goldfischglas auf einem Blätterbündel saßen. Die Heuschrecken sollten sich vermehren, das war der Plan, und auf diese Weise den Futternachschub für das Terrarium auf eine sichere, natürliche Basis stellen. Die Tiere bewegten sich allerdings nie, nicht ein einziges Mal, und dass es Lebewesen geben könnte, die den Geschlechtsakt in vollkommener Bewegungslosigkeit vollführen, voneinander getrennt auf Blättern sitzend und vor sich hin meditierend, konnte sich mein Großvater beim besten Willen nicht vorstellen.

»Ich erzähle, die Wellensittiche gehören mir«, sagte meine Tante. »Ich habe den Käfig vorbeigebracht, weil die Vögel sich nicht gut fühlen und weil Joseph sie sich als Tierexperte der Familie anschauen soll. Das Gegenteil sollen die uns erst mal beweisen.«

Mein Großvater nahm das Heuschreckenglas und stellte es zusammen mit den halb fertigen Blumenkästen in größtmöglicher Schnelligkeit hinaus auf den Balkon. In diesem Moment fiel ihm nichts Besseres ein. Über das Terrarium warf meine Großmutter eine Wolldecke, die selten benutzt wurde und bestimmt schon ein Jahr in einem geflochtenen Bastkorb gelegen hatte. Falls die Dame fragen würde, wollte sie erzählen, dass sich unter der Decke ein Geburtstagsgeschenk für ihren Mann befindet, eine streng geheime Geburtstagsüberraschung.

Die Katze lag zusammengerollt auf einem Sessel im Wohnzimmer, das fast nie benutzt wurde, außer zum Fernsehen. Sie streckte sich, zuerst nach vorne, dann nach hinten, gähnte und sprang vorsichtig von dem Sessel auf den Boden. In den paar Wochen ihres Hierseins hatte sie ganz schön Speck auf die Rippen gekriegt. Mein Großvater kaufte für sie Tatar und vermischte es mit Eigelb, oder er schnitt gekochten Schinken klein. Das Dosenfutter aus dem Tierheim hatte die Katze schon beinahe vergessen.

»Na, das sieht man aber, dass es dir gut geht«, rief die Dame. »Wie heißt du denn?«

»Puschel«, sagte meine Großmutter. Dieser Name entsprang einer spontanen Eingebung.

Die Dame wollte das Katzenklo sehen. Das Katzenklo befand sich in tadellosem Zustand. Sie fragte: »Hat das kleine Puschel auch etwas zum Spielen? Hat Puschel einen Kratzbaum?« Der Kratzbaum stand im Wohnzimmer. Es war ein Holzstumpf, auf den mein Großvater Teppichreste genagelt hatte. Plastikbälle, Wollknäuel und quietschende Gummimäuse waren in der gesamten Wohnung auf dem Fußboden verteilt wie Blumen auf einer Bergwiese, man trat ständig auf sie, und wenn man eine Maus erwischt hatte, quietschte es.

Die Dame war zufrieden und setzte sich in die Küche, um, wenn man schon so nett dazu eingeladen wird, noch ein Tässchen Kaffee zu trinken. Meine Tante sagte: »Stören Sie sich nicht an den Vögeln, das sind meine. Ich hab sie vorbeigebracht, damit mein Schwager sie sich mal anschaut. Die sind krank.«

»Was haben denn die Vögelchen?«

»Fieber«, sagte meine Tante. In dem Moment fiel ihr nichts anderes ein.

Die Tierheimdame antwortete nichts, sondern schaute sich interessiert die Vögel an. Der Käfig war etwa einen Meter lang und einen halben Meter breit. So etwas ist schwer zu transportieren. »Wie messen Sie eigentlich das Fieber?«, fragte die Dame, und meine Tante antwortete kess: »Na, wie schon, ich stecke einfach das Thermometer unter die Flügel.«

In dem Augenblick ereigneten sich mehrere Vorfälle kurz hintereinander. Erstens sprang Puschel auf den Kühlschrank und vom Kühlschrank aus auf den Küchenschrank, wo der

Vogelkäfig stand, worauf die Vögel in ihrer Panik anfingen, Ausdrücke auf Russisch zu kreischen, Ausdrücke, die nicht salonfähig waren.

Zweitens hatten die Heuschrecken draußen auf dem Balkon wegen der Kälte ihre buddhistische Lebensphilosophie überraschend aufgegeben. Sie merkten, dass sie am Erfrieren waren. Diese Erkenntnis löste bei ihnen temperamentvolles Verhalten aus. Sie hüpften herum, ruderten mit ihren dürren Beinen, wackelten mit den kleinen Köpfen und veranstalteten alle denkbaren Arten von Bewegungen, wie ein Mensch, der sich mit Freiübungen warm macht. Dabei fiel das Glas um, und der Deckel öffnete sich. Die Heuschrecken sahen, dass sie so schnell wie möglich aus ihrem eisigen Gefängnis hinauskamen. Sie strebten, auch in dieser Hinsicht überraschend menschlich, in Richtung Wärme und Licht. Sie klatschten also von außen gegen das Balkonfenster und gegen die Balkontür, wobei es wirklich außergewöhnlich große Heuschrecken waren, so lang wie ein Finger, nicht etwa mickrige Grashüpfer. Es sah wie eine biblische Heuschreckenplage aus, als ob Gott die Wellensittiche für ihre bodenlosen Flüche strafen wollte.

Die Tierheimdame wusste nicht, wo sie hinschauen sollte, entschied dann aber, sich auf die Heuschrecken zu konzentrieren, denn etwas Vergleichbares hatte sie noch nicht gesehen, während man Katzen und Wellensittiche im Tierheim durchaus öfter zu Gesicht bekommt.

Meine Großmutter sagte: »Die kommen aus Afrika.« Was sie mit dieser Bemerkung ausdrücken wollte, war ihr selber nicht klar. In diesem Moment trat das dritte Ereignis ein.

Die alte Decke, die über dem Terrarium lag – das Terrarium stand auf lackierten Holzbeinen neben dem Kühlschrank, in der Küche war es wirklich eng, aber eng auf gemütliche Weise –, diese Decke also, die rot kariert war und muffig roch, begann sich zu bewegen. Sie verrutschte ein klein wenig. Unter der Decke kam ein Kopf zum Vorschein. Es war ein perfekt geformter Eidechsenkopf, mit einer Zunge, die sich so schnell und regelmäßig bewegte wie der Scheibenwischer bei dem Fiat meines Großvaters. Eine Sekunde später sah man den ganzen Körper des Tieres, weil es sich auf den Boden fallen ließ, und Katharina schrie: »Die Schlange!«

Die Blindschleiche versuchte, ein neues Versteck zu finden, nach Lage der Dinge war das Sofa dazu am besten geeignet. Folglich hatte es gar nichts Aggressives oder Bösartiges zu bedeuten, dass sie auf das Sofa zukroch. Aber man konnte es, wenn man sich in die Psyche einer Schlange nur mangelhaft hineinversetzen kann, auch als Angriff interpretieren.

Katharina rannte auf den Balkon und schrie: »Ich springe runter! Wenn keiner was tut, springe ich runter! Ich schwöre es!« Durch die offene Balkontür flogen oder hüpften die Heuschrecken mit steif gefrorenen Gliedern in die Küche hinein. Die Tierheimdame saß bewegungslos auf ihrem Platz. Mein Großvater wusste nicht, ob er sich zuerst um die Blindschleiche oder zuerst um Katharina kümmern sollte. Nach kurzem Zögern lief er auf den Balkon, weil Katharina über der Brüstung hing und aus voller Kraft schrie: »Hilfe! Die Schlange! Ich spring runter!« Das war ihm wegen der Nachbarn unangenehm.

Die kaltblütigste Person in der Familie ist immer meine Tante gewesen. Sie stocherte und trat mit ihren Füßen nach der Blindschleiche, um sie zu hindern, unter das Sofa zu kriechen. Dort hätte man sie wahrscheinlich nur schwer wieder herausholen können. Dann bückte sie sich, packte das Tier hinter dem Kopf und hob es hoch. Es schlängelte hilflos in der Luft herum und versuchte, irgendetwas zu packen zu kriegen. In dieser Sekunde wurde die Blindschleiche meiner Tante mit der Gewalt eines Wirbelsturms aus der Hand gerissen. Die Katze hatte nämlich innerhalb von Sekundenbruchteilen alles Interesse an den Vögeln verloren und war mit einem einzigen Satz vom Küchenschrank auf den Boden gesprungen. Ihre Bewegungen besaßen die Professionalität eines sizilianischen Auftragskillers.

Als mein Großvater dies sah, wusste er, dass seine biologische Theorie über Katzen und Schlangen richtig gewesen war. »Siehst du«, sagte er zu Katharina, »eine Katze findet eine Schlange. Immer. Es ist so, wie ich es versprochen habe.« Das war genau die Art von Rechthaberei, wegen der sie ihn als Verkäufer in der Tierhandlung gefeuert hatten.

Während die Katze mit der Blindschleiche kämpfte, was ein einseitiger und von der Blindschleiche mit nahezu nicht vorhandener Siegchance geführter Kampf war, und während die Stabheuschrecken versuchten, ihrerseits unter das Sofa zu flüchten, stand die Tierheimdame auf, sagte: »Vielen Dank für den Kaffee, so etwas habe ich in zwölf Jahren, seit ich Hausbesuche mache, nicht erlebt«, und bewegte sich in einem fast panischen Tempo zur Tür. Als sie auf die Türklinke drückte, tat sich nichts. Sie rüttelte an den Riegeln, drehte an dem Drehknopf, schob das Kettchen auf und zu, aber das Öffnen der Tür meiner Großeltern war eben eine Wissenschaft für sich und nicht jedem gegeben. Da fing sie an zu schreien: »Ich will hier raus! Wollen Sie mich wohl hinauslassen?«

Bei einem Naturvolk wäre dies der Moment gewesen, in dem sie vor den Angehörigen des anderen Stammes das Gesicht verliert. Angst und Panik sind nach Ansicht der meisten Naturvölker nicht mit Würde vereinbar.

Joseph kam aus der Küche, sagte, mit dem Versuch, charmant zu sein: »Das haben wir gleich, Madame.« Außerdem sagte er, dass ihm die Zuspitzungen der letzten Minuten peinlich seien, sie solle nicht denken, es gehe immer so zu bei ihnen. Anschließend griff er in den Schirmständer und holte den Haken für den Oberriegel heraus. Auf den ersten Blick sah dieses Werkzeug wie ein Enterhaken aus. Er wollte den Sinn des Geräts erklären, der sich durch den bloßen Anblick nicht erschloss, deswegen sagte er: »Es gibt viele Verbrecher und viele Verrückte, da ergreifen wir Gegenmaßnahmen.« Das kam bei der Dame völlig falsch an, weil er in diesem Moment mit dem blitzenden Enterhaken auf sie zukam. Er wirkte wie Kapitän Hook, der mit Peter Pan kurzen Prozess machen möchte.

In den folgenden Wochen trafen mehrere Briefe des Tierheims ein, in denen Katharina und Joseph gebeten wurden, sich telefonisch zu melden oder, besser noch, persönlich vorbeizukommen. Es gebe offene Fragen. Mein Großvater, der ansonsten sehr korrekt war, hielt es für das Klügste, diese Briefe auf sich beruhen zu lassen; tatsächlich kamen nach einiger Zeit keine mehr.

Die Mitarbeiterin des Tierheims erholte sich von dem Schock. Sie starb, hoch betagt, in den neunziger Jahren, und als sie in den letzten Strudel des Bewusstseins eintauchte, in dem alle Erinnerungen wieder frisch wie im ersten Moment vor ihr standen und alle Bilder in ihr aufglühten wie ein zusammenstürzendes Feuer, sah sie noch einmal meinen Großvater, der ihr die Tür öffnete, mit dem Enterhaken in das Treppenhaus wies und sagte, dass Puschel bei ihm in den besten Händen sei.

10

An einem kalten Tag, kurz vor Weihnachten und kurz nach dem Abendessen, klopfte bei meinen Urgroßeltern der Räuber Heigl an die Tür.

Alfons sprach schon seit einigen Wochen nicht oder fast nicht mehr über den Heigl. Er machte nur Andeutungen. Wenn in der Zeitung etwas stand, das ihn interessierte, lächelte er in sich hinein und zupfte am Tischtuch.

»Es ist etwas im Gang. Aus der Ferne kommt etwas auf uns zu. Es kommt darauf an, über die Hintergründe der Sache Bescheid zu wissen.« So sprach er im Allgemeinen.

»Plant ihr etwas? Plant ihr ein Attentat?«, hatte Ursula ihn einmal gefragt, mehr oder weniger ins Blaue hinein.

»Die Mönche zu Lodevre in der Gascogne erklärten eine Maus für heilig, die eine geweihte Hostie gefressen hatte«, antwortete Alfons. Er sah dabei aus dem Fenster, den Wolken hinterher.

»Soll das eine Antwort sein?«, schrie Ursula.

»Die Geistlichen«, brüllte Alfons, »machen einen Lärm, wenn sie einen Mann sehen, der frei denkt, wie Hennen, die unter ihren Jungen ein Entchen haben, welches in das Wasser geht. Wenn man das Kreuz anbetet, an dem Jesus gestorben ist, warum betet man dann eigentlich nicht den Esel an, auf dem er geritten ist?«

»Ich bin doch kein Pfarrer«, wollte Ursula sagen, aber sie

ließ es lieber. Alfons war zu aufgewühlt. Er ging im Zimmer auf und ab. »Vom Wahrsagen lässt sich's immer und überall gut leben«, schrie er. »Aber niemals vom Wahrheitsagen!«

Er las mehr als früher und versuchte, die Bücher auswendig zu lernen. Er lernte auch Latein und Französisch. »Aramäisch wäre auch nötig«, sagte er. »Aber immer schön eins nach dem anderen.«

Im Wohnzimmer hing eine Weltkarte, an deren Rand er mit kleinen, unleserlichen Buchstaben lateinische Anmerkungen schrieb. Abends ging er oft weg, da sah er Heigl und seine Leute und heckte etwas aus. Sie trafen sich im Park.

»Sag mir wenigstens ungefähr, was ihr wollt. Ist es was Kommunistisches?« Den Kommunismus hielt Ursula für die Art von Verschwörung, für die Alfons am anfälligsten war. Aber die Kommunisten hatten nichts mit Latein zu tun. Oder etwa doch? Sagt man nicht: Moskau, das dritte Rom?

Alfons erklärte ihr, dass die Welt in Gefahr sei. Bald würden neue Waffen erfunden werden, die alle bisherigen Waffen in den Schatten stellen. Eine einzige Bombe, die eine ganze Stadt zerstören kann. Dann könnten die Staaten sich nicht mehr gegenseitig angreifen. Das wäre einfach zu gefährlich, denn ein einziger Krieg könnte die ganze Welt vernichten, beide Kriegsparteien eingeschlossen. Die Staaten würden sich logischerweise ihrem eigenen Volk oder Territorium zuwenden. Die Welt würde gegen sich selber Bürgerkrieg führen. Die Armeen würden damit anfangen, ihre eigenen Völker umzubringen, wie ein Körper, der die eigenen Organe verschlingt.

Er erzählte von der Materia prima, auch Jungfernerde oder die schlammige Erde Adams genannt, dem Urstoff aller Elemente, dem Motor der Evolution und Prinzip der Energie, der seit tausend Jahren von den Alchemisten gesucht wird. Die Materia prima, heißt es, ist in ihrem Wesen dreieckig und viereckig in ihren Eigenschaften. Daran kann man sie erkennen. Niemand weiß, wie eine Sache gleichzeitig dreieckig und viereckig sein kann, wenn man es aber erst einmal vor sich sieht, erkennt man es und es kommt einem normal vor. Man hat im Blut nach ihr gesucht, im Harn, im Speichel, in der Steinkohle, im Schwefel und im Salmiak. Nur die Materia prima, sagte Alfons, kann die Welt vor sich selber retten. Er ging aber immer noch jeden Tag in die Brauerei.

Wenn er abends nicht wegging oder lernte, hörte er Radio. Manchmal schaltete er das Radio spät nachts ein, nach Sendeschluss, und hörte dem Rauschen zu. Das Rauschen des Radios erschien ihm so schön wie das Rauschen des Meeres, es war die Welt der Gedanken, der Geister und der Musik, die in rhythmischen Bewegungen aus dem Radio heraus gegen den Strand seines Geistes spülte, ähnlich wie die Wellen gegen den Meeresstrand, deswegen ähnelten sich die Geräusche. Nach einer Weile konnte er das Radiorauschen und das Knattern bei schlechtem Empfang perfekt nachmachen. Es klang wie eine Schlacht, die während eines starken Gewitters geführt wird. Das gefiel den Kindern.

Otto, der Jüngste, war seiner Ansicht nach das klügste seiner Kinder. Otto konnte rechnen und lesen, bevor er in die Schule kam. Otto konnte sich stundenlang alleine beschäftigen, ohne Spielzeug, er spielte mit Steinen und Knöpfen und redete mit sich selbst.

Alfons glaubte daran, dass ein großer Krieg kommt, wieder einer. Otto würde Soldat werden, aber er würde überleben, aus Klugheit, weil er gut reden kann und weil ihm im richtigen Moment bestimmt eine List einfällt. Nach dem Krieg stieg Otto in seinem Traum zu einem der wichtigsten Männer von Deutschland auf, er würde Bürgermeister, Minister, Kanzler, Nobelpreisträger werden, bei den Sozialdemokraten sehr wahrscheinlich, weil die für den Ausgleich der Interessen und für die Arbeiterkinder eintreten, er würde Klavierkonzerte geben, ein bisschen Klavier konnte er bereits, er würde in großen Krisen große Reden halten und dabei die Nerven behalten, denn Otto hatte nichts von der inneren Unruhe der Familie geerbt. Er würde maßvoll und gerecht und so geachtet sein, dass sogar Verbrecher und Oppositionspolitiker vor ihm Respekt haben. Noch im Alter würde er, weißhaarig, Bücher schreiben, die in einfachen, schönen Worten die Welt erklären und aus denen er seiner Frau vorliest, das war Otto in seinem Traum.

Otto selbst wollte Fußballer oder Ringer werden. Abends schaute er sich oft den Himmel an, weil er glaubte, dass einer der Sterne sein Stern ist, der nur für ihn strahlt, aber das behielt er für sich.

Alfons brachte ihm ein paar Sätze Latein bei, ließ ihn diese Sätze sagen und gab ihm dann lange Antworten auf Lateinisch. Dazu rollte er mit den Augen und schnitt Grimassen, damit es Otto nicht langweilig wurde.

Alfons spürte, dass er sich veränderte. Die Welt der Ideen griff nach ihm, sie vermischte sich mit der Welt der Gefühle. Die Geschichte zog sich zusammen wie eine Schnecke, die man mit einem Stock berührt, alle Zeiten berührten sich. Auf einmal erschien es leicht, von einem Zeitalter in das andere hinüberzuwechseln.

Der Himmel sah nach Regen aus, und doch arbeiteten alle, lebten weiter, als wäre gar nichts, weil man immer denkt, es zieht vorüber. Man braucht den ersten Tropfen als Beweis, vorher glaubt man es nie.

Ursula dachte: »Vielleicht ist er verrückt. Und wenn schon. Er ist nur ein bisschen verrückt. Zu dreißig Prozent ist er verrückt. Der Rest bleibt normal.« Nur noch zu zwei Prozent glaubte sie daran, dass Alfons wirklich den Heigl getroffen hatte.

So war die Lage, als, wie gesagt, kurz vor Weihnachten und

kurz nach dem Abendessen, der Räuber tatsächlich an die Tür klopfte.

Sein erster Satz lautete: »Ihr dürft Michel zu mir sagen.« Sein zweiter Satz lautete: »Ein Bier wär jetzt richtig.«

Er klopfte den Schnee von seinem Mantel ab und hinkte mit knackenden Knochen in die Küche. Seine Augen waren rot und wässrig, sein Bart war gelb vom Nikotin und zerfasert vom Rattenfraß, sein Mantel stank wie ein offenes Grab. Als er saß, begann er zu sprechen. »Ich bin gekommen, weil die Zeit reif ist. Glaubt ihr, dass es je in der Welt anders war als jetzt? Glaubt ihr, dass die Schlehenhecken je Orangen getragen haben? Was für ein schwaches Werkzeug die Vernunft ist. Jetzt gehet hin und findet heraus, wen sich der Satan zum Werkzeug auserkoren hat. Denn einer muss es ja sein.«

Alfons kam mit zwei Krügen Bier aus dem Keller, holte aus der Küchenschublade ein Brotmesser und rührte mit dem Brotmesser im Bier herum, bis der letzte Schaum verschwunden war. Otto lachte und sagte glucksend: »Eum non ignoro, cum a pueris amicus meus sit.« Heigl lachte ebenfalls und deutete auf seinen Urenkel: »Ibis, quo te iam pridam tua cupiditas rapiebat.«

Alfons sprang auf, zog Otto an sich heran und sagte: »Jetzt erkenne ich dich. Du bist nicht mein Sohn. Mein Sohn ist tot. Du hast ihn auf dem Gewissen.« Otto riss sich los und lief davon, ein bisschen erschrocken. Alfons rannte hinterher, mit dem Messer in der Hand. Ursula schrie und folgte Otto und Alfons. Sie hatte aber Pantoffeln an und war deswegen nicht so schnell, wie sie es gerne gewesen wäre. Katharina und Rosalie rannten hinter Ursula, Otto und Alfons her. Heigl stand mühsam auf.

»Ist das ein Spiel?«, rief Otto. »Ist das ein Spiel? Sag, ist das ein Spiel? Ich soll so tun, als ob ich der Teufel wär, ja?«

Otto hatte Angst, aber nur ein bisschen. Er wusste, dass

Alfons verrückte Sachen machte. Er wollte vernünftig sein, musste aber trotzdem weinen. Während er weinte, ärgerte er sich über sich selber, weil er seinem Vater den Spaß an dem neuen Spiel verdarb.

Alfons jagte ihn prustend und brüllend auf den Dachboden, schloss hinter sich die Tür zu, trieb Otto in eine Ecke und verbeugte sich vor ihm wie ein Höfling vor seinem König, mit einem Kratzfuß. Otto wischte sich die Tränen aus den Augenwinkeln, denn sein Vater war eindeutig guter Laune, er lachte sogar.

»Ist es gut so? Mach ich es richtig?«, fragte Otto.

»Jawohl, Euer Majestät«, antwortete Alfons, in dem kurz ein Schatten seines Traums aufleuchtete, war Otto nicht etwas anderes bestimmt, aber Alfons erinnerte sich nicht mehr. Dann schnitt er ihm mit dem Brotmesser in einer einzigen Bewegung die Kehle durch. Anschließend sprang er schreiend aus dem Fenster und schleppte sich mit gebrochenem Knöchel noch etwa fünfzig Meter weit.

Während er im gefrorenen Gras lag, sah er, wie Heigl aus der Haustür trat, ihm zunickte und wegging. Er sah, wie der Krankenwagen kam. Er sah sogar, wie der Krankenwagen wieder wegfuhr. Dann erst holten sie ihn.

Otto aber verwandelte sich in einen Wind, der an bestimmten Tagen über den Rhein weht und den Leuten über die Haare streicht. In den folgenden Jahren ging Ursula oft an den Rhein und spürte ihn. Sie wartete, bis der Wind wehte und ihre Haare herumwirbelten, dann konnte sie seine Stimme hören und sogar seine Haut riechen. Otto erzählte, wie Alfons ihn einmal auf seine Schultern gestellt hatte und so die ganze Rheinpromenade lang gelaufen war, die ganzen drei Kilometer. Immer wenn ihnen jemand entgegenkam, verbeugte er sich, während er auf den Schultern Ottos Füße ganz fest hielt, er verbeugte sich so tief, dass Ottos Kopf fast den Boden berührte, dabei taumelte er wie ein Betrunkener und sang aus voller Brust das Solidaritätslied. Alle Leute schüttelten die Köpfe, so ein Verrückter, und Otto musste lachen wie noch nie im Leben, den ganzen Weg, bis nach Hause.

11

Nachdem Justiz und Medizin ihn von allen Seiten begutachtet hatten, wurde Alfons in ein Krankenhaus gebracht. Es lag eine Stunde vom Fluss entfernt in einer hügeligen Landschaft und war auf Fälle dieser Art spezialisiert. Ursula fuhr mit dem Bus hin und sprach mit den Ärzten. Begreift er, was er getan hat? Wird er wieder gesund? Soll ich ihn besuchen, soll ich ihm verzeihen? Und die anderen Kinder? Besteht Gefahr? Dürfen sie ihren Vater sehen? Was ist für die Entwicklung eines Kindes besser: ein wahnsinniger Vater oder gar keiner? Was sagt die Wissenschaft in solchen Fällen?

Die Ärzte legten ihre Hände auf Ursulas Arm, sie klopften mit ihren Füllfederhaltern auf die Akte, die vor ihnen lag, öffneten das Fenster, schlossen das Fenster wieder, lasen ihr einzelne Sätze aus der Akte vor, schimpften über den Busfahrplan, weil es ihrer Ansicht nach zu selten eine Verbindung in die Stadt gab, fragten sie, ob sie eine Zigarette haben wollte und reichten ihr Taschentücher. Manchmal bekam sie Beruhigungstabletten.

Sie nannten sein Leiden »Dementia praecox«. Diese Krankheit, die es wahrscheinlich schon immer gegeben hat, sei vor wenigen Jahren in der Schweiz entdeckt worden wie eine neue Tierart. Wer von dieser Krankheit befallen wird, sagten die Ärzte, verbindet Dinge miteinander, die auch beim besten Willen und großzügigster Auslegung nichts miteinander zu tun haben. Eine solche Person stolpert über einen Ast, steht wieder auf, klopft den Schmutz ab, geht zu einer alten Dame, die zufällig in der Nähe auf einer Parkbank sitzt, und beschimpft sie auf gröbste Weise wegen des Astes. Das ist Dementia praecox. Oder die Befallenen wollen mehrere Dinge gleichzeitig und können sich nicht entscheiden. Ein Mann steht vor einer Ladentheke und weiß nicht, ob er Schwarzbier oder helles Bier kaufen soll. Ihm schmeckt beides. In diese Lage können selbstverständlich auch Gesunde kommen. Unser Mann aber verhält sich folgendermaßen: Aus einer sich bis zur Raserei steigernden Wut darüber, dass er sich nicht entscheiden kann, beschimpft er wieder die alte Dame von vorhin, die zufällig an derselben Theke steht, oder er wird sogar tätlich und wirft mit den Bierflaschen nach dem Ladenbesitzer. Ein Fall von Dementia praecox.

Der Kopf eines solchen Menschen gleicht einem Nähkasten, in dem alle Fäden sich miteinander verknäuelt haben. Seine Stimmung ändert sich blitzschnell, ohne dass der beste Wissenschaftler der Welt herausfinden könnte, weswegen. Er redet über eine Sache und denkt dabei gleichzeitig auf intensive Weise an drei oder vier andere Dinge. Plötzlich lacht er, obwohl das, was er gerade sagt, überhaupt nichts Lustiges enthält. In seinem Kopf aber sind diese drei oder vier anderen Themen ununterbrochen aktiv, darunter auch ein oder zwei lustige.

Der Dementia-praecox-Fall kann zwischen dem Ernsten und dem Lustigen nicht unterscheiden. Er schlägt sich brüllend auf die Schenkel, wenn er von einem Todesfall erfährt, und weint stundenlang, bloß weil er etwas Schönes geschenkt bekommen hat. Genauso wenig kann er zwischen Wachsein und Träumen unterscheiden. Der Patient hat eben eine eigenartige Sicht auf die Welt, wie andere sie nicht haben, meinte der Arzt, im Extremfall sieht er sogar andere Personen. Es bleibe für die Forschung viel zu tun.

Etliche Jahre vergingen, bis Alfons überraschend Urlaub bekam. In der Zwischenzeit hatte die Wissenschaft das getan, was sie seit Menschengedenken tut, sie hatte Fortschritte gemacht und ihre Ansichten geändert, ohne aber, in diesem speziellen Fall, wirklich weitergekommen zu sein, das heißt, die Krankheit heilen zu können. Statt Dementia praecox benutzten die Ärzte für das Leiden einen anderen, fortschrittlicheren Namen, den man sich wahrscheinlich nicht merken muss, denn wenn ein Name einmal geändert wird, dann kann er sich auch weitere Male ändern. Die Ärzte glaubten, dass ein Aufenthalt in vertrauter Umgebung zu der Entwirrung des geistigen Bindfadenknäuels beitragen könnte, welches sich im Kopf des Patienten befand, dies war eine Theorie, die es zu beweisen galt.

Ursula holte Alfons in der Anstalt ab. Einer der Ärzte bat sie in sein Büro, Alfons saß währenddessen im Flur und las in einem Roman. Die Ärzte brachten ihm ihre alten Zeitungen und ihre zerfledderten Bücher, sofern nichts Aufwühlendes oder beunruhigend Widersprüchliches darin stand, denn es gab keine wissenschaftlichen Erkenntnisse, die dagegen sprachen.

»Meiner Ansicht nach ist er nicht gefährlich«, sagte der Arzt. »Rufen Sie gegebenenfalls an, ich meine, falls er irgendwelche Anzeichen erkennen lässt, dann sind zu jeder Tages- und Nachtzeit innerhalb von einer halben Stunde Pfleger bei ihnen. Ihre Kinder sind groß. Man kann es ausprobieren. Wie weit haben Sie es zur nächsten Telefonzelle?«

Ursula bekam Tabletten, die Alfons regelmäßig zu nehmen hatte, damit er die Grenze zwischen Traum und Wachsein erkennt und die Ruhe bewahrt.

Sie gingen zu Fuß, obwohl es zu Fuß ein weiter Weg war, der mehrere Stunden dauerte. Alfons sagte, dass er Landschaft sehen und seine Beine ausprobieren wolle. »Freust du dich auf zu Hause?«, fragte Ursula. »Du kannst nichts dafür, das weiß ich. Es war wie eine Lawine oder wie eine Sturmflut. Es ist eine Naturkatastrophe gewesen. Dem Meer trägt man eine Sturmflut auch nicht nach. Die Menschen ertrinken, ein paar Tage später fahren die Fischer wieder hinaus, werden vom Meer ernährt, und nach einer Weile lieben sie es wieder.«

Alfons hatte sich bei ihr untergehakt. Er wusste nicht, was er sagen sollte. Ursula redete weiter. »Das Meer wird nach der Sturmflut wieder normal. Es ist wieder wie früher. Niemand muss vor dem Meer Angst haben, solange es ruhig bleibt.«

Zu Hause setzte er sich auf seinen alten Platz. Die Kinder waren da, aber sie rochen nicht mehr nach Kind. Alfons erzählte, was es in der letzten Woche in der Klinik zu essen gegeben hatte. Rosalie hatte im Kino einen Werbefilm gesehen, über den die ganze Stadt sprach, der Werbefilm war inzwischen berühmter als die meisten langen Filme. So einen Werbefilm hatte es überhaupt noch nicht gegeben. Es kamen nur Zigaretten darin vor. Die Zigaretten hüpften aus ihrer Packung heraus, erzählten Geschichten und tanzten Ballett, passend zum Rhythmus der Musik. »Muratti greifen an«, so hieß der Film.

Rosalie war dünn geworden und trug Schwarz, wie eine Nonne, langer schwarzer Rock, schwarze Bluse, schwarzes Haarband. Danach sprachen sie über die Olympischen Spiele, die es in Berlin geben sollte. Karten für so ein Ereignis kriegen immer nur die Bonzen.

»Otto wollte Ringer werden«, sagte Katharina. »Weil er klein und stämmig war. Aber man weiß nicht, wie es wird, wenn der Körper sich später entwickelt, in der Pubertät. Es gibt Kleine und Stämmige, die werden in der Pubertät Bohnenstangen.«

»Sei still«, zischte Ursula. »Lass deinen Vater in Ruhe. Es nützt nichts, wenn du ihn quälst. Keinem nützt das was.«

»Wo ist Otto überhaupt?«, fragte Alfons.

Katharina legte ihm beruhigend die Hand auf den Arm. »Bestimmt kommt er noch. Er ist beim Heigl. Du weißt doch, die zwei vergessen immer die Zeit, wenn sie zusammen sind.«

Draußen hielt eine Straßenbahn. Ursula schlug Katharina ins Gesicht. Katharinas Backe wurde rot. Katharina schrie: »Ich will bloß rausfinden, ob er sich an was erinnert. Ich will wissen, wie verrückt er ist. Ich will wissen, was das ist, Schizophrenie.« Alfons schaute woanders hin.

Das alte Radio stand immer noch an derselben Stelle wie früher. Im Radio spielten sie ein Lied, das er nicht kannte. Oder kannte er es doch? Er versuchte, sich zu erinnern. Er stellte sich das Gehirn nicht wie einen Nähkasten vor, sondern wie eine große Wohnung mit vielen verschiedenen Zimmern. Es schadet nichts, wenn man ein paar Zimmer abschließt und nicht wieder hineingeht. Das ist kein Verlust, weil das Gehirn genug Platz hat. Es gibt Zimmer, die sollte man grundsätzlich nicht betreten, dort wartet nichts Gutes. Wichtig ist lediglich, dass man sich in der Wohnung zurechtfindet. Wichtig ist, dass man den Weg von der Küche ins Schlafzimmer findet oder vom Wohnzimmer zum Klo. Vom Balkon ins Kinderzimmer. Und wieder zurück. Das ist das Entscheidende.

Nach einer Woche sollte Alfons wieder abgeholt werden. Der Urlaub war vorbei. Die Ärzte teilten mit: »Wir möchten im Interesse des Patienten und seiner Familie nichts riskieren.«

Ein Wagen war gekommen, mit zwei Pflegern, die recht nett waren. Ursula bot ihnen Bohnenkaffee an, sie setzten sich einen Moment. »Machen Sie sich keine Gedanken«, sagten die Pfleger. »Wir sorgen für ihn. Er kriegt wieder Urlaub. Die Forschung macht Fortschritte.«

Alfons schwieg. Was in ihm vorging, wusste man nicht genau. Er war am zweiten Tag seines Urlaubs zusammen mit seiner Frau zum Grab von Otto gegangen. Dort hatte er ihn nicht gefunden. Er fand ihn am Rheinufer, an der Stelle, wo er mit ihm spazieren gegangen war. Dort, wo er ihn auf seinen Rücken gesetzt und sich vornübergebeugt hatte, bis Ottos Kopf fast den Boden berührte und bis er vor Freude quietschte. Otto saß auf einer Mauer, unverändert, in seinen kurzen Hosen und mit dem blau-weiß karierten Hemd. Er schrie vor Freude, als er Alfons sah, er lief auf ihn zu und umarmte seine Beine, denn höher kam er noch nicht, dann fasste er seine Hand genau wie früher.

»Es tut mir Leid«, sagte Alfons. »Ich habe so viel geweint, dass ich nicht mehr weinen kann.«

»Werde ich groß werden?«, fragte Otto.

»Ich glaube nicht. Ich glaube, du bleibst für immer so, wie du bist.«

Otto sagte: »Es ist gar nicht schlecht. Ich kann mich in einen Wind verwandeln. Ich fliege über die Stadt und sehe alles. Spielst du das Umkippspiel mit mir?«

Von da an ging Alfons jeden Morgen zu der Stelle und spielte bis zum Abendessen das Umkippspiel mit Otto. Oder er fasste ihn an beiden Händen und ließ ihn durch die Luft wirbeln, das gefiel ihm, die Blicke der anderen Leute waren ihnen egal.

An dem Tag, als sie ihn abholen kamen, wollte er sich gerade auf den Weg zum Rhein machen. Obwohl er Bescheid wusste, dass sie kommen würden und wann.

»Ich kann nicht. Ich habe eine Verabredung«, rief er den zwei Pflegern zu, die in der Küche saßen und ihren Kaffee tranken.

»Tut uns Leid«, sagten die Pfleger, und: »Machen Sie uns keine Schwierigkeiten.«

Alfons machte aber Schwierigkeiten. Er rief nach Otto. Er schrie: »Der Junge braucht seinen Vater! Wer soll mit ihm spielen? Außer mir sieht ihn doch keiner!« Die Pfleger brauchten eine Weile, bis sie mit ihm fertig wurden. Sie sagten zu Ursula, dass Alfons wahrscheinlich so bald keinen Urlaub mehr bekommen werde. Er lag in dem Wagen wie ein Paket, verpackt in eine Zwangsjacke, und knirschte mit den Zähnen.

In der Küche fand Ursula einen Zettel, den Alfons vor dem Handgemenge auf den Tisch gelegt hatte. In einer fast mikroskopisch kleinen Schrift stand darauf: »Odysseus lebt noch. Die lockige Nymphe Kalypso hält ihn auf einer fernen Insel gefangen, denn ihm fehlt es an einem Schiffe, wie auch an Gefährten.«

Einige Zeit später, ich weiß nicht genau, in welchem Jahr, aber es muss kurz vor dem Krieg gewesen sein, kam ein Brief aus dem Krankenhaus. Alfons sei einer unvorhergesehenen Herzschwäche erlegen. Man bitte um Kenntnisnahme der Tatsache, dass man die Leiche bereits kostenpflichtig eingeäschert habe, so seien die hygienischen Vorschriften. Unterschrieben hatte ein neuer Arzt, den Ursula nicht kannte.

Ursula dachte, dass Alfons Herz immer gesund gewesen war. Vor allem das Herz. Er machte doch regelmäßig seine Freiübungen. Er wirkte noch gar nicht wie ein alter Mann. Damals war es so, dass überall im Land die Verrückten starben, vor allem die unheilbaren Fälle, fast immer an Herzschwäche. Die Herzen der Verrückten blieben einfach stehen, massenhaft, ein rätselhaftes Naturphänomen. Hatte es so etwas schon einmal gegeben? Ein Land, in dem die Verrückten nicht mehr leben möchten oder nicht mehr leben können? Die Verrückten legen sich einfach hin und sterben, zu Hunderten, sie wollen nicht mehr, das Verrückte verabschiedet sich, irgendetwas an dem Land und seinem Klima war der Verrücktheit offenbar nicht mehr zuträglich. Das Land sollte normal und geistig gesund sein.

Viele Jahre später, wenn sie früh am Morgen noch in der

Bar saß und rauchte, wenn die letzten Gäste gegangen waren und die Schatten an sie herankrochen, wenn die Haut zwischen den Lebenden und den Toten plötzlich ganz dünn wurde, so dünn, dass man alles sehen und beinahe hindurchgreifen kann, an solchen Tagen also sah Katharina ihren Bruder Otto und ihren Vater oft am Nebentisch sitzen, hörte sie kichern und Schach spielen, und sie verstand, dass auch sie etwas Besonderes war, wie er. Man muss Freunde auf der anderen Seite haben, dachte sie, und dass Alfons wahrscheinlich etwas sehr Kluges getan hatte, als er in jenem Moment von seinen Kindern genau das tötete, das er am meisten liebte und das ihn am meisten liebte. Und töten musste er ja. Da war etwas in ihm, das Katharina kannte, weil es an ihr zog und in ihr fraß, so eine Wut, die sich mit Angst mischt und mit Bildern aller Art, bis es dich wegreißt wie ein Fluss, in dem du nach allem und jedem greifst, um dich zu retten, wo es dir egal ist, ob du andere mit dir hinabreißt, weil du erstickst an deiner Wut, weil du in dir blau anläufst, und nur eines lässt dich wieder zu Atem kommen, das Zuschlagen, das Reinhauen, das Töten, sonst stirbst du an dir selber. Wie viel Zeit habe ich noch, fragte sich Katharina, wann reißt es mich weg.

12

Berti, der Bruder von Fritz, stellte sich als angenehmer Mieter heraus. Berti wollte aus dem Wohnheim wegziehen, weil er Privatheit schätzte und einzelgängerisch veranlagt war. Er trank nur mäßig, im Gegensatz zu Fritz, und saß abends oft in der Mansarde, wo er aus dem Kofferradio Jazzmusik hörte, aber immer nur auf Zimmerlautstärke. Manchmal luden Joseph und Katharina ihn zum Fernsehen ein. Er war fünfzehn Jahre jünger als Fritz und sah ihm äußerlich nicht sehr ähnlich. Fritz war klein und dunkel, Berti war groß und blond. Als Kind, in den letzten Kriegstagen, war im Luftschutzkeller nach einem Volltreffer ein Stahlträger auf ihn gefallen und hatte ihm die Kniescheibe und ein paar angrenzende Knöchelchen pulverisiert, deswegen hinkte er. Die Brüder sahen sich nicht ähnlich, aber sie hinkten immerhin beide.

Rosalie hatte Ernst gemacht, die Rheingoldschänke verkauft und Fritz geehelicht, wie sie das ironisch nannte, denn sie sei ein altes Mädchen und ein Schiff, das auf vielen Meeren gefahren ist, bevor es in den Hafen einläuft, ob nur zur Überholung oder auf Dauer als Museumsschiff, das werde man sehen. Die Hochzeit, standesamtlich, wurde im kleinsten Kreis begangen, nur Joseph, Katharina, Berti, der schon einige Wochen ihr Untermieter war, und ein halbes Dutzend engere Freunde waren zur Zeremonie geladen. Am Abend veranstaltete das Paar ein etwas größer konzipiertes Gartenfest unter roten und blauen Lampions rund um die Fritz-Villa, die so bombastisch nun auch wieder nicht war, fünf Zimmer, hundertdreißig Quadratmeter, allerdings Neubau.

Die Zusammenstellung der Gästeliste war keine einfache Sache. Fritz musste die leitenden Herren seiner Firma samt Gattinnen einladen, in diesem Personenkreis gab es ein paar Spießer, der Ruf der Rheingoldschänke aber war eindeutig und bewegte sich jenseits der für Spießer akzeptablen Zone. Die Rheingoldschänke ließ sich nicht einmal als »Künstlerlokal« bezeichnen, ein »Künstlerlokel«, ein »Existentialistenkeller« oder ein »Jazzklub«, dies alles wäre hinnehmbar gewesen. Rosalie wollte andererseits ihre ehemaligen Bardamen und ein paar Stammgäste dabeihaben, sie sei eine ehrbare Geschäftsfrau, habe fast nie etwas Illegales getan und werde sich nicht für ihr Leben entschuldigen, das wäre noch schöner.

Um die Zusammenführung der Milieus zu erleichtern, schärfte sie ihren Mitarbeiterinnen ein, sich dezent anzuziehen, bis Mitternacht nur Limonade zu trinken und auf keinen Fall einem der Herren geschäftliche Angebote zu machen. Das seien sie ihr nach all den Jahren einfach schuldig, sich wenigstens ein einziges Mal im Leben zusammenzunehmen. Außerdem wurde beschlossen, dass Katharina und Rosalie nicht den Nymphentanz aufführen würden.

Fritz hatte im Garten ein Campingzelt für sechs Personen aufgestellt, in dem Zelt stand ein Tapeziertisch mit dem Buffet. Das Arrangement war ein bisschen eng für die Gäste, aber auf diese Weise war das Buffet gegen Regenschauer gesichert und konnte zur Not ins Innere des Hauses verlegt werden. Das kriegen wir schon hin, meinte Fritz. Es gab Schinkenröllchen, runde Weißbrotscheiben mit Sardellenpaste, Salami und deutschem Kaviar, Spargel in Majonnaise, von allem etwa doppelt so viel, wie nötig war. In der Mitte des Buffets stand eine Ananas mit Augen, einer Nase und einem lachenden

Mund aus Cocktailkirschen. Berti hatte ein paar Kommilito-
nen als Kellner verpflichtet und aus dem Stadttheater Kostü-
me ausgeliehen. Die vier Kellner liefen als Maharadscha, als
Mohr, als König Drosselbart und als Meerjungfrau umher und
sicherten die Getränkeversorgung. Die Seejungfrau zog einen
grünschuppigen Fischschwanz hinter sich her, der schnell
schmutzig wurde und nach ein oder zwei Stunden abfiel. Die
Kapelle, ebenfalls vier Studenten, spielte Swing und Dixie-
land, auf Wunsch des Brautpaars probierten sie auch ein paar
ältere Schlagertitel, bewährte Stimmungsanheizer wie »Unter
den Pinien von Argentinien«, »Mein Onkel Bumba aus Ka-
lumba«, »Auf der Reeperbahn nachts um halb eins«, es war
eine musikalische Weltreise. Der Sänger konnte die meisten
Texte nicht richtig, nur den Refrain, und musste meistens improvisieren. Das störte niemanden.

Fritz hielt eine kurze Rede. Er sagte: »Menschen, die zu-
sammengehören, sollten sich von nichts und niemanden irre-
machen lassen. Ich persönlich sehe bei jedem Menschen vor
allem auf die Seele. Es kommt bei jedem Menschen auf die
in ihm schlummernden Möglichkeiten an und nicht auf das,
was ihn die konkreten Umstände zu tun zwingen. Die Umstände hat der Mensch sich nicht ausgesucht. Man sollte sich
fragen, was ein Mensch tun würde, wenn er die freie Wahl
hätte und wenn die Umstände neutral wären. Als ich meine
spätere Frau bei einem Spaziergang zufällig durch das Fenster eines mir bis dahin unbekannten Etablissements erblickt
habe, habe ich eine schöne Seele gesehen, natürlich auch einen schönen Körper. Letzteres möchte ich im nicht im Detail
ausführen,« – an dieser Stelle wurde geschmunzelt. »Ich sah
aber auch die innere Möglichkeit, die in dieser Person steckt,
die Möglichkeit nämlich, mit mir den Bund der Ehe einzugehen. Wir leben in einer Zeit, in der es mit Deutschland berg-
auf geht, einer Zeit der Hoffnung und des Fortschritts, in der

sich Dinge verändern, jeder sucht seinen Platz, lässt die Schatten der Vergangenheit hinter sich und probiert verschiedene Lebenspfade aus, in der Hoffnung, dass sie nach oben führen. Wer möchte da Richter sein?«

Diese Rede, die noch eine Weile weiterging, wurde als offen, unkonventionell und charmant empfunden und brach das Eis. Auf die Frage, warum er erst jetzt heirate, antwortete er, dass ihm bisher die innere Reife gefehlt habe und dass sie ihm im Grunde immer noch fehle, aber Rosalie sei überraschenderweise bereit gewesen, ihn auch ohne innere Reife zu nehmen.

Als sie am Buffet standen, sagte Joseph zu Katharina: »So eine Verschwendung. Der Rest wird weggeschmissen.« Joseph konnte kein Essen wegwerfen. Wenn in einer Leberwurstdose noch zwei Gramm Leberwurst drin waren, wurde die Dose aufgehoben, genau, wie man ein Licht, das nicht unbedingt nötig ist, eben ausknipst. So etwas kriegst du aus einem Menschen nicht raus, dieses Gefühl, alles ist wertvoll. Das war eben das Lager.

Die Musiker standen auf einem echten Perserteppich, gleich neben der Haustür, wegen des Stromanschlusses. Fritz sang »Mamatschi, schenk mir ein Pferdchen«, anschließend, nachdem er mit der Kapelle geflüstert hatte, das Lied »Was kann der Sigismund dafür, dass er so schön ist« und, mit selbstironischem Akzent, »Wer soll das bezahlen, wer hat das bestellt, wer hat so viel Pinkepinke, wer hat so viel Geld«, einen Fastnachts-Schlager, der in einen langgestreckten Jodler mündete, den er ziemlich professionell hinbekam. Anschließend führte er – trotz Holzbein! – einen Stepptanz auf, während Rosalie auf Zigeunerin machte, ihre Arme schlangenartig bewegte, das Haar provozierend schüttelte und glutäugig um ihn herumtanzte. Es blieb aber alles im Rahmen des Schicklichen.

Joseph musste bei solchen Gelegenheiten an seine Jugend

denken. Bei der Hochzeit war er dreiundzwanzig. Die Männer von dreiundzwanzig, die er heute sah, hörten Musik oder diskutierten, lernten für ihr späteres Leben und poussierten mit Mädchen. Er fragte sich, wie es wäre, in einem dieser Jazzkeller zu sein, mit einer dieser Studentinnen im Bett zu liegen, Medizin zu studieren oder zum Camping nach Italien zu fahren. Manche dieser Dinge wären sogar noch möglich, zum Beispiel die Italienfahrt, aber er wollte es nicht ausprobieren. Es würde auf das demütigende Gefühl hinauslaufen, das jemand hat, der sich bei einer Theatervorstellung in der Uhrzeit geirrt hat und in seinem besten Anzug vor dem Theater ankommt, wenn die Gäste lachend und mit glänzenden Augen hinausströmen.

Ich möchte mich hinlegen, dachte er, ich habe Granatsplitter in der Lunge, ich möchte krank sein. Jemand soll sagen, armer Junge, ich bring dir Milch mit Honig, ich mach dir heiße Wadenwickel. Aber wenigstens Vorwürfe will ich nicht hören, dachte er, lieber gar nichts.

Er erinnerte sich an eine Wochenschau im Kino, Heimaturlaub. Man sah, wie meterlange Fliegerbomben mit Traktoren zu deutschen Flugzeugen geschafft wurden, das Bodenpersonal brauchte Drahtseile und Spezialwinden, um die riesigen Brummer in ihre Bombenschächte hineinzubekommen. Später wurde die Beschießung von London gezeigt, aus der Luft, die Themse war gut zu erkennen. Anschließend die Trümmer von London, das Königspaar schaute sich Ruinen an. Sie zeigten Aufnahmen von Winston Churchill, dazu rief der deutsche Sprecher, so, als ob er sich an die Bewohner der zerstörten Londoner Häuser wende: »An all dem ist Winston Churchill schuld!« Die Zuschauer im Kino waren still geblieben, keine Jubelrufe wegen der deutschen Erfolge, kein Wort des Hasses, als Churchills siegessicheres, feistes Gesicht erschien, stattdessen ein Schweigen, das er erst nach dem Kino, als er mit Katharina darüber sprach, deuten konnte. Es war Angst gewesen. In den Bildern aus London hatte das Kinopublikum hellsichtig erkannt, was auf die Stadt am Rhein zukam. In diesem Moment hatte er am Endsieg gezweifelt, vorübergehend, seines Wissens zum ersten Mal.

Wo hatte überhaupt Fritz sein Bein verloren? War Fritz in der Partei? Wieso war Fritz so eine Stimmungskanone? Fritz ist bei den Amis in Gefangenschaft gewesen, ein paar Monate nur, gute Verpflegung, freundliche Ärzte, na bitte. Ob du fünf Jahre im Steinbruch Dreck frisst oder sechs Monate zu Count-Basie-Musik eine Corned-Beef-Diät machst, das ist schon ein Unterschied. Da kommen am Ende eben grundverschiedene charakterliche Ergebnisse heraus. Und es war bloß verdammter Zufall. Wie gerne wäre er an der Westfront gewesen und hätte ein paar Monate lang auf die Amis geschossen, damit er hinterher von ihnen Corned Beef bekommt. Aber nichts gegen die Russen. Auf ihre Art waren die Russen auch arme Schweine.

Die Kapelle spielte jetzt ein paar neue Sachen, »Oh mein Papa«, gesungen von Caterina Valente, »Die süßesten Früchte fressen nur die großen Tiere« von Leila Negra und Peter Alexander, dann ein Lied von Hans Albers aus einem Nachkriegsfilm, das mein Großvater nicht kannte, weil er sich damals außer Landes befand, sehr sentimental. Es weht der Wind von Norden, er weht uns hin und her, was ist aus uns geworden, ein Häufchen Sand am Meer.

Katharina tanzte mit Berti. Berti war jetzt ungefähr so alt wie er selber, als der Krieg anfing. In seiner blonden Pracht sah er dem jungen Joseph ein wenig ähnlich, das Hinken fiel kaum auf. Katharina legte den Kopf an Bertis Schulter. Ihre beiden Arme lagen links und rechts um seinen Nacken, sie trug ein blaues Kleid mit weißen Tupfen und einem Rückenausschnitt. Berti wusste nicht, wo er mit den Händen hin sollte, er hielt Katharina so vorsichtig, als wäre sie eine chinesische Vase.

Fritz brachte Joseph ein Glas Sekt. Er hatte den linken Arm um einen Mann gelegt, der schon einen roten Kopf hatte, der Kreislauf womöglich, es muss nicht immer vom Alkohol kommen. Er war einer der leitenden Herren aus der Firma, den Namen vergaß mein Großvater in dem Moment, in dem er ihn hörte.

»Wie hast du dein Bein verloren, Fritz?«, fragte mein Großvater.

»Ist das denn ein Thema für einen solchen Abend«, sagte der leitende Herr. »Es ist nur das halbe Bein ab dem Knie«, sagte Fritz. »Ein echter Soldat vermisst nur diejenigen Körperteile, die er vollständig verloren hat, Schwund im Detail zählt nicht.« Aber Fritz erzählte immer gern. »Wir also an der Ostfront und setzen uns in der letzten Phase Richtung Westen ab, die Einheit geht über die Elbe 'rüber, auf Flößen. Da steht ein einzelner Ami und nimmt uns in Empfang.«

»Der Ami kaut Kaugummi«, sagte mein Großvater spitz. Es war immer so.

»Woher weißt du das?«, fragte Fritz. »Jedenfalls soll die Einheit nach der Kapitulation zurück auf die andere Seite gebracht werden. Der Russe und der Ami haben sich geeinigt, dass alle, die gegen den Russen gekämpft haben, als Kriegsgefangene dem Russen gehören. Finde ich fair.«

»Der Ami, immer fair.«

»Schwerverwundete sind ausgenommen, Schwerverwundete dürfen bei den lieben Amis bleiben. Da sehe ich ein Stück Stacheldraht. Das nehm ich. Ich wickle mir den Stacheldraht unten ums Bein. Ich schlage mit dem Kochgeschirr auf den Stacheldraht, es geht runter bis auf die Knochen.«

Der leitende Herr fragte: »Wie konnten Kerle wie wir nur den Krieg verlieren?«

»Den Stacheldraht aus dem Fleisch wieder rauszupulen war das Schlimmste. Ich gehe zum Sanitätszelt. Der Amiarzt sieht, dass die Wunde frisch ist. Ich zu dem Arzt: Doctor, I have five children, do it for my children. Da hat er mich verbunden und zu den Schwerverwundeten gelegt. Die Wunde hat sich entzündet, zu wenige Medikamente, keine Hygiene.«

»In so einer Situation«, sagte der leitende Herr, »ist Selbstverstümmelung nicht wider die Ehre.«

»Das war blöd von dir«, sagte mein Großvater. »Die Russen haben nicht grundlos Leute umgebracht. Mit denen konnte man klarkommen.«

»Was sind Sie denn für einer?«, fragte der leitende Herr.

»Mein Schwager war ein großer Held«, sagte Fritz. »Ich bin nur ein kleiner Held, oder, Joseph?«

Mein Großvater sah, dass Berti und Katharina immer noch tanzten. Er ging zu den beiden und sagte: »Das ist mit Abklatschen, ich bin dran«, dazu zog er an Katharinas Arm.

Sie rief »Aua!«, so laut, dass man es auf der halben Tanzfläche hörte, obwohl es ihr unmöglich weh getan haben konnte. »Ist schon gut« – das kam von Berti.

Berti war in solchen Situationen immer hilflos, in Situationen, in denen nicht klar war, welche Rolle er eigentlich spielte. Befand er sich jetzt in der Rolle des Mieters oder in der Rolle des Kavaliers, der seine Dame gegen einen Rohling beschützen muss? Oder in der Rolle desjenigen, der sich danebenbenommen hat, vielleicht wegen des Griffs an die Hüfte? Jedenfalls sah er, dass er schnell wegkam.

Joseph tanzte mit Katharina weiter. Sie machte sich steif und bewegte sich kaum. »Amüsierst du dich gut?«, fragte sie. »Wie man riecht, gibt es genug zu trinken.«

»Ich habe nur ganz wenig getrunken.«

Katharina lachte kurz, um ihm zu verstehen zu geben, dass sie diese Aussage für absurd hielt.

Er hoffte, dass die Kapelle etwas Schnelles spielen würde, etwas, das sie locker machen würde, aber sie spielten etwas Langsames, »Nur du du du allein«. Sie drehte den Kopf von ihm weg und lehnte ihn nicht an die Schulter, anders als vorhin bei Berti. Vielleicht war es notwendig, etwas zu sagen. »Du bist die bestaussehende Frau bei dieser Hochzeit. Eindeutig.«

»Leider habe ich nicht den besterzogenen Mann dabei. Leider habe ich einen brutalen Primitivling dabei.«

»Brutal soll ich gewesen sein? Wann und zu wem denn, bitte?«

»Soll ich dir meinen Arm zeigen? Willst du den blauen Fleck sehen? So was merkst du gar nicht. Und weswegen regst du dich auf? Weil ich mit meinem Schwager tanze? Merkst du nicht, wie armselig du bist mit deiner krankhaften Eifersucht?«

Das alles zischten sie sich ins Ohr, mit steigender Lautstärketendenz.

»Ich will nur nicht, dass du auch in der Familie herumfickst«, sagte Joseph. Ihm war klar, dass sie in diesem Moment den Punkt erreicht hatten, von dem es kein Zurück gab. Jedenfalls nicht heute.

»Das ist deine Ausdrucksweise. So einer bist du. Das kannst du haben. Du bist das Schwein, nicht ich. Meinst du, ich weiß nicht, was du in den Russenpuffs getrieben hast?«

Sie war laut und sehr aufgeregt. Sie merkte nicht, dass die anderen Paare stehen geblieben waren und sie anschauten. Wenn sie es gemerkt hätte, wäre es ihr egal gewesen.

»Gehen wir«, sagte Joseph.

»Geh du doch«, sagte Katharina. »Glaubst du, wegen der Scheiße in deinem Kopf feiere ich nicht die Hochzeit meiner Schwester? Die hat wenigstens einen gekriegt, auf den sie stolz sein kann, nicht so ein Würstchen.«

Während sein Arm sich bewegte, mit der Hand, die zur Faust geballt war, in diesen Bruchteilen einer Sekunde also ist meinem Großvater klar gewesen, dass er die Faust besser öffnen sollte, zur flachen Hand, besser so, etwas arbeitete in ihm darauf hin. Wenn er einen Sekundenbruchteil mehr Zeit gehabt hätte, dann wäre der Faustschlag nur eine Ohrfeige gewesen. Aber diese Zeit hatte er eben nicht. Der Schlag traf Katharina am Kinn. Sie wurde nach hinten geschleudert und landete in den Armen eines unbekannten Herrn, der sich nach zwei Ausfallschritten mühsam auf den Beinen halten konnte. Beide, Katharina und Joseph, keuchten und starrten sich auch an wie Boxer, die in der Rundenpause erschöpft in ihrer Ecke hängen und hoffen, dass der andere nicht wieder aufsteht, damit sie selber nicht wieder aufstehen müssen. Katharina schrie: »Habt ihr dieses Vieh gesehen? Habt ihr dieses Vieh gesehen?« In diesem Augenblick waren schon Fritz und Rosalie bei ihr. Rosalie hielt ihr die Hand auf den Mund und führte sie ins Haus. Katharina weinte, so laut sie konnte, stöhnte und hielt sich das Kinn.

Joseph stand allein auf der Tanzfläche, die Musik spielte nicht mehr, alle sahen angestrengt an ihm vorbei. Dann setzte die Musik wieder ein, etwas Schnelles, Fröhliches, »Die Nacht ist nicht allein zum Schlafen da«, gleich danach kam »Eine Miezekatze hat'se«. Das hätten sie mal besser vorher bringen sollen.

Nur diejenigen Hochzeitsgäste, die zufällig auf der Tanzfläche waren, hatten von der Sache etwas mitbekommen, das waren fünf oder sechs Paare, darunter zum Glück keiner der Firmenchefs, weil die in einer hinteren Ecke des Gartens saßen und über Geschäftliches redeten, während ihre Frauen sich langweilten. Natürlich sprach der Vorfall sich herum, aber in der Erzählung klang das Ganze, wie mein Großvater fand, gar nicht so furchtbar. Ein Paar hat sich gestritten, der Mann, zu viel getankt, Hand ausgerutscht, Geschrei, na ja, das kennt man. Er hörte mit, als es erzählt wurde, zwei Meter von ihm entfernt, während er auf einem Gartenstuhl saß. Sonderbarerweise schien ihn niemand mehr zu bemerken, alle vermieden es, ihn anzuschauen. Durch den Vorfall war er zu einer Art Geist geworden, ein unheiliger Geist, der durch ein Gartenfest schwebt. Wenigstens hielt sich der Schaden für Fritz in Grenzen, Rosalies Mädchen verhielten sich tadellos. Was für eine zackige Truppe, dachte Joseph, erst jetzt fingen sie langsam mit dem Trinken an, zwitschernd wie Vögelchen, bei ihm drehte sich schon alles.

Wenn er an den Zufall dachte, kam ihm die Idee der Gerechtigkeit lächerlich vor. Westfront oder Ostfront, Deutscher oder Russe, in diesem oder jenem Jahr geboren, alles Zufall. Angenommen, ich bin ein paar Jahre älter, eine andere Familie, dies und das ein bisschen anders, ansonsten bin ich genau derselbe Mensch. Aber in diesem Fall werde ich Wissenschaftler, muss nicht an die Front, die Amis nehmen mich gefangen, weil ich zufällig Experte für Raketen bin, werde ich ein großes Tier bei denen. Was ich vorher gemacht habe, interessiert keinen mehr.

Derselbe Charakter, dieselbe Wahrscheinlichkeit, Gutes oder Böses zu tun, nur eine andere Versuchsanordnung. Schuld ist Zufall, Gerechtigkeit auch. Zufällig musste ich damals ein Erschießungskommando leiten, zufällig haben die Russen nichts von dieser Geschichte gewusst, als sie mich gefangengenommen haben. Zufällig lebe ich, zufällig ist der andere tot.

Vor der Fahrt gaben sie ihm einen starken Kaffee. Als er Katharina fragte, ob sie mit nach Hause kommt, sagte sie zu Rosalie und Fritz: »Macht euch keine Sorgen, wenn er wieder gewalttätig wird, nehm ich ein Taxi und geh ins Hotel.« Dabei hatten Rosalie und Fritz doch gar nichts gefragt.

Sie stellte sich mit hochgezogenen Augenbrauen und schmalem Mund mit Hut und Mantel neben ihn, er stammelte eine Entschuldigung, das schöne Fest, ein Aussetzer, kann mir das beim besten Willen nicht erklären. Rosalie sagte: »Bei uns musst du dich nicht entschuldigen. Entschuldige dich lieber bei deiner Frau.« Daraufhin drehte er sich zu Katharina und sagte: »Ich weiß nicht, wie das passieren konnte. Wahrscheinlich habe ich doch zu viel getrunken. Es kommt nicht wieder vor.« Katharina sagte: »So, so.«

Rosalie nahm sie am Arm, führte sie zur Seite und flüsterte: »Er hat doch eine Pistole. Weißt du, wo der die aufbewahrt. Tu die sicherheitshalber weg, nur sicherheitshalber.«

Katharina sagte, die Pistole sei in der Kammer beim Putzzeug, sie würde sie ins Badezimmerschränkchen unter die Handtücher tun, für Handtücher habe Joseph sich noch nie interessiert.

Im Auto dachte Joseph, besser reden als schweigen, aber er wusste einfach nicht, worüber er reden sollte. Ein anderes Thema anzuschneiden, etwas Unverfängliches, das war auf jeden Fall das Beste. »Wenn in Deutschland alles aufgebaut ist, geht's wieder abwärts«, sagte er zu Katharina. »Dann gibt es ruckzuck wieder Arbeitslose. Millionen.« Er hatte ein düsteres Gefühl, was die Zukunft betrifft. Der Optimismus um ihn herum war Ahnungslosigkeit, Selbstbetrug. Leute wie Fritz feierten und starrten verzückt in die Zukunft, aber in der Vergangenheit kannst du immer die Zukunft lesen. Das hier war kein Tanz auf dem Vulkan, das war ein Tanz auf der Asche eines Vulkans.

Aber diese Dinge konnte er im Moment nicht ausdrücken, Katharina interessierte es wahrscheinlich auch nicht. Bevor er einschlief, wollte er noch über sie nachdenken. Warum blieb sie bei ihm, was hielt sie, was machte er falsch? Die Kraft dazu hatte er nicht mehr.

Fritz schlief gegen fünf auf einer Gartenbank ein, als die leitenden Herren mit ihren Gattinnen gegangen waren, ohne dass es zu einem weiteren Skandal gekommen war, und während Rosalie mit ihren Mitarbeiterinnen immer noch Rumba, Samba und Charleston tanzte. Die Musik hatten sie, wie versprochen, leise gedreht. Man hörte nur das gedämpfte Kichern und die Schritte. Weil keine männlichen Partner mehr vorhanden waren, nahmen sie als Ersatz den grünen Fischschwanz der Meerjungfrau, der in einer Gartenecke herumgelegen hatte und dem schon die meisten Fischschuppen fehlten. Sie drehten ein paar Tangorunden mit ihm. Fritz wachte von dem Lachen kurz auf, er wollte noch etwas wegen der Nachbarn sagen, bewegte auch mehrmals die Zunge, aber dann spürte er, dass er zu betrunken war, und schlief weiter. Am nächsten Tag besorgte sich meine Großmutter ein ärztliches Attest über die Misshandlung – Hämatome, Hautabschürfung – und legte es in die Mappe zu den anderen Attesten.

13

Tante Rosalie machte sich Sorgen über ihren Schwager und ihre Schwester. Tante Rosalie war intelligent. Von ihrem Vater, dem Bierbrauer, hatte sie die Angewohnheit übernommen, Bücher zu lesen.

Sie fand das mit den Tieren nicht normal. Wieso war die Wohnung voller Tiere, die Geld kosten, während es auf der anderen Seite keine neuen Möbel gibt, keinen Urlaub und fast nie Ausflüge, immer mit der Begründung, es sei zu teuer? Das ist doch psychologisch auffällig. Da wird die Tierliebe doch zu einer selbstzerstörerischen Amour fou.

Wieso durfte die Katze auf dem bequemsten Sessel im Wohnzimmer liegen, während ihre Besitzer sowie die Familienangehörigen, die zufällig mal vorbeischauten, sich auf dem alten Sofa zusammenquetschen mussten? Und wieso bekam die Katze besseres Essen als ihr Schwager und ihre Schwester? Puschel setzten sie frisches Rindfleisch vom Metzger vor, Tatar, mit Ei verkleppert, Joseph und Katharina aßen hellgraues Schweinefleisch aus der Dose.

Rosalie sagte: »Die Tiere sind euch wichtiger als die Menschen, darüber macht euch mal Gedanken.«

Joseph hätte antworten können, dass er der menschlichen Natur misstraute, auch seiner eigenen, und dass man die Verhaltensweisen von Tieren ungefähr berechnen und voraussagen kann, was bei Menschen nicht der Fall ist, und dass Tiere

Wohltaten mit Zutraulichkeit und Treue zurückzahlen, sogar Reptilien, worauf man sich bei den Menschen nicht verlassen kann. Bei einem Tier weiß man, was es braucht und woran man ist. Aber er sagte gar nichts, sondern kaufte sich eine Holztafel mit der Aufschrift »Der Hund blieb mir im Sturme treu, der Mensch nicht mal im Winde«, die er im Flur aufhängte, obwohl sie gar keinen Hund hatten.

Es hing auch mit dem Lager zusammen. Auf der einen Seite lehrt das Lager seine Insassen, mit Nahrung sparsam umzugehen und nicht wählerisch zu sein, deswegen das Dosenfleisch. Gleichzeitig wird im Lager Nahrung zur wichtigsten Währung, auch, was Gefühle betrifft.

Eine Kartoffel ist unter den Bedingungen des Lagers wertvoller als geduldiges Zuhören, wichtiger als eine zärtliche Geste und all diese schönen, aber zur Aufrechterhaltung der biologischen Grundfunktionen nicht unbedingt erforderlichen Dinge. Die Bedürfnisse des Körpers sind stärker als die Bedürfnisse der Seele, das versteht man erst dann, wenn man einmal kurz vor dem Verhungern gestanden hat.

Dank der guten Ernährung nahm die Katze weiter zu. Dadurch wurde ihr Temperament gedämpft. Allerdings hatte Puschel die Angewohnheit, sich vor die verschlossene Wohnungstür zu setzen, wie ein Kinobesucher vor die Leinwand, elegant ihren Schwanz um das von Monat zu Monat rundere Hinterteil zu legen und dort fordernd zu miauen, oft stundenlang. Sobald jemand die Wohnung betrat oder verließ, schlüpfte die Katze hinaus und ging im Treppenhaus auf Besichtigungstour, obwohl es dort für eine Katze nichts Interessantes zu sehen gab außer fusseligen Fußmatten und ein paar Topfpflanzen, die den Mietern zu groß geworden waren. Auf den Hof rannte die Katze nie, auch dann nicht, wenn sich eine Gelegenheit bot. Vor dem Hof hatte sie Angst.

In solchen Fällen mussten sie die Katze wieder einfangen,

die im Treppenhaus wie durch ein Wunder einen Teil ihrer alten Geschicklichkeit zurückgewann. Wenn man sie in einer Ecke in die Enge trieb, legte sie ihre Ohren zurück, fauchte und schlug einen blitzschnellen Haken. Nach einer Weile gab sie das Spiel auf und ließ sich widerstandslos auf den Arm nehmen.

Katharina und Joseph verbrachten viel Zeit im Treppenhaus. Gelegentlich begegneten sie Nachbarn, zum Beispiel der dicken Frau Wiese, die mit ihren Einkaufstaschen die Treppe heraufächzte, die Taschen abstellte und fragte: »Na, hat das Kätzchen Lust auf Abenteuer?«

Die Wiese-Wohnung lag auf demselben Stockwerk gegenüber. Der Wiese-Balkon war von dem Balkon meiner Großeltern durch eine himmelblau gestrichene Stahlwand getrennt. Zwei- oder dreimal hatte es Puschel auf den Nachbarbalkon geschafft, wie das wissen die Götter. Frau Wiese sagte, das mache nichts, das Kätzchen sei süß, aber wenn das Kätzchen beim Klettern ausrutscht, wenn es in den Hof fällt. Joseph hatte die handbreite Lücke unter der Stahltrennwand mit Sperrholz abgedichtet, obwohl es im Grunde unvorstellbar war, dass Puschel im gegenwärtigen Zustand durch eine handbreite Lücke hindurchschlüpfen könnte. Außerdem hatte Joseph vorne, wo die beiden Balkone zusammentrafen, vom Boden bis zur Decke eine Sperrvorrichtung gebaut, ein Brett, das einen halben Meter in den Hof ragte und sogar einer Katze Respekt einflößen musste. Schön war das Brett allerdings nicht.

Frau Wiese sagte: »Wie schade, da können wir ja auf dem Balkon gar kein Schwätzchen mehr halten, Frau Nachbarin.«

Frau Wiese hatte etwas Falsches, fand Katharina. Das Falsche an Frau Wiese bestand in übertriebener Freundlichkeit. Freundlichkeit ist wie Salz. Zu viel davon wirkt störender als zu wenig. Unfreundliche Menschen zeigen manchmal ihr wahres Ich, das muss man ihnen zugute halten. Übertrieben freundliche Menschen zeigen niemals ihr wahres Ich. Außerdem hatte Katharina den Eindruck, dass Puschel anfing, Frau Wiese ähnlich zu sehen, nicht etwa ihren Besitzern, wie es bei Tieren angeblich der Normalfall ist.

Einige Monate nach der Hochzeit hörte die Katze auf zu fressen. Stattdessen trank sie drei Mal so viel wie vorher und schien, wie Graf Dracula, vor Licht Angst zu haben. Statt auf dem Balkon blinzelnd und schnurrend in der Sonne zu hocken, verkroch sie sich in die dunkelsten Winkel und ließ dort ihre Augen funkeln. Beim Laufen torkelte sie wie ein Betrunkener und schlug mit dem Kopf gegen die Möbel.

Zusammen packten sie Puschel, die sich nur schwach wehrte, in den Katzenkorb und fuhren zum Tierarzt. Der Tierarzt, ein glatzköpfiger Mann mit schwarzer Brille, schaute Puschel ins Maul, zog ihre Augenlider auseinander und setzte sie auf eine Waage. Er ließ Puschel im Sprechzimmer wacklig umherlaufen und beobachtete sie. »Sieht nach Vergiftung aus«, sagte er. »Kann es sein, dass sie im Keller mit Rattengift in Berührung gekommen ist?«

Der Arzt gab ihnen Tropfen, die sie der Katze einflößen sollten. Im Übrigen müsse man auf die sprichwörtliche Zähigkeit dieser Gattung vertrauen. Nebenbei bemerkt habe das Tier Übergewicht.

Zu Hause hielt Joseph die Katze mit aller Kraft fest, während Katharina ihr mit einem Bleistift das Maul einen Spalt weit öffnete und mit der anderen Hand das Medikament einfüllte, mit Hilfe eines Teelöffels, zur Sicherheit die doppelte Dosis. Anschließend schleppte sich Puschel unter das Küchensofa und wimmerte leise. Die letzten beiden Wellensittiche, von denen sie mit halblauten, nervösen Flüchen begrüßt wurde, waren ihr egal.

»Das ist die Wiese gewesen«, sagte Katharina. »Nur die

Wiese kann das Gift über den Balkon geworfen haben, sonst hat keiner Zugriff auf die Wohnung. Sie. Nicht er. Er ist ein Gentleman. Das spürt man.«

Herr Wiese war eine große, an den Schläfen mählich ergrauende Erscheinung mit leicht vorstehenden Augen, die seinem Gesicht etwas Sanftes gaben, etwas von einem Schafbock.

Joseph hatte während der Heimfahrt daran gedacht, dass er es mit dem Filtern des Katzensandes in der letzten Zeit nicht mehr so genau genommen hatte. Eigentlich hatte er ganz darauf verzichtet. Auf Baustellen wird vielleicht Rattengift ausgelegt. Es war eine Möglichkeit, und zwar eine Möglichkeit, die ihm realistischer vorkam als ein Giftanschlag der Nachbarn. Gleichzeitig mit dieser Idee blinkte ein Warnsignal in ihm auf. Es wäre nicht klug, die Baustellentheorie Katharina gegenüber zu erwähnen. Gerade erst waren die unschönen Ereignisse des Hochzeitsfestes ein bisschen in Vergessenheit geraten. Katharina hatte, wie immer, einige Tage nicht mit ihm geredet, höchstens, dass sie ihm mal im Vorbeigehen ein Schimpfwort zuzischte, bis sie ihn aus Versehen oder Zerstreutheit etwas Belangloses fragte – »Haben wir eigentlich schon Öl bestellt? Sommerpreise gibt es nur noch bis nächste Woche« –, worauf er in unaufgeregtem Tonfall eine Antwort gab, als hätte es nie die leiseste Unstimmigkeit zwischen ihnen gegeben, was der Beweis dafür war, dass man, statt zu schweigen, genauso gut auch miteinander reden konnte.

Trotzdem blieb die Situation labil, und wenn er klug war, vermied er, dass in der Katzensache der Hauch eines Verdachts auf ihn fiel. Ein Schuldgefühl wallte in ihm auf, eine Wut gegen sich selbst, warum war er mit dem Sand nur so nachlässig gewesen. Andererseits stand seine Schuld nicht fest.

»Die Wiese kommt mir auch komisch vor«, sagte er. »Wie die immer kuckt. Neidisch ist die.«

Worauf die Wiese neidisch sein sollte, hätte er im ersten Moment nicht erklären können. Die Wieses lebten in ungefähr den gleichen Verhältnissen und in genau der gleichen Wohnung wie sie, Herr Wiese war bei der Bahn und verdiente vermutlich eher ein bisschen mehr als Joseph. Die Wieses hatten diese weißhäutigen, stämmigen, krähenstimmigen Kinder, die mit den Schweinsäuglein, den Krampfaderbeinen und den Schafsgesichtern ihrer Erzeuger geschlagen waren – offen gesagt, die Wieses waren hässlich. Joseph musste nur kurz Katharina anschauen, um zu begreifen, was Motor und Basis des Wieseschen Neides sein musste, denn, mein Gott, Katharina war schön, immer noch schön, mit vierzig, da hing nichts schlaff runter, da ging nichts in die Breite. Da stand ein Geschöpf, dem man zwar ansah, dass es keine zwanzig mehr war, aber Spuren, die über den Verlust des ersten Jugendschmelzes hinausgingen, hatte die Zeit bei ihr nicht hinterlassen.

»Die Wiese könnte deine Mutter sein, so, wie die aussieht. Die ist aber in deinem Alter. Das frisst an der.«

Diese Theorie leuchtete Katharina ein.

Am Abend verschlechterte sich Puschels Zustand. Sie lag in ihrem Korb, als ob das Leben sie nichts mehr anginge, fraß nichts, nicht einmal, wenn man ihr frisches Tatar hinhielt. Ihre Augen sahen wie ein beschlagener Spiegel aus. Joseph flößte ihr mit dem Teelöffel warme Milch ein, eine Viertelstunde später brach sie die Milch aus. Sie schrie leise. Ihre Stimme war heiser.

Berti, der immerhin Medizin studierte, riet dazu, Rizinusöl zu verabreichen. Aber er war nicht sicher, ob diese Methode bei Katzen funktioniert. Auch Berti sprach von der Zähigkeit der Gattung Katze. Aus Pietät verzichtete er darauf, aus der Mansarde zum Fernsehen hinunterzukommen, was er sonst fast jeden Tag tat.

Joseph hatte Menschen sterben sehen, aus der Nähe. Aber, so seltsam es klingt, das war ihm weniger nahe gegangen als die Fälle, in denen er verwundeten Pferden den Gnadenschuss setzen musste. Dabei hatte das Pferd ihn angeschaut, als ob es Bescheid weiß. Ich bin nicht innerlich verhärtet, dachte er, ich empfinde etwas, der Krieg hat keinen Unmenschen aus mir gemacht. Die drei oder vier Male, wo mir bei Katharina die Hand ausgerutscht ist, war ich betrunken, und sie hat mich gereizt. Mein Großvater weinte am Korb seiner Katze, aber nur kurz und unauffällig und eher seinetwegen.

Zwei Tage später klingelte Katharina bei Wieses. Die gesundheitliche Situation der Katze war unverändert. Frau Wiese öffnete, sie trug eine enge, geblümte Kittelschürze, die für ihre Figur unvorteilhaft war. »Aaaach!«, rief sie und zog das Wort in die Länge wie einen Faden Honig, »Frau Nachbarin, das ist aber eine Überraschung, kommen Sie rein, aber erschrecken Sie nicht, es ist nicht aufgeräumt.«

Katharina machte keine Anstalten, auf das Angebot einzugehen. Sie grüßte auch nicht. »Ich wollte Sie darauf aufmerksam machen, dass ich wegen unserer Katze die Kriminalpolizei einschalte.«

Frau Wiese war verwirrt, zumindest tat sie so. »Um Himmels willen, ist was mit dem Kätzchen? Brauchen Sie eine Zeugenaussage?«

»Sie falsche Schlange, Sie Blindschleiche«, sagte Katharina. »Du böse, matschige alte Vettel.«

Frau Wiese rang um Worte. Ihr fielen keine Worte ein. Folglich sprach Katharina weiter.

»Dein Mann ist mit dir gestraft. Giftmischerin. Filzlaus.«

Frau Wiese überwand ihre Blockade und fragte: »Ist Ihnen nicht gut? Gehen Sie zum Arzt.« Dann versuchte sie, abfällig zu lachen, woraus eher ein Krächzen wurde, und wollte, die Tür schließen, aber Katharina hatte schon den Fuß dazwischen.

»Da helfen keine Sälbchen und keine Wässerchen, da hilft kein neues Kostümchen vom Schneider, wenn man von der Natur mit solchen Beinen geschlagen worden ist und wenn man noch dazu keinen Geschmack hat, ist alles zu spät. Da wird man böse, wenn gegenüber eine Familie ihr Leben genießt und wenn der eigene Mann in der Wohnung am liebsten Tag und Nacht eine Sonnenbrille tragen würde, damit er nicht so genau sehen muss, zu welcher Strafe er sich selber auf dem Standesamt verurteilt hat, oder hat dein Mann das Idol seiner Kinderzeit geheiratet, der hat früher bestimmt gerne Dick-und-Doof-Filme gesehen.«

Vereinzelt wurden im Treppenhaus Türen geöffnet. Personen, um diese Tageszeit vermutlich weibliche, traten aus den Wohnungen hinaus, um zu hören, was vor sich ging. Frau Wiese versuchte, Katharinas Fuß mit ihrem eigenen Fuß wegzuschubsen, um die Tür schließen zu können. Das war nicht einfach, denn Katharinas gesamte Körperkraft schien in den Fuß gewandert zu sein. Der Fuß stand fest und eisern wie eine Verkehrsampel.

»Wie feige«, schrie Katharina, »sich an einem unschuldigen Tier zu vergreifen, wie hast du's denn gemacht. Du hast einfach was von dem Fraß über den Balkon geworfen, den du mittags immer kochst, riecht wie gekochte Kotze, an dem Zeug geht bestimmt jedes Lebewesen auf dem Planeten in kürzester Zeit ein.«

Frau Wiese schwitzte. Jetzt öffnete sie auf einmal die Tür, so weit es ging. Katharina schrie: »Was soll das, ich geh doch nicht in deine Höhle rein, da hol ich mir doch die Krätze und alle Sorten Ungeziefer.«

Frau Wiese schlug die Tür mit Schwung zu, so fest sie konnte. Katharina schrie, noch lauter: »Die hat mir den Fuß gequetscht! Körperverletzung!« Dabei zog sie ihren Fuß für eine halbe Sekunde zurück, diese halbe Sekunde nutzte Frau

Wiese, um die Tür zu schließen. Mit dem anderen, dem nicht schmerzenden Fuß trat Katharina einige Male gegen den Höhleneingang der Wieses, ohne größeren Schaden anzurichten. Dann zog sie sich zurück, müde, aber nicht unzufrieden.

Als Joseph von der Arbeit kam, konnte Katharina kaum warten, bis er die Jacke ausgezogen hatte. »Sie gibt es zu. Die Wiese gibt es zu.«

Joseph war überrascht und erleichtert. Also doch nicht der Sand. Aber wie konnte die Wiese so dumm sein, es zuzugeben?

»Auf den Kopf habe ich es ihr zugesagt – Frau Wiese, Sie waren es. Ich habe gesagt, dass wir die Polizei einschalten.«

Letzteres hielt Joseph für keine gute Idee. Was sollte die Polizei in so einem Fall schon machen?

»Sie hat es nicht abgestritten. Sie war völlig perplex, weil ich Bescheid wusste, und hat schuldbewusst gekuckt. Dann hat sie höhnisch gelacht, so etwa« – Katharina versuchte, das Krächzen von Frau Wiese nachzumachen –, »und hat gefragt, ob es mir denn gut geht, ob ich schon beim Arzt war. Ich! Damit wollte sie ausdrücken, dass ich froh sein soll, wenn ich nicht auch Vergiftungssymptome habe. Sie droht auch noch. Das Miststück.«

Joseph war eher erstaunt als empört. Abgründe gibt es überall. Aber man erwartet nicht, sie auf der gegenüberliegenden Seite des Hausflurs zu finden.

In der Nacht stellten sie den Katzenkorb ins Schlafzimmer und nahmen Puschel, die sich leicht und schlaff anfühlte, für eine Stunde ins Bett. Sie schnurrte, hin und wieder gab sie einen leisen Schrei von sich, wie ein Baby, das träumt. Am nächsten Morgen war sie tot.

Joseph fuhr zur Arbeit. Meine Großmutter ging zur Polizei. Sie hatte damit gerechnet, in ein Büro gebeten zu werden, stattdessen wurden die Anzeigen an einer langen Theke entgegengenommen, hinter der eine Uhr hing wie in einem Bahnhof. Sie erzählte, dass praktisch bereits ein Geständnis vorlag. Der Beamte, noch sehr jung, hörte geduldig zu. Er machte einen freundlichen und besorgten Eindruck. Außerdem sah er nicht schlecht aus.

»Wie Sie den Fall schildern, kann ich Ihnen leider nur wenig Hoffnung machen. Es sei denn, Ihre Nachbarin wiederholt ihr Geständnis vor Zeugen. Das sollten Sie vielleicht probieren. Privat aber« – der Beamte beugte sich über die Theke, Katharina roch einen Hauch von Rasierwasser, nein, er sah wirklich nicht schlecht aus – »privat möchte ich Ihnen einen anderen Rat geben. Jemand, der so etwas tut, muss einen starken Hass in sich spüren, entweder auf Tiere oder Katzen im Allgemeinen oder auf Sie und Ihren Mann. Falls diese Leute psychopathische Katzenhasser sind, wird es früher oder später zu einer Wiederholungstat kommen. Wir kennen jetzt ihre Namen, das könnte bei einem ähnlichen Fall hilfreich sein. Aber wenn es den Tätern gar nicht um die Katze ging, sondern um Sie – wo kommt das her? Versuchen Sie herauszufinden, wie der Konflikt mit Ihren Nachbarn begonnen hat und wieso es in diesem Verhältnis so viel Aggression gibt.«

Der Polizist sah meiner Großmutter in die Augen. Seine Augen waren dunkel, beinahe schwarz. Sein Gesicht erinnerte Katharina an jemanden, aber ihr fiel nicht ein, wer es war.

»Denken Sie darüber nach. Fast jeder Kriminalfall beginnt mit einer Kränkung, mit einer Frustration. An diesem Punkt setzt die moderne Form der Verbrechensbekämpfung an.« Der Polizist legte seine Hand kurz auf Katharinas Hand, auf eine selbstverständliche, beruhigende Weise, die nichts Aufdringliches oder Schlüpfriges hatte.

»Sie sind eine besondere Frau, das hat man Ihnen sicher schon oft gesagt. Wenn Sie einen Raum betreten, verändert sich die Atmosphäre dieses Raums. Eine Frau wie Sie, das ist etwas Ungewöhnliches in der Neustadt, Sie passen nicht in diesen Rahmen. Ich könnte mir vorstellen, dass Ihre Gegenwart für Ihre Nachbarin in gewisser Weise ...« – er suchte das richtige Wort und strich sich dabei mit der Hand, die kurz zuvor auf Katharinas Hand gelegen hatte, durch das Haar – »... verstörend ist. Wie wäre es, wenn Sie versuchen, auf Ihre Nachbarn zuzugehen? Das ist schwer in so einer Situation, ich weiß. Ihnen wurde Unrecht zugefügt, Sie sind zornig. Aber es erleichtert Sie ganz bestimmt, wenn Sie Ihre Nachbarin einmal ganz ruhig fragen, ohne jede Aggressivität: Warum? Was ist mit uns passiert? Was können wir gemeinsam tun, um wieder gute Nachbarn zu werden?«

Der junge Beamte lächelte. Er reichte zum Abschied die Hand über den Tresen. Katharina griff zu, er hielt ihre Hand, nicht auffällig lange, aber doch länger als üblich, und sagte, ein wenig leiser: »Auf alle Fragen gibt es eine Antwort. Für alle Probleme gibt es eine Lösung. Beides ist die Liebe.«

Katharina war auf dem Nachhauseweg so verwirrt, dass sie beinahe eine Mülltonne umwarf. Was war mit der deutschen Polizei passiert? Dieser junge Mann hatte nicht mehr im Krieg gekämpft, so viel war offensichtlich. Es war die Stimme einer neuen Generation.

Sie erinnerte sich an die Augen des Polizisten, an seine Hand, sein Haar. Zweifellos hatte er versucht, sich ihr zu nähern, aber auf eine respektable und respektvolle Weise. Sie war gerührt und ein wenig entzückt. Der Altersunterschied, gewiss.

Sonderbarerweise erinnerte sie der junge Mann ein bisschen an Joseph, der kraft- und ehrgeizlos aus dem Krieg zurückgekommen war. Das gefiel ihr weniger. Die neue Zeit hatte so gar nichts Kämpferisches mehr. Immer wurde ausgewichen, keine Siege, keine Niederlagen, stattdessen Gerede. Alles sieht klein aus. Katzenmörder fragt man nicht, was man mit ihnen gemeinsam tun könnte, jedenfalls nicht, solange man sie noch alle beisammen hat.

Puschel lag, in eine alte Decke gewickelt, auf dem Balkon. Katharina suchte im Telefonbuch nach dem Tierfriedhof. Es gab einen Friedhof auf der anderen Rheinseite, der vom Tierheim betrieben wurde. Eine Frau ging ans Telefon, bei deren Stimme sie für einen Augenblick an die Dame denken musste, die ihnen damals den Besuch abgestattet hatte. Aber diese Stimme klang eine Nuance anders, dabei sehr mitfühlend, gedämpft, wie man es sich bei einem Bestattungsinstitut vorstellt. Die Stimme erkundigte sich ausführlich nach Puschels Schicksal und sagte: »Mein Beileid.«

Sie hatten Plätze frei. Hunde und Katzen ruhten gemeinsam, keine Rassentrennung mehr. Kreuze und andere religiöse Symbole seien verboten, sie wolle der Ordnung halber nur darauf hinweisen. Katharina fragte, ob eine Beerdigung – sagte man das bei einer Katze überhaupt, oder gab es da ein anderes Wort? – gleich am nächsten Tag möglich sei. Die Katze liege im Moment in ungeklärter Situation auf dem Balkon. Sicher, sagte die Frau, kein Problem, morgen von zehn bis achtzehn Uhr, den Schlüssel zum Friedhofstor bekommen Sie im Tierheim, das ist gleich nebenan. Ich stelle morgens ein Schild mit Ihrem Namen auf den Platz. Die Grube ist dann schon ausgehoben, das macht unser Hausmeister heute Abend.

Sie rief Rosalie und Fritz an, beide hatten Puschel sehr gemocht. Sie versprachen, zur Beerdigung zu kommen, nach der Arbeit. Fritz würde extra ein bisschen früher gehen, und Joseph konnte ruhig auch mal sagen, dass bei ihm eine dringende Famlienangelegenheit vorliegt.

Sie schliefen unruhig. Joseph hatte sich entschlossen, als Sarg seinen alten Koffer zur Verfügung zu stellen, den er in der Kriegsgefangenschaft aus Birkenholz gebaut hatte und der seit seiner Rückkehr im Keller stand. Er polsterte den Koffer mit der alten Decke, dann legte er eine Gummimaus und noch ein paar Lieblingsspielzeuge von Puschel hinein. Schließlich nahm er die Katze, die jetzt steif in der Hand lag wie ein Stofftier. Puschel war eine Spur zu groß. Es lag am Schwanz, der, egal, wie er ihn legte, immer ein paar Zentimeter aus dem Koffer herausragte. Am Ende knickte er die Schwanzspitze ab, es knackte wie ein Ast.

Von den Wieses hatten sie in der Zwischenzeit nichts gehört. Mein Großvater dachte daran, dass er den Wieses in seiner Eigenschaft als Hausmeister weiterhin Waschmaschinenmarken verkaufen musste, beide Seiten mussten von Zeit zu Zeit miteinander in Kontakt treten, es ging gar nichts anders. Falls der Konflikt ausuferte, würde er als Hausmeister zurücktreten, die Verantwortung übernehmen, wie ein Politiker. Aus Sicht der Hausverwaltung ist ein Hausmeister, der sich mit anderen Mietern im Zustand des totalen Krieges befindet, nicht die ideale Lösung.

Als er von der Arbeit kam, früher als üblich – er hatte einfach ein paar Lieferungen auf morgen verschoben –, saßen Fritz und Rosalie schon in der Küche, mit Berti, der für diesen Anlass sein gutes Jackett mit den Lederflecken am Arm aus dem Schrank geholt hatte. Fritz trug einen dunkelblauen Anzug mit einer schwarzen Nelke am Revers. Rosalie hatte ihr schwarzes Kostüm mit der roten Korallenkette an. Katharina besaß nur eine einzige schwarze Bluse, die in atemberaubender Weise dekolletiert war. Joseph ging kurz ins Schlafzimmer und zog sich den Anzug an, den er früher zur Arbeit getragen hatte, inzwischen durfte er das ja nicht mehr. Er war taubengrau. »Dann wollen wir mal«, sagte er, als er wieder in die Küche trat. In diesem Moment klingelte es.

Meine Großmutter ging zur Tür und schaute durch den Spion. Sie hakte die Kette aus, öffnete das Sicherheitsschloss, schob erst den kleinen, dann den großen Riegel zurück, drehte den Schlüssel um und öffnete die Tür. Draußen stand der junge Polizist. »Entschuldigen Sie die Störung«, sagte er, »es gibt hier einen Nachbarschaftskonflikt, den ich gerne, so weit dies möglich ist, schlichten oder doch wenigstens entschärfen würde. Wundern Sie sich nicht. Die Polizei ist immer im Dienst. Und bei niemandem möchte ich unsere neuen Methoden lieber ausprobieren als bei Ihnen.« Er lächelte und streckte die Hand aus.

14

Der Tierfriedhof lag in einem Industriegebiet, genau zwischen zwei Eisenbahngleisen, dort, wo sie sich in einem spitzen Winkel kreuzten. Wegen des Eisenbahnverkehrs taugte das Grundstück zu nichts anderem. In dieser Gegend standen noch viele Ruinen, mit Blech und Pappe behelfsmäßig hergerichtet. Vor dem Krieg waren es Wohnhäuser und Fabriken gewesen, jetzt waren es Baracken mit Garagen oder kleinen Läden darin.

Die Gräber waren ungefähr halb so groß wie Menschengräber. Auf den meisten wuchsen Stiefmütterchen, auf einigen hatten Hinterbliebene Lebensbäume gepflanzt. Die Grabsteine bestanden aus Granit, einige aus Marmor. In vielen Fällen klebten Fotos der Verblichenen auf den Steinen. Bilder und Rahmen waren mit durchsichtiger Plastikfolie beklebt, wegen der Nässe. Trotz des ausdrücklichen Verbots standen auf einigen Gräbern Holzkreuze. Auf fast allen lag das ehemalige Lieblingsspielzeug des Grabbewohners, ein Ball, ein Gummiknochen, ein Stofftier. Kreuze und Steine waren mit Namen und Lebensdaten beschriftet. Meistens enthielten die Gräber Hunde oder Katzen, aber es gab auch einen Papagei namens Coco und einen Zierwels, der Günther hieß.

Katharina hatte den Polizisten gebeten, zur Beerdigung mitzukommen, schließlich standen zwei Autos zur Verfügung, der Fiat und der Ford von Fritz. Seine Anwesenheit würde der Zeremonie ein gewisses Gewicht verleihen, selbst wenn er keine Uniform trug. Joseph sagte nichts. Er schaute Katharina nur forschend an.

Als sie die kleine, rechteckige Grube sah, ungefähr einen Meter tief, musste meine Großmutter schluchzen. Fritz trug den Holzkoffer, weil er ihn in seinen Kofferraum transportiert hatte, in den Kofferraum des Fiat passte ja gerade mal eine Aktentasche hinein. Er achtete darauf, dass er mit seinen guten Schuhen nicht in die Pfützen trat, der Friedhofsweg war schlammig.

Als sie am Grab standen, waren sie ratlos. Wie sollten sie den Koffer in die Grube hineinbekommen? Rundherum war alles glitschig, Lehmboden. Hinknien ging nicht in den guten Kleidern. An eine Decke oder Zeitung hatten sie nicht gedacht. Den Koffer einfach hineinzuwerfen kam nicht in Frage. Zum Glück entdeckte Berti ein angemodertes Kreuz, das an den Zaun angelehnt war. Dieses Kreuz lehnte Berti in die Grube, Joseph ließ den Koffer daran in das Grab rutschen.

Der Polizist stand etwas abseits und machte sich Notizen. Während der Fahrt hatte er neben meiner Großmutter gesessen und beruhigend auf sie eingesprochen. »Sie sollten mit dem Tier auch Ihren Groll begraben«, sagte er. »Versuchen Sie diesen Tag als einen Tag der Befreiung von Ihren negativen Gefühlen zu empfinden. Eine schöne Frau, wie Sie es sind, sollte in die Zukunft schauen, niemals zurück.«

Er legte seine Hand auf Katharinas Arm. Sie schaute ihn an. Er schaute zurück. Die anderen schienen ihn gar nicht zu beachten. Sie stellten keine Fragen. Das wunderte Katharina. Andererseits, was sollten sie tun? Er war Polizist, er übte sein Amt aus. Es waren die modernen Methoden, die er anwandte. Er war die neue Generation.

Der Sarg, der ein Koffer war, lag in der Grube. Nun herrschte für einige Momente befangenes Schweigen. Für diese Art von Zeremonie gibt es keinen vorgeschriebenen Ritus. Man muss improvisieren. Also schwiegen sie, bis Rosalie den Satz sagte: »Das arme Tier.« Joseph fügte hinzu: »Wer so was tut.« Dann gingen sie.

Der Polizist fasste Katharina sanft am Arm. »Ich finde es bewundernswert, wie gefasst Sie sind«, sagte er. »Ich verspreche Ihnen noch einmal, dass die Polizei ihr Möglichstes tut.« Wunderbare neue Zeit, dachte Katharina. Jetzt könnte das Leben anfangen, ein Leben ohne negative Gefühle, bei dem man in die Zukunft schaut, statt herumzugrübeln über Sachen, die man sowieso nicht ändern kann, ein Leben, in das man sich einfach hineinfallen lässt, um es zu genießen. So war es früher, so würde es wieder sein. Sie fühlte, wie der Druck des Polizistenarms sich leicht verstärkte, gleichzeitig erfasste sie ein Taumel. Die anderen schienen weit weg zu sein, sie hörte ihre Stimmen kaum noch. Nur der Polizist war nah und leuchtete beinahe, als er sagte: »Ich heiße Wolfgang.« Dann fasste er sie bei den Hüften und zog sie sanft an sich heran, das heißt, ziehen musste er kaum, denn Katharina flog ihm zu, legte die Arme um seinen Hals, schloss seufzend die Augen und vergaß, wo sie war.

Nach der Beerdigung wollten sie eigentlich essen gehen. Stattdessen saßen sie zu Hause, in der Küche meiner Großeltern, und kümmerten sich um Berti. Am nächsten Tag sollte er eine mündliche Prüfung ablegen, und das, wo ihm nun Joseph in einer Reflexhandlung das blaue Auge geschlagen hatte.

Der Reflex hatte meinen Großvater überwältigt, als er sah, wie Berti mitten auf dem Friedhof und vor allen Leuten, ja, gut, zum Glück waren keine fremden Leute in der Nähe, Katharina auf die wildeste denkbare Weise küsste. Das heißt mit Umbiegen des Körpers und mit Geräuschen.

Berti beteuerte, er sei nicht diese Art von Mensch, die so etwas tut. Außerdem sei Katharina zu alt für ihn, er brauche das

Zimmer, und wieso überhaupt auf dem Tierfriedhof und vor Joseph. Meine Großmutter habe sich mit einem Gesichtsausdruck, den er noch nie bei ihr gesehen habe, auf ihn gestürzt und habe ihn festgehalten wie ein Ringkämpfer. Seine heftigen Bewegungen seien nicht Leidenschaft gewesen, sondern Befreiungsversuche.

Katharina fragte mehrmals nach einem Wolfgang, ein Name, mit dem niemand etwas anfangen konnte. Niemand konnte sich erinnern, einen Wolfgang gesehen zu haben oder überhaupt eine Person, die ein Wolfgang hätte sein können.

Mein Großvater wollte von ihr wissen, ob Berti die Wahrheit sage. Ob Berti sich wirklich passiv verhalten habe und ob die Initiative zu der Knutscherei von ihr ausgegangen sei. Und was sie sich dabei überhaupt denke. Sie antwortete, was denn mit Berti sei. Berti, der Bruder von Fritz? Ich knutsche nicht mit Berti, sagte sie, der ist nicht mein Typ, kannst du das endlich mal kapieren?

In dem Moment, als alle laut wurden und als eine Hand sie von dem Polizisten wegzog, die Hand von Fritz oder von Rosalie, war ihr mit einem Mal alles unklar geworden. Sie verstand nichts mehr, gleichzeitig schienen die Dinge ganz einfach zu sein. Sie erkannte, dass es zwei Welten gibt, die einfache und die komplizierte, die schöne und die schwierige, die ritterliche und die grobe. Wolfgangs Welt und Josephs Welt. Sie liegen eng beieinander, trotzdem sind sie extrem verschieden. In der einen Welt streitet man sich und wird die Schatten nicht los, in der anderen Welt vergisst man all das, und die Sonne der Liebe scheint.

In der Küche saß Joseph neben Berti. Er entschuldigte sich. Im Grunde sei Berti ein feiner junger Mann. Berti antwortete, dass die Situation vor dem Friedhof nicht leicht einzuschätzen gewesen sei. Aber mit Katharina solle Joseph mal zum Arzt gehen. Am besten zu einem Spezialisten. Er selber sei noch zu früh im Studium, um in so einem Fall eine Diagnose zu riskieren. »Normal ist das jedenfalls nicht«, sagte Berti. Er habe Katharina in keinster Weise provoziert oder sexuell stimuliert. Schon auf der Hinfahrt habe sie dauernd die Hand auf seinen Schenkel gelegt und ihn auf eine Weise angeschaut, die man aus dem Kino kennt. Er wollte aber nichts sagen, um die traurige Stimmung nicht zu stören. Dann bat Berti ebenfalls um Entschuldigung, wofür auch immer.

Joseph schaute an Katharina vorbei. Jetzt ist es so weit, eine schöne Bescherung, das sind Visionen, dachte er, wie in Lourdes, nur halt nicht religiös, leider erscheint ihr nicht die Muttergottes und weist ihr den Pfad der Tugend, ganz im Gegenteil. Aber besser solche Liebhaber als echte. Ja, vielleicht ist es besser so. Rosalie legte ein rohes Schnitzel auf Bertis geschwollenes Auge und sagte: »Jetzt trinken wir erst mal in aller Ruhe Kaffee.«

15

Der Vorfall, von dem auf den nächsten Seiten die Rede ist, ereignete sich im späten Hochsommer, südlich der Stadt Smolensk, als am Straßenkreuz von Jelnja der Widerstand der russischen Truppen härter wurde.

Wir sprechen vom ersten Sommer des Ostkrieges, dem Sommer der leichten Siege, der in einen Herbst der schwierigen Siege überging. Am Ende jenes Herbstes sah mein Großvater mit seiner vorgeschobenen Einheit von ferne die Türme des Roten Platzes oder sogar des Kreml, mit anderen Worten den endgültigen Sieg, den Triumph seiner Liebe und seine Beförderung zum Offizier. Das erzählte er später so oft, dass er selbst daran glaubte und in der Erinnerung den Windhauch der Kugeln spürte, die an ihm vorbeipfiffen, während er von weitem die Architektur des Roten Platzes bewunderte.

Inzwischen ist die historische Forschung der Ansicht, dass die deutschen Angriffsspitzen die Türme in Wirklichkeit gar nicht gesehen haben, obwohl in der Armee viele von dem Anblick der Türme sprachen, und zwar aus eigenem Erleben, durch ein Fernglas hindurch, von ihren zwiebelförmigen Hauben, von den bunten Streifen, mit denen sie verziert sind. Aber es war vermutlich nur eine Fata Morgana.

Wenn man etwas stark zu sehen wünscht oder ein Anblick sich in die Umstände gut einfügt, sieht man es am Ende tatsächlich oder glaubt, es gesehen zu haben, das ist bekannt. Genauso, wie man die Bilder, die einem unangenehm sind und an die man sich ungern erinnert, eben vergisst. Über unangenehmen, schmerzenden Stellen schließt sich die Erinnerung wie Haut über einer verheilenden Wunde.

Im Laufe des Sommers, als das ungeerntete Getreide auf den Feldern allmählich zu verrotten begann, hatten die Russen sich von den Überraschungen der ersten Wochen erholt. Sie brachten aus entlegenen Provinzen neue Armeen heran und versuchten Gegenangriffe, die meistens tollkühn begannen und erfolglos endeten. Bei Jelnja zum Beispiel hatten die Deutschen im Laufe eines abgeschlagenen russischen Gegenangriffs und einer anschließenden Straßenkreuzungseroberung fünfunddreißigtausend Gefangene gemacht.

Stalin traute seinen Soldaten trotz ihres Opfermuts nicht über den Weg. Jeder russischen Einheit waren politische Kommissare zugeordnet, treue Diener der Partei, die von militärischen Dingen meistens nicht allzu viel verstanden. Sie sollten darauf achten, dass die Befehle der Partei befolgt werden und dass der Kampfgeist nicht durch zu viel individualistischen Überlebenswillen beeinträchtigt wird. Sie waren das kommunistische Gegenstück zu den Feldgeistlichen, hatten aber mehr zu sagen als ein Feldgeistlicher. Die Kommissare trugen am Ärmel einen roten Stern, mit Hammer und Sichel in Gold. Rot und Gold, daran konnte man sie leicht erkennen.

Von den Taten unserer Vorfahren gehört der so genannte Kommissarbefehl zu den weniger bekannten. Im Fernsehen kommt nicht viel darüber. Dahinter steckt wahrscheinlich kein böser Wille und auch keine Ignoranz. Es geht nur um ein paar tausend Tote, im Gesamtgefüge des Krieges eine unwichtige Zahl.

Die Kommissare stellt man sich außerdem als finstere, verbohrte Kerle vor, hundertfünfzigprozentige Kommunisten, um die es so schade nun auch wieder nicht war. Wenn jemand totgeschlagen wird, den man unsympathisch findet, bewegt einen das nicht besonders.

Der Befehl, erlassen am 6. Juni 1941, trägt die Nummer »FST/Abt. L. (IV/Qu)« sowie den Zusatz: »Es wird gebeten, die Verteilung nur bis zu den Oberbefehlshabern der Armeen bzw. Luftflottenchefs vorzunehmen und die weitere Bekanntgabe an die Befehlshaber und Kommandeure mündlich erfolgen zu lassen.« Es war also eine Art Geheimbefehl. Der Ostkrieg hatte allerdings am 6. Juni noch gar nicht begonnen, erst am 22. Juni ging es los.

In dem Befehl heißt es: »Mit einem Verhalten des Feindes nach den Grundsätzen der Menschlichkeit oder des Völkerrechts ist nicht zu rechnen. Von den politischen Kommissaren aller Art ist eine hasserfüllte, grausame und unmenschliche Behandlung unserer Gefangenen zu erwarten.« Der Befehl sollte eine vorbeugende Maßnahme sein, gegen eine Grausamkeit des Feindes, die dieser Feind noch gar nicht hatte beweisen können, weil er zu diesem Moment noch kein Feind war.

Fast alle Kriege, die es überhaupt jemals gegeben hat, sind, offiziell gesehen, Verteidigungskriege gewesen. Jeder Angriff ist die Vorbeugung eines Gegenangriffs. Jede Grausamkeit beugt einer Grausamkeit des Gegners vor.

Das ist Propaganda, könnte man sagen. Ich bin mir aber ziemlich sicher, dass man ab einem gewissen Punkt der eigenen Propaganda glaubt, sogar, wenn man sie persönlich verfasst hat. Man möchte einfach vor sich selber gut aussehen. Man möchte vor sich selber nicht zugeben, dass man ein Angreifer oder ein grausamer Mensch ist. Deswegen glaubt man an eine Lüge, die man selber erfunden hat, nicht aus Bosheit, nein, ganz im Gegenteil, weil man gut sein möchte.

Lüge, Erfindung, Propaganda, all diese Dinge sind ein Zeichen für die Existenz des Guten. Wenn es Lügen und Erfindungen nicht gäbe, wäre das ein schlechtes Zeichen.

In dem Kommissarbefehl heißt es: »Die Kommissare sind aus den Kriegsgefangenen sofort, d.h. noch auf dem Gefechtsfelde, abzusondern. Sie sind nach durchgeführter Absonderung zu erledigen.« Um Missverständnisse zu vermeiden, steht außerdem geschrieben: »Die Kriegsgerichte dürfen mit der Durchführung der Maßnahmen nicht betraut werden.«

Es stellte sich heraus, dass der Befehl in militärischer Hinsicht schädlich war, weil er dazu führte, dass bestimmte russische Truppenteile wider alle Vernunft bis zum letzten Atemzug kämpften und sich nicht ergaben, nur, weil sie unbedingt das Leben ihres Kommissars retten wollten, der vielleicht ein netter Kerl war. Im Mai 1942 wurde der Befehl wegen Nutzlosigkeit aufgehoben.

In der Zwischenzeit habe ich übrigens gemerkt, dass mich Beschreibungen nicht besonders interessieren, Beschreibungen sind vielleicht nicht meine Stärke. Es hängt damit zusammen, dass ich sie oft langweilig finde, obwohl es eine gewisse Ruhe in das Erzählte hineinbringt. Ich bin ungeduldig. Viele Bücher bestehen fast nur aus Beschreibung, nichts passiert, die Welt steht still, mein Geschmack ist das nicht. Aber man möchte sich hin und wieder auch mal erholen. Dazu nimmt man eine Beschreibung.

Ich beschreibe die Kleidung, die mein Großvater in der folgenden Szene trägt: Er trägt eine lange Hose, die Hosenbeine hat er ordentlich in die Stiefel gestopft. Sein Hemd, die sogenannte Kampfbluse, besteht aus festem Stoff mit Metallknöpfen, vorne besitzt es vier Taschen. Um den Hals hat er ein Halstuch gebunden, Farbe: dunkelgrün, obwohl das nicht ganz vorschriftsmäßig ist. In seiner rechten Brusttasche befinden sich ein Verbandspäckchen und Losantintabletten. Losantin besteht aus Kalziumhypochlorid und anderen Chemikalien. Eine Mischung aus Losantintabletten und Wasser hilft gegen chemische Hautgifte.

In der linken Brusttasche trägt er ein Soldbuch. In dem Soldbuch eingelegt befinden sich drei Fotos meiner Großmutter sowie ein Foto seiner Eltern, die nicht mehr leben, sowie ein Gruppenfoto von vier winkenden Kindern, das einem ebenfalls nicht mehr am Leben befindlichen Obergefreiten gehört hat. Er ist entschlossen, diese Kinder im Falle seiner Gefangennahme als die eigenen auszugeben, weil man dann, wie es gerüchteweise heißt, milder behandelt wird. Was er in den anderen Brust- und Hosentaschen aufbewahrt, entspricht weitgehend den Anordnungen des Oberkommandos. Schreibblock und Bleistift für Notizen. Taschentuch. Streichhölzer. Taschenmesser. Geldbörse. Bindfaden.

Neben ihm liegt ein Helm, den er bei Bedarf sofort aufsetzen kann, um den Helm herum sind Gummiringe gespannt, in die er Birken- und andere grüne Zweige gesteckt hat. Erst einige Wochen später werden die Blätter sich verfärben. Auf den glatten, halbrunden Helm, der vorne einen angedeuteten Schirm und hinten einen angedeuteten Nackenschutz besitzt, hat jemand ein Wappen gemalt, das aber im Moment wegen der Zweige nicht zu sehen ist.

Sein Gürtel ist breit wie ein Handgelenk und schwer wie eine Fahrradkette. Er hat ein Schloss, das fast so groß ist wie eine Zigarettenschachtel. Solch ein Gürtel heißt Koppel.

Links und rechts neben dem Koppelschloss hängen zwei Patronentaschen aus schwarzem Leder. Sie enthalten jede genau dreißig Patronen, das heißt, sie sind voll. Er hat heute offenbar noch nicht geschossen oder gerade frische Munition bekommen.

Hinten am Koppel, an seinem Rücken also, hängt der Brotbeutel. Der Brotbeutel enthält ein dünn bestrichenes Leberwurstbrot, dazu eine runde Bakelitdose, in der sich Butter befindet, außerdem Waschzeug, einen Löffel, eine Gabel, ein Messer, ein Päckchen mit der eisernen Ration für Notfälle und einige zusätzliche Patronen für alle Fälle, die er aus früheren Zuteilungen eigenmächtig abgezweigt hat, sowie eine weitere Blechdose mit dem Gewehrreinigungszeug, bestehend aus Reinigungskette, Ölbürste, Reinigungsbürste, Ölpinsel, Waffenölfläschchen, Reinigungsdochten. Mit einem Riemen befestigt, hängt an dem Brotbeutel eine Feldflasche, die mit Filz überzogen ist, der sich gut anfasst – Inhalt der Feldflasche: ein Dreiviertelliter Wasser –, sowie ein Essnapf aus Blech, dessen Deckel mit dem Tragebügel an den Napf gedrückt wird. Der Deckel hat einen abklappbaren Griff, damit man ihn wie eine Tasse halten kann.

Außerdem hängen am Koppel: ein Bajonett für den Nahkampf und ein Klappspaten in einem Lederfutteral.

Über die Schulter verläuft ein Gurt aus Leder. An diesem Gurt hängt eine Blechbüchse. Das Blech ist ein bisschen gewellt. In der Büchse steckt die Gasmaske M 30, mit Ersatzaugengläsern und einem Klarsichttuch, für den Fall, dass die Gasmaske beschlägt.

Das Koppel ist schwer, es zieht also nach unten und wird von einem Tragegestell am Runterrutschen gehindert. Das Tragegestell sieht wie ein besonders stabiler Hosenträger aus, mit zwei Riemen vorne, aber nur einem Riemen hinten.

Seine Zeltplane hat mein Großvater neben sich abgelegt. Die Zeltplane ist mit einem Tarnmuster bedruckt. Ein Loch in der Mitte der Zeltplane kann aufgeknöpft werden, auf diese Weise lässt sich die Plane wie ein Poncho tragen und als Regenschutz verwenden. Zu der Plane gehörten ein Zeltstock und zwei Heringe. Um ein Zelt aufzubauen, werden vier Stöcke, vier Planen und acht Heringe benötigt. Zum Zeltbau müssen sich also immer vier Personen zusammentun, jeder Einzelne trägt genau ein Viertel Zelt. Außer der Zeltplane gehört offiziell auch eine Gasplane zur Ausrüstung, zum Schutz vor Gasangriffen. Die Gasplane wird aber nicht mehr mitgetragen, da der Gegner über Gas nicht zu verfügen scheint. Auch die Losantintabletten waren im Grunde überflüssig.

Ersatzkleidung und etliche andere Ausrüstungsstücke, darunter eine Kleiderbürste, stecken im Tornister, den jeder besitzt, der aber in der Nähe der Front zu unpraktisch wäre und deswegen bei dem so genannten Gepäcktross aufbewahrt wird, irgendwo weiter hinten.

Mein Großvater lagerte also in der Gegend von Jelnja ein paar Kilometer hinter der Front, sie durften sich einige Stunden erholen und spielten Karten. Es war später Nachmittag. Ihre Koppel, die Hemden und die Stiefel hatten sie ausgezogen, die Hemden hatten sie über Äste gehängt. Ein Feuerchen brannte, über dem sie Kartoffeln und Brot rösteten, es war so gemütlich, wie ein Krieg überhaupt nur gemütlich sein kann. Ein Offizier kam zu seiner Gruppe, es war ein Leutnant. Der Leutnant sagte: »Tut mir Leid, Männer, dass ich euch störe. Von vorne kommen wieder Gefangene. Ein Kommissar ist auch dabei.«

Mein Großvater zog seine Stiefel an und stand auf.

16

Die Gefangenen, eine Gruppe von ungefähr dreißig Mann, saßen nur ein paar Meter entfernt auf dem Boden. Der Kommissar war jung, ungefähr im Alter meines Großvaters. Er trug eine Mütze. Auch er hatte, wie die Kameraden meines Großvaters, sein Uniformhemd ausgezogen und sich darauf gesetzt. Unter der Uniform trug er ein fleckiges Unterhemd. Seine Haare waren schwarz, seine Muskeln zeichneten sich unter dem Hemd ab, und seine Haut war braun, er war unrasiert. Ein gut aussehender Kerl, dachte mein Großvater, der könnte auch als Bademeister arbeiten, aber das wird ihm nicht mehr viel nützen. Ein Auge des Kommissars war blutunterlaufen und wegen einer Schwellung halb geschlossen. Der Kommissar sprach leise und schnell mit einem Mann, der neben ihm saß. Die deutschen Soldaten, die Wache standen, mit schussbereiten Gewehren, hätten ihm befehlen können, still zu sein, das taten sie nicht. Auch die Absonderung des Kommissars von den übrigen Russen, die laut Befehl eigentlich hätte erfolgen müssen, war unterblieben. Nicht immer ist es unter den Bedingungen der Front möglich oder praktisch, jede Einzelheit eines Befehls zu beachten. Es kommt bei so einem Befehl auf das Wesentliche an, den Kern. Außerdem war es ein Geheimbefehl, dessen Wortlaut die wenigsten Soldaten kannten.

Mein Großvater ging zu den Wachen und sagte: »Holt einen

von den Hiwis, der soll unauffällig zuhören. Vielleicht erzählt er was Wichtiges.« Hiwis waren Bürger der Sowjetunion, oft Ukrainer, Weißrussen oder Balten, die aus Kommunistenhass, aus Russenhass oder aus finanziellen Gründen mit den Deutschen zusammenarbeiteten. Der Hiwi, den sie brachten, ein Dolmetscher, trug zur Tarnung eine deutsche Uniformjacke. Der Kommissar redete ein paar Sekunden weiter, dann sah er den Hiwi und stockte. Der Hiwi trug immer noch seine Zivilistenhose, außerdem sah er nicht deutsch genug aus. Der Kommissar schaute meinen Großvater an und lächelte. Dann sagte er etwas auf Russisch zu dem Hiwi.

»Was will er?«, fragte mein Großvater.

»Er meint, dass ich ein Verräter bin.«

»Und vorher?«

Der Hiwi zögerte, dann sagte er: »Private Sachen. Wo seine Freundin wohnt, die anderen sollen nach dem Krieg seiner Freundin etwas ausrichten. Er wurde schon vernommen, Herr Unteroffizier. Die erzählen nicht viel. Falls sie überhaupt was wissen. Jede Einheit kennt nur ihre eigenen Befehle. Und dem seine Einheit gibt es nicht mehr.«

Mein Großvater wusste das schon. Der Hiwi war unverschämt in seiner Besserwisserei, aber scheiß drauf. Er sagte, dass sie den Gefangenen etwas zu trinken geben sollten, und dem Kommissar eine Zigarette, aber nur ihm, bei den anderen bestand kein Anlass. Der Kommissar nickte ihm zu und sagte auf Deutsch, wenn auch mit Akzent: »Eine russische Zigarette, bitte.«

Mein Großvater beugte sich zu dem Gefangenen und fragte: »Du sprichst Deutsch, Gospodin?« Gospodin heißt Genosse. Der Kommissar antwortete: »Offensichtlich.« »Wo hast du's denn gelernt?« »Ist egal«, sagte der Kommissar.

»Was egal ist, bestimmen wir«, sagte mein Großvater und trat dem Kommissar kräftig in die Rippen, allerdings nicht mit voller Kraft, sonst hätte er ihm die Rippen gebrochen oder sie in die Lunge hineingetrieben, dann konnte der Russe womöglich nicht mehr laufen. Der Tritt hatte den Sinn, dem Gefangenen den Gedanken an Widerspenstigkeit und Frechheiten auszutreiben.

Nun ging mein Großvater zu seinen Leuten zurück. Sie waren etwa fünfzig Mann, er suchte aufs Geradewohl vier aus. Zwei hätten auch gereicht, aber die Truppe braucht immer Abwechslung und Bewegung. Er befahl ihnen, ihre Uniform vollständig anzuziehen und die Waffen vorzubereiten. Er dachte, dass sie die Angelegenheit am besten im nächsten Waldstück durchführen sollten, nicht hier in diesem, sonst würde womöglich eine verirrte Kugel einen Landser treffen, der sich zum Scheißen hinter einen Busch gesetzt hatte.

Der Kommissar wurde mit seinem Gürtel an den Armen gefesselt und weggeführt. Sein Hemd ließ er liegen. Er rief den anderen Gefangenen etwas zu. Sie riefen etwas zurück. Sie waren aufgeregt. Die Wachen legten ihre Gewehre an. Da wurden die Gefangenen ruhiger.

Der Marsch an den Waldrand dauerte ein paar Minuten. Dort warteten sie kurz und sondierten die Lage. Hinter der Front gab es versprengte russische Truppenteile oder Einzelkämpfer, alles mögliche Gesindel, sicher ist sicher. Das nächste Waldstück lag hundert Meter entfernt. Keine Entfernung.

Mein Großvater hoffte, dass der Russe sich nicht vor Angst in die Hosen machte, das kam manchmal vor, das hatte er schon gesehen. Aber der Gefangene war ruhig. Er blinzelte nur relativ oft. Vielleicht ein Brillenträger. Bei der Gefangennahme oder beim Verhör geht die Brille meistens kaputt. Mein Großvater wusste nicht genau, wie er vorgehen sollte. Er wollte korrekt sein. Erst mal gab er dem Gefangenen eine weitere Zigarette. Russische Papirossi hatte er nicht dabei, nur ein Päckchen Juno. »Tut mir Leid«, sagte er, als er das Päckchen hinhielt, damit wollte er ausdrücken, dass er dem Gefangenen gern seine Lieblingsmarke zur Verfügung gestellt hätte. Aber in dieser Situation konnte der Satz alles Mögliche bedeuten. Der Kommissar fischte die Zigarette mit dem Mund aus dem Päckchen, weil seine Arme gefesselt waren.

»Mir tut es auch Leid«, sagte der Kommissar.

»Haben Sie Kinder?«, fragte mein Großvater, im selben Moment merkte er, wie unpassend diese Frage war.

»Lassen Sie mich dann laufen?«, fragte der Kommissar.

Mein Großvater gab keine Antwort, sondern trat einige Schritte zurück. In solchen Momenten ahnte er, was es heißt, ein Held zu sein. Ein Held ist hart, auch gegen sich selbst, ein Held gibt nicht nach, ein Held kennt seine Aufgabe und erfüllt sie. Diese russischen Dörfer, dachte er, dieser Dreck, diese primitiven Hütten, diese kreischenden Weiber, und der Gestank, die Russen haben doch vor zweitausend Jahren genauso angefangen wie wir, auf dem gleichen Kulturniveau, und was haben sie daraus gemacht. Sollen die vielleicht eines Tages die Welt regieren mit ihrem Gestank und ihren Zottelbärten. Wir sind einfach das bessere Modell, und wir haben eine Verantwortung vor der ganzen Menschheit, das Bessere muss sich durchsetzen, in weiteren tausend Jahren wird die ganze Menschheit uns dankbar sein dafür, dass wir den Dreck weggeräumt haben. In tausend Jahren sieht es in Russland genauso aus wie in der Neustadt.

Der Kommissar lehnte an einem Baum, in seinem Mundwinkel baumelte die Zigarette. Die vier Soldaten bildeten eine Linie. Der Kommissar sagte etwas, das sie nicht verstehen konnten, schätzungsweise zwei Sätze, mit einem gewissen Pathos, eine politische Parole vielleicht, aber welchen Sinn sollte das haben, du Blödmann, wenn keiner es versteht, der Kommissar spuckte die erst halb gerauchte Zigarette aus und schloss die Augen.

Ich hätte ihm die Augen verbinden müssen, das gehört sich so, dachte Joseph, ist nicht ganz korrekt, der Ablauf, egal, dann sagte er, halblaut: »Feuer!«

Der Kommissar lag am Boden und stöhnte. Mein Großvater sah, dass zwei Soldaten danebengeschossen hatten, einer hatte den Bauch getroffen, der andere die Schulter, irgendwo im Unterleib saß die Kugel, die das Stöhnen verursachte, die andere Kugel war durch den Kommissar glatt wie ein Lichtstrahl hindurchgegangen. »Wo haben sie euch denn das Schießen beigebracht«, sagte mein Großvater.

Er nahm seine Pistole, drückte den Lauf gegen die Schläfe des Kommissars, dessen unverletztes Auge geöffnet war, und zog durch. Eine Blutfontäne spritzte aus der Schläfe heraus, aber nur kurz.

Sie warteten einige Sekunden. Dann ließen sie ihn liegen. Die Stellung wurde sowieso geräumt, der Gestank würde keinen stören. Auf dem Rückweg sahen sie unter einem Busch ein paar Füße in Strümpfen, sie bogen die Zweige zurück und sahen einen weiteren Russen, offenbar hingerichtet, denn er hatte mehrere Kugeln abbekommen und war nicht bewaffnet. Hinter der Leiche kauerte ein Junge, blond, ungefähr vierzehn, zerrissene Kleider, völlig verdreckt natürlich, einen sauberen Russen siehst du so gut wie nie. Der Junge zitterte. Er hatte eine Flasche in der Hand. »Der hat den Toten gefilzt«, sagte einer der Soldaten, »zeig mal, was hast du denn gefunden, Kleiner?« In der Flasche war noch ein Rest Wodka. »Diebstahl von Wehrmachtseigentum, Leichenfledderei, Plünderung«, sagte mein Großvater, zog seine Pistole wieder heraus und schoss. Der Junge krümmte sich und strampelte mit den Beinen. Joseph ärgerte sich und schoss noch einmal, diesmal besser. »Die oder wir«, sagte mein Großvater zu seiner Truppe. »Merkt euch das. Der ist alt genug, um ein Gewehr zu tragen. Einer weniger.« Den Rest Wodka kippte er über den beiden Russen aus. Da haben die Würmer schöne Träume, wenn sie die fressen.

Er dachte in solchen Momenten oft an Katharina. Sie müsste ihn sehen. Wie hart er war. Wie er für sie kämpfte. Ein Raubtier, das mit Zähnen und Klauen um sein Weibchen und um seinen Lebensraum kämpft. Wir handeln nach dem Gesetz der Natur. Das Gesetz der Natur ist ewig, alles andere haben Menschen sich ausgedacht. Die Natur ist objektiv. Nach dem Krieg bekommen wir alle ein Rittergut.

Der Leutnant sah meinen Großvater nach seiner Rückkehr kurz an und fragte: »Alles glattgegangen?« Er nickte. Von dem Jungen erzählte er nichts, den Vorfall hielt er für belanglos. Der Leutnant sagte: »Wir können die nicht laufen lassen.« Das war doch selbstverständlich. Dem Leutnant war nicht behaglich, ein Hosenscheißer, sonst hätte er so etwas nicht gesagt.

Als er das Unbehagen des Leutnants bemerkte, spürte mein Großvater trotzdem, wenn auch nur kurz, eine ähnliche Regung, der er aber nicht viel Bedeutung gab. Ein gewisses Unbehagen ist in solchen Situationen natürlich. Wer soll gewinnen, welche Seite ist die richtige, so lautete die entscheidende Frage. Wichtig ist, auf der historisch richtigen Seite zu stehen. Was im Einzelnen getan werden muss, um den Sieg der richtigen Seite sicherzustellen, ist eine Frage, deren Beantwortung man besser den Experten überlässt.

Dann gab der Leutnant meinem Großvater einen Gegenstand, der in ein Tuch eingewickelt war. »Das ist die Pistole von dem Russen. Die Dinger sind gut. Können Sie haben, als Erinnerungsstück.«

Einige Monate später bekam mein Großvater seinen Orden, für das Gefecht auf dem Flugfeld. Die so genannte Ostmedaille wurde für Einsätze an der Ostfront verliehen, bei denen der jeweilige Soldat mindestens vierzehn Tage im Kampfeinsatz war, oder verwundet wurde, oder sich eine Erfrierung zuzog, deswegen hieß er in der Soldatensprache Gefrierfleischorden. Das Gefrierfleisch meines Großvaters bestand aus einer erfrorenen Fußzehe. Der Orden bestand aus Zink und war, was ungewöhnlich ist, von einem Journalisten entworfen worden, dem SS-Kriegsberichterstatter Ernst Krause. Er zeigte ein Hakenkreuz, auf dem, wie die Henne auf ihren Eiern, der deutsche Adler saß. Über dem Adler befanden sich ein Stahlhelm und eine Panzerfaust. Die Proportionen stimmten nicht. Der Stahlhelm war zu groß, als dass der Adler ihn hätte aufsetzen können. Zusätzlich zu dem Orden bekam mein Großvater ein Trageband. Das Trageband war rot, in der Mitte hatte es einen schwarzen Streifen mit einem dünnen weißen Rand. Rot sollte das geflossene Blut symbolisieren, Schwarz die Trauer um die gefallenen Kameraden, Weiß den Schnee.

Mein Großvater war der Ansicht, dass er wegen dieses schwierigen und verlustreichen Kampfes einen wichtigeren Orden verdient gehabt hätte. Wenn er vor Katharina trat, am ersten Tag des Friedens, sollte seine Brust mit Orden behängt sein, wichtigen Orden, bei jedem Schritt auf sie zu sollte es leise klirren. Aber er beschwerte sich nicht, das hätte sowieso nichts gebracht.

17

Auf dem Tierfriedhof hat es angefangen. Wolfgang war der erste Besucher, den meine Großmutter empfing. Ein paar Wochen später kam ein Brief von der Polizei. Katharina hatte tatsächlich Anzeige erstattet. In dem Brief stand, das Verfahren müsse eingestellt werden. Anhaltspunkte hätten sich nicht ergeben. Hochachtungsvoll. Unleserlich.

Die Tatsache, dass Katharina sich den Besuch bei der Polizei nicht eingebildet hatte, beruhigte meinen Großvater und beunruhigte ihn zugleich. Der Faden zwischen Katharina und der Wirklichkeit war nicht etwa abgerissen, ihr Verhältnis zur Wirklichkeit war lediglich kompliziert und vielschichtig. Er ging zum Polizeirevier, in der Mittagspause, stellte sich in die Schlange und schaute sich die Beamten an. Am ehesten schien ihm ein dunkelhaariger, recht großer, gut aussehender Bursche in Frage zu kommen, der von seinen älteren Kollegen gnadenlos herumgescheucht wurde. Herr Wolf, holen Sie bitte mal Durchschlagpapier. Herr Wolf, wo sind denn die Kfz-Diebstähle. Herr Wolf, geht das nicht schneller. Der Junge war vollkommen unbedarft, kein ernsthafter Gegner, das sah mein Großvater sofort. Herr Wolf trank Kaffee aus der Thermoskanne und wickelte ein Butterbrot aus, das er sich bestimmt nicht selber geschmiert hatte, dieser Anblick genügte meinem Großvater und er verließ das Revier, bevor er an die Reihe kam. Ich muss die Ruhe bewahren, sagte er sich. Ich muss Geduld haben. Es ist wie im Krieg, Abwarten und Beobachten und kluge Defensive bringt oft mehr als diese blinden Offensiven, in die sie uns dauernd reingejagt haben. Ich wäre ein hervorragender Offizier gewesen.

In den ersten Kriegsjahren hatte mein Großvater hin und wieder Fronturlaub bekommen. In dem Urlaub, der auf die siegreiche Abwehrschlacht an der Straßenkreuzung von Jelnja folgte, erzählte er Katharina von dem Kommissar. Er erzählte nur in groben Zügen, Details ersparte er ihr. Es gab kommunistische Führungsoffiziere, sagte er, das waren besonders geschulte, extrem gefährliche Elitekämpfer, einen von denen habe ich im Nahkampf überwältigt. Dem habe ich einfach die Waffe aus der Hand gerissen, als er vor mir stand. Danach musste ich das Hinrichtungskommando leiten, keine schöne Sache, aber notwendig. Unsere Leute wurden von denen auch hingerichtet.

Katharina hörte ihm gern zu, damals, wenn er diese Geschichten erzählte, sie schaute ihn bewundernd an, sie mochte Männer, die stark sind und entschlossen handeln. Es war ein paar Wochen lang genau so, wie er es sich erträumt hatte.

Damals, unmittelbar danach, waren sie beide stolz auf seine Kaltblütigkeit, seine Härte und seine starken Nerven. Das hätte er sich selber vorher gar nicht zugetraut. Der Sinn des Krieges besteht darin, Feinde zu besiegen und Feinde zu töten, da soll sich mal keiner Illusionen machen.

Das Entscheidende ist, dass man auf der richtigen Seite steht. Dabei hat man nicht wirklich die Wahl, weil man eben für das Land kämpft, in das man zufällig hineingeboren wurde und für die Sache, die von der jeweiligen Landesregierung als Ziel des Krieges ausgerufen wird. Ob man wirklich auf der richtigen Seite gestanden hat, hängt vom Ausgang des Krieges ab. Der Sieger hat immer Recht. Das Römische Reich ist auch nicht zimperlich gewesen, die haben massenhaft Leute gekreuzigt wegen nix, sogar in Friedenszeiten. Trotzdem würde doch heute keiner sagen: Das Römische Reich war vor allem eine Verbrecherorganisation. Man sieht heute eben vor allem die Kulturleistung der Römer, die sie aber nur vollbringen konnten, weil sie mächtig und siegreich waren und Karthago restlos zerstört haben. Klingt hart. Ist aber so.

Über den Jungen, der damals in dem Wald neben der Leiche gesessen hatte, erzählte er nichts. Manchmal muss man in Sekundenbruchteilen schwierige Entscheidungen treffen, das ist im Krieg so. Eine Sekunde, eine Handbewegung, ein Reflex. Ein anderer Tag, und man hätte es vielleicht anders gemacht. Meinetwegen: besser.

Als er nach Hause kam, als er am Bahnhof aus dem Zug kletterte, hatte er den Jungen bereits vergessen, nicht, weil er es wollte oder so beschlossen hatte, nein, das passierte ganz von allein. Manche von denen, die nicht mehr da sind, verwandeln sich in Schatten, die man sich jederzeit in Erinnerung rufen kann, da sind Gesichter, sogar Gespräche sind möglich. Der Junge aber hatte sich in ein Gefühl verwandelt, ein vages, unangenehmes Gefühl, das er bei manchen Gesprächsthemen manchmal hatte und von dem er nicht mehr wusste, woher es kam.

Es war ein Fehler, Katharina von dem Kommissar zu erzählen.

Immer, wenn sie sich stritten, holte Katharina die ärztlichen Atteste heraus, die sie sich jedes Mal besorgte, wenn er sie auch nur zu fest am Arm gepackt hatte, sie bekam nämlich sofort blaue Flecken, wegen ihrer zarten Haut, und sie fing von dem Kommissar an. Darauf konnte man sich fest verlassen.

Sie sagte dann: »Außerdem bist du ein Verbrecher. Ich könnte jederzeit zur Polizei gehen.«

Joseph antwortete: »Geh doch. Geh ruhig zur Polizei. Lass dir von der Polizei in aller Ruhe erklären, was ein Befehl ist.«

Daraufhin sagte sie: »Andere Männer haben solche Befehle verweigert. Das waren Helden. Die hatten Charakter.«

Daraufhin sagte er: »Ich möchte mal wissen, was du an meiner Stelle getan hättest. Du bist nie in so einer Situation gewesen. Also sei ruhig. Du hast mit den Franzosen und mit Gott weiß wie vielen Männern rumgemacht und willst mir moralische Vorwürfe machen, fass dich lieber an die eigne Nase.«

Daraufhin sagte sie: »Ich hab aber keinen umgebracht. Ich hab überleben müssen. Ich war jung und allein.«

Daraufhin sagte er: »Ich hab auch überleben wollen. Kapierst du das nicht? Außerdem wäre der Kommissar sowieso krepiert. Entweder im Gefangenenlager, oder seine eigenen Leute hätten ihn nach dem Krieg an die Wand gestellt, weil er sich ergeben und mit uns geredet hat. In deren Augen war der ein Verräter.«

Daraufhin sagte sie: »Du redest genau wie ein SS-Mann oder ein KZ-Wächter. Die Leute wären sowieso gestorben. Damit reden sie sich alle raus.«

Dieser Dialog war zwischen ihnen so festgelegt wie die Sätze in einem Theaterstück. Der Krieg hat sich in ein Theaterstück verwandelt, dachte mein Großvater. Dieses Stück wird wegen des großen Erfolgs immer wieder aufgeführt.

Natürlich hatte er darüber nachgedacht, was passiert wäre, wenn er den Befehl verweigert hätte. Möglicherweise gar nichts. Möglicherweise hätten sie ihn in eine Strafkompanie gesteckt, mit einer sehr geringen Chance, länger als ein paar Wochen zu überleben. Ein Held wäre ich auf diese Art auch nicht geworden, sagte er sich. Es gab, rückblickend betrachtet, in Russland überhaupt keine Möglichkeit, ein Held zu werden, nicht einmal, indem man den Heldentod starb. Das Ganze war Betrug. Überleben war noch das Beste, was einem gelingen konnte.

Jawohl, ich habe, alles in allem, das Beste draus gemacht,

sagte er sich. Und wenigstens den Kommissar habe ich, ganz nebenbei, zum Helden gemacht. Wenn der überlebt hätte, wäre er in den Augen seiner Leute ja ein Feigling gewesen. Vielleicht war es ihm ganz recht so. Es gibt eben immer welche, die sterben lieber den Heldentod.

Das Verhältnis zu Familie Wiese blieb problematisch. Frau Wiese grüßte nicht mehr, sondern schnaubte, wenn man im Treppenhaus an ihr vorbeiging. Ihre Wäschemarken ließ sie sich von einer Mieterin aus dem Erdgeschoss kaufen, mit der sie befreundet war. Sie war mit fast allen im Haus befreundet. Freundschaft war für die Wieses kein tiefes Gefühl wie ein Bohrloch oder ein Vulkantrichter, die Wieses betrachteten Freundschaft als etwas relativ flaches, sich in die Weite Dahinstreckendes, wie ein Sportplatz oder ein Sumpfgebiet.

Herr Wiese grüßte immerhin militärisch knapp, mit Kopfnicken und »Tach auch«, wenn er meinen Großvater traf. Mein Großvater grüßte betont freundlich zurück, um zu verstehen zu geben, dass zwischen ihm und Herrn Wiese keine Feindseligkeit herrschte, sondern wohlwollende Neutralität, und dass ihm am Hausfrieden gelegen war. Wenn er Frau Wiese traf, grüßte er ebenfalls. Nach drei oder vier Begegnungen grüßte Frau Wiese ihn zurück, mit einer schlingernden Kopfbewegung und einem unverständlichen Laut, der immerhin »Guten Tag« bedeuten konnte.

Einmal begegnete er ihr unten im Hof, als meine Großmutter auf dem Balkon stand. »Du grüßt die Wiese«, sagte Katharina. »Du grüßt eine Frau, die meine Todfeindin ist.«

»Das lässt sich alles nicht beweisen«, sagte mein Großvater. »Todfeindin halte ich für übertrieben.«

Meine Großmutter sprach eine Woche lang kein Wort mehr mit meinem Großvater. Von da an passte er auf. Er schaute immer vorsichtig aus der Tür oder vom Balkon, bevor er die Wohnung verließ und in den Hof ging. Wenn Frau Wiese im

Anmarsch war, wartete er, bis sie das Treppenhaus betrat, danach lief er die Treppe rasch hinab, damit er sie möglichst weit unten traf. Einen Treppenabsatz vor der Begegnung verlangsamte er seine Schritte, anschließend grüßte er möglichst leise und beiläufig. Wenn sie aber im Hof stand und mit einer anderen Frau redete, was meistens länger dauerte, ging er hinten herum durch die Waschküche, hakte das Fenstergitter aus, wozu er als Hausmeister berechtigt war, falls ein wichtiger Grund vorlag, und kletterte aus dem Waschküchenfenster auf die Straße. Das Fenster sicherte er, wegen der Einbrecher, von außen mit einem Vorhängeschloss. Diese Lösung funktionierte gut.

Im Lauf der Zeit gewöhnte sich mein Großvater an die Besucher, die von der anderen Seite kamen. Einige tauchten nur ein einziges Mal auf, andere kamen immer wieder. Er konnte sie nicht sehen. Was heißt das schon? Wir glauben, was wir sehen, und doch hat jeder etwas anderes gesehen, wenn die Polizei kommt und ein Protokoll aufnehmen möchte. Und das, was alle für wahr halten, ist in Wirklichkeit womöglich eine Illusion.

Wenn Joseph so tat, als ob er die Besucher erkannte, wenn er ein paar Worte mit ihnen wechselte oder wenn er wenigstens nicht bestritt, dass sie da waren, sah Katharina ihn mit dem gleichen Blick an wie damals, als sie sich kennen lernten, damals, als sie jemanden in ihm sah, der er in Wirklichkeit nicht war, einen Sieger.

Wenn ich aus Liebe lüge, dachte mein Großvater, wie kann die Lüge da etwas Schlechtes sein?

Nach einer Weile verstand er, dass es ohne Lüge überhaupt keine Liebe geben kann. Niemand kann einen Menschen so lieben, wie dieser Mensch wirklich ist. Dazu sind wir einfach zu unvollkommen. Es gelingt uns nicht einmal bei uns selber: Wenn wir uns so sehen würden, wie wir wirklich sind, würden wir uns selber nicht mögen. Menschen aber, die einander jederzeit sagen, was sie voneinander denken, werden sich nach einer Weile hassen.

Die Besucher standen hinter den Vorhängen oder im Flur, sie saßen beim Fernsehen im Sessel, in der Küche auf dem Sofa. Manchmal taten sie so, als ob sie die Toilette benutzten. Sie waren, wie es schien, nicht bösartig. Sie lobten Katharinas Aussehen und ihre unverwüstliche Jugend, hin und wieder ließen sie eine anerkennende Bemerkung über Josephs handwerkliche Fähigkeiten fallen und über seinen Fleiß. Sie gaben Ratschläge, ohne verärgert zu sein, wenn diese Ratschläge nicht befolgt wurden. Sie waren gute Zuhörer.

Meine Großmutter berichtete meinem Großvater mit ruhiger, unaufgeregter Stimme über das, was sie sah, wo sich gerade ein Besucher befand und was er sagte. Ihr war klar, dass diese Dinge den Rahmen des Normalen sprengten. Ihr war klar, dass ihr etwas widerfuhr. Sie erinnerte sich an ihre Angst. War sie wie ihr Vater, würde etwas Schlimmes passieren?

Wenn sie an den Besuchern vorüberging und tat, als ob sie gar nicht da wären, reagierten die Besucher nicht verärgert, sondern lächelten oder machten ein Handzeichen – dann eben später, bedeutete das Zeichen. Den Übergang in eine solche Welt hatte sie sich vorgestellt wie den Überfall eines Raubtiers oder wie eine Springflut, die alle Brücken zu der Welt wegreißt, in der man sich vorher aufgehalten hat. Stattdessen kam sie sich klarer und ruhiger vor als jemals. Es gab keinen Kampf, keine inneren Widersprüche. Sie sah Dinge und Personen in dem manchmal klaren, manchmal ein wenig verschwommenen Bewusstsein, dass nur sie dies alles sah und dass es unklug war, mit den falschen Leuten darüber zu sprechen. Nach einer Weile hatte sie keine Angst mehr.

In der ersten Zeit kamen als Besucher vor allem ehemalige

Liebhaber, an deren Gesichter sie sich kaum noch erinnerte, Raymond, der ihr durch den Hals geschossen hatte, und Antoine, sein Freund, der singen konnte, oder ein amerikanischer Offizier, der meistens unrasiert war, was ihr gut gefiel, oder ein sehr kultivierter Herr, der sich in der Rheingoldschänke als Staatssekretär der nordrhein-westfälischen Regierung ausgab, was aber wahrscheinlich nicht stimmte, oder es kamen Familienmitglieder – ihr Vater, ihre Mutter, ihr kleiner Bruder Otto. Sie traf Leute aus ihrer Kindheit, die sie längst vergessen hatte, verblasste, schemenhafte Onkel und Tanten, der Kohlenmann, der immer schwere Säcke in den Keller geschleppt hatte, sogar Mädchen aus ihrer Schulklasse.

Einige Schatten kamen und blieben, andere Schatten tauchten kurz auf und verschwanden wieder. Nach einigen Monaten passierte etwas Neues, Aufregendes. Meine Großmutter begann, im Land der Schatten neue Bekanntschaften zu schließen. Sie sprach mit Menschen, die vorher, in der Zeit, in der sie ängstlich und unglücklich war, nicht zu ihrem Leben gehört hatten. Es waren interessante, wichtige Leute, Männer, die etwas zu sagen hatten, Männer, die einen Charme und eine Herzensbildung besaßen, wie sie es nie für möglich gehalten hätte.

Der Sänger Freddy war Josephs Lieblingsgast, weil er Katharina in eine sanfte Stimmung versetzte. Trotz seiner Jugend war er kein Bruder Leichtfuß, sondern von melancholischem Zuschnitt. Freddy behauptete laut Katharina, er sei zufällig im Haus gewesen, die Wohnungstür habe offen gestanden, deswegen sei er einfach hineingegangen. Es gefiel ihm in der Wohnung, er fand die Wohnung künstlerisch inspirierend, deswegen kam er immer wieder. Er bemühte sich dezent und sehr gentlemanlike um Katharina, vor allem ihre Beine hatten es ihm angetan.

Freddy erzählte über die Seefahrt, die hart war, und über die Einsamkeit der Matrosen, die ihnen in den langen Nächten unter dem Kreuz des Südens zu schaffen machte. Gelegentlich kam er abends und sah sich selber im Fernsehen. Das war ihm allerdings peinlich.

Freddy ist nur kurz zur See gefahren. Trotzdem kannte er sich mit der Einsamkeit aus. Er erzählte, dass seine Mutter eine blutjunge Volontärin bei einer Zeitung in Hamburg gewesen war, die in ledigem Zustand von einem irischen, der Ehe skeptisch, der Liebe aber positiv gegenüberstehenden Kaufmann geschwängert wurde. Der irische Kaufmann und die blutjunge Journalistin techtelten und mechtelten eine ganze Weile herum, bis sie nach drei Jahren endlich heirateten. In dem Moment, als der Trauschein unterschrieben war, geriet die Verbindung sofort in eine Krise.

Sein irischer Vater entführte ihn nach Amerika, nach Morgantown, West Virginia, wo Freddy unter väterlicher Anleitung Trompete lernte und ihm der amerikanische Rhythmus mit einer leicht irischen Note ins Blut geträufelt wurde. Freddys Mutter führte einen Sorgerechtsprozess, gewann ihn, und Freddy musste mit sieben Jahren zurück nach Deutschland, obwohl er inzwischen Englisch sprach und nur noch schlecht Deutsch. Er musste sich mit dem neuen Ehemann seiner Mutter arrangieren, der sechsunddreißig Jahre älter war als sie, reich, Baron, Freiherr und auch sonst eine unangenehme Erscheinung.

Meine Großmutter fragte: »Kann jemand gleichzeitig Baron und Freiherr sein?«

Freddy lachte.

Frag ihn mal nach dem Krieg, sagte mein Großvater.

Freddy war bei der Kinderlandverschickung, in einem Kinderheim in Ungarn. Als die Russen näher kamen, sind Freddy und ein paar Freunde abgehauen, quer durch die Puszta den Amis entgegen. Er war vierzehn. Der erste Ami stand Kaugummi kauend einfach in der Puszta herum. Freddy rief:

»Ich bin einer von euch. Wie steht es in der Baseball-Liga?«

So einfach war das nicht, sagte mein Großvater.

»Wenn du einen Vater in Amerika hast, bist du ein Ami«, antwortete Freddy. »Das ist der amerikanische Standpunkt. Ich bin von den Amis mit dem Schiff nach Amerika gebracht worden, Antwerpen, New York, Ellis Island. Ein Einwandererlager auf einer Insel, mit Blick auf die Skyline von New York, um mich herum lauter Deutsche, die behaupten, dass sie Amerikaner sind. Ich warte, bis sie mich in ein Büro rufen: Dein Vater ist tot. Verkehrsunfall, vor Jahren schon, du musst zurück, das nächste Schiff. Wenn du keinen Vater mehr hast, bist du automatisch deutsch.«

»Sehr traurig«, sagte meine Großmutter.

»Wie der Zufall so spielt«, sagte Joseph.

»Das ist meine Story«, sagte Freddy. »Viele Jahre schwere Fron. Harte Arbeit, karger Lohn. Tagaus, tagein, kein Glück, kein Heim.«

»Ich bin auch Waise, wie Sie«, mit diesen Worten meldete sich ein anderer Besucher zu Wort, den Katharina fast so sehr mochte wie Freddy. »Ich habe in Kneipen gesungen, zusammen mit meinen vier Geschwistern«, rief der Maiglöckchentenor des zweiten Besuchers, ein Tenor, der meiner Großmutter in den Ohren kitzelte wie eine Feder. »Das alles, damit unsere Mutter etwas zu essen hatte. Vater lebte nicht mehr. Nach dem Krieg war ich Landarbeiter.«

Rudolf Schock sang Opern und Operetten. Er benutzte dabei neben seinem Tenor, der einen Schmelz besaß, wie er nicht einmal in Italien zu finden ist, die besondere Technik des mezza voce. Das bedeutet halbe Stimme und heißt, dass nur mit dem Kopfregister gesungen wird, also sehr hoch, knabenhaft, Falsett. Sie nannten ihn den Weltmeister des Falsetts.

Freddy lachte. »Ich habe auch umsatteln müssen, als ich

wieder in Deutschland angekommen bin. Von Amerikaner auf Araber. Ich war bei einem Wanderzirkus als arabischer Saxophonist. Arabisch konnte kein Mensch, ich musste beim Reden nur aufstoßen und mit den Augen rollen.«

Rudolf Schock erzählte davon, wie er ein sagenumwobenes Konzert gegeben hat, im Schützengraben vor Sewastopol, für Deutsche und Russen. Der Russe lag nur ein paar Meter entfernt. Der Russe wusste die knabenhafte Stimme von Rudolf Schock offenbar zu schätzen, oder der Russe wunderte sich einfach nur. Zumindest wurde während des Vortrags nicht auf den Sänger gefeuert.

Mein Großvater bekam dies alles nur durch seine Frau vermittelt und bruchstückhaft mit, aber es wurde ihm doch klar, dass hier der gleiche Wettbewerb im Gange war, den er von der Arbeit und aus der Kneipe kannte. Immer ging es darum, wer am meisten mitgemacht oder gelitten hat, wobei es den Teilnehmern an solchen Wettbewerben inzwischen eigentlich wieder gut ging, sehr gut sogar.

Anders verhielt sich der Fernsehmoderator Kulenkampff, der im Fernsehen eine wohlerzogene und weltmännische Figur machte. Kulenkampff, sagte Katharina, stand eines Tages mit frechem Lächeln im Flur, klimperte mit den Wohnungsschlüsseln, die er Gott weiß woher besaß, und behauptete, er habe sich in der Wohnung geirrt, aber jetzt, wo er Katharina sehe, sei er mehr als glücklich über den Irrtum. Anschließend verbeugte er sich und ging, kam aber am nächsten Tag wieder, in Sektlaune. Er erzählte ununterbrochen Schlüpfrigkeiten, fasste Katharina unsittlich an – sie schlug ihm auf die Hand, er entschuldigte sich – und lief nackt durch die Wohnung. Seine schwarze Brille behielt er dabei auf. Kulenkampff forderte Katharina auf, mit ihm zu gehen, er wolle einen Fernsehstar aus ihr machen. Ihr Gesicht sei fürs Fernsehen wie gemacht. Der Rest von ihr dagegen sei wie gemacht für ihn.

Katharina ging zum Arzt, um Joseph einen Gefallen zu tun. Dort sagte sie: »Ich bin nervös.«

Der Arzt fragte: »Wie macht Ihre Nervosität sich bemerkbar?«

Sie fragte den Arzt, wieso er das nicht selber wisse. Einen Fieberkranken fragt doch auch keiner: »Wie ist es denn so, wenn man Fieber hat?« Oder bei einem Beinbruch, fragt da der Arzt etwa: »Wie macht ein gebrochenes Bein sich eigentlich bemerkbar?«

Der Arzt schwieg kurz. Dann sagte er, dass es verschiedene Arten von Nervosität gebe, aber nur eine Art Fieber.

Katharina antwortete: »Meine Nervosität ist die Sorte Nervosität, bei der man ständig ein nervöses Gefühl hat. Kennen Sie die?«

Der Arzt verschrieb Beruhigungstabletten. Meine Großmutter nahm sie, wenn sie Lust dazu hatte. Dies war alle zwei bis drei Tage der Fall. Sie hatte nicht den Eindruck, dass die Tabletten etwas bewirkten, außer dass sie früher müde wurde und schlief wie ein Stein, das heißt traumlos.

Mein Großvater saß abends am Küchentisch und schnitt Brot klein, das er, sobald es dunkel war, vom Balkon in den Hof werfen wollte, für die Tauben. Füttern der Tauben streng verboten, Aushang im Treppenhaus, na, wenn schon. Die Tauben waren hässlich und nutzlos. Trifft, dachte er in einer dieser Aufwallungen, die er mittlerweile an sich kannte, im Großen und Ganzen auch auf mich zu. Nur dass die Tauben sich in einer das Stadtbild beeinträchtigenden Weise vermehren und ich nicht.

18

Der Beginn des gesundheitlichen Niedergangs meiner Tante Rosalie lässt sich ziemlich genau datieren. Er begann Ende Dezember mit einer Fehlgeburt. Danach fühlte sich meine Tante zu ihrer eigenen Überraschung sehr niedergeschlagen, obwohl sie bereits deutlich über vierzig war, also nicht mehr in dem Alter, in dem man Kinder zu bekommen pflegt. Sie hatte, wie sie oft sagte, in ihren jüngeren Jahren nie den Richtigen gefunden, immer nur selbstsüchtige oder unsensible Männer. In den Jahren ihrer Jugend konnte sie mit der Sicherheit eines Wünschelrutengängers aus einem Fußballstadion, das mit Männern voll besetzt ist, genau den einen Kandidaten herauspicken, der am wenigsten Talent dazu besaß, sie glücklich zu machen. Dann kam Fritz. In der gescheiterten Schwangerschaft sah meine Tante nach einigen Wochen des Hin- und Hergerissenseins ein ermutigendes Signal. Da geht noch was, sagte sie sich. Sie rauchte weniger als vorher, ein Päckchen am Tag statt zwei.

Im Frühsommer war sie über die Fehlgeburt hinweg. Trotzdem fühlte sie sich schlapp. Ein Fieber wollte nicht weggehen, ihr Hals tat weh. Sie wurde noch dünner, bis sie so großnasig und ausgemergelt aussah wie die Hauptdarstellerin einer Stummfilmtragödie, die Augen tief in den Höhlen, aber mit jeder Menge Ausdruck darin. Wenn sie sich kämmte, blieben in der Bürste büschelweise Haare hängen. Sie aß Obst, was sie bis dahin nie getan hatte, ging vor Mitternacht zu Bett, duschte abwechselnd kalt und heiß. Das Einzige, was dabei herauskam, war ein Hautausschlag, der wie die Masern aussah. Zum Glück juckte es wenigstens nicht.

Fritz kümmerte sich, legte Wadenwickel, cremte den Ausschlag ein und riet, zum Arzt zu gehen.

Meine Tante hatte für Ärzte nichts übrig. Ärzte, sagte sie, haben meinen Vater auf dem Gewissen. Um Fritz zu beruhigen, schluckte sie Aspirin. In ihren Augen entsprach das Aspirinschlucken in seiner Wirkung einem Arztbesuch, nur, dass man vorher nicht stundenlang im Wartezimmer sitzen muss. Nachts stand sie auf, während Fritz schlief, und ging im Haus auf und ab. Sie dachte über alles Mögliche nach. Das Altern besteht in einer Endlosschleife, dachte sie. Es ist wie ein Lied, das immer wieder von vorn beginnt. Wieder und wieder tut man das Gleiche, all die Dinge, die man als jüngerer Mensch bereits getan hat. Schöne Dinge, zum Teil. Man fährt in Urlaub, man gönnt sich was, man hat einen Liebhaber. Aber eine Steigerung ist nicht möglich, am intensivsten ist halt doch immer das erste Mal. Die Intensität nimmt ab. Dagegen kann man nichts machen. Selbst wenn du nach Rimini in das beste Hotel fährst, kannst du das Hochgefühl nicht zurückholen, das du bei deinem ersten Urlaub in einer billigen Pension hattest.

Das Leben wird immer langweiliger, damit der Abschied von ihm nicht so schwer fällt. Bei der Liebe ist es ähnlich. Du senkst, wenn du älter wirst, deine Ansprüche, oder du verzichtest. Du gewöhnst dich an die biologisch-chemischen Vorgänge der Liebe wie an den Urlaub.

So dachte meine Tante, während sie die Treppen hinaufund hinablief, durch den Garten, Kücheneingang, Küche, bis sie schließlich darüber nachdachte, ob Fritz sie verlassen würde. Nicht jetzt, nicht im nächsten Monat, aber irgendwann.

Das hielt sie für unwahrscheinlich, so aus dem Bauch heraus, obwohl sie nicht genau wusste, was Fritz an ihr fand. Nun, wer weiß das schon zu sagen, was andere an einem finden, außer den eitlen Menschen, und der eitle Mensch irrt sich sowieso.

Fritz besaß immer noch diesen Goldzahn, der wie ein Stimmungsbarometer wirkte. Der Zahn befand sich in seinem Oberkiefer, ziemlich weit hinten. Wenn er lächelte, blitzte sein Goldzahn kurz auf. Wenn der Zahn nicht zu sehen war, lächelte Fritz ein falsches Lächeln, aus Höflichkeit oder Heuchelei. Wenn sich der Zahn länger zeigte, wenn er für ein, zwei oder sogar drei volle Sekunden freigelegt wurde, wenn man den Zahn in aller Ruhe betrachten konnte wie den Meeresboden der Nordsee bei Ebbe, in solchen Momenten also war Fritz strahlender Laune und angefüllt mit innerer Harmonie. Außerdem zuckte sein Gesicht hin und wieder. Die eine Gesichtshälfte zog sich dabei kurz zusammen, der Mundwinkel fuhr hoch, wie bei einem Lachen, das Auge schloss sich, der Goldzahn war dabei nicht zu sehen. Wer ihn nicht kannte, dachte bei dem Zucken, dass er jemandem zuzwinkert.

Das Zucken ereignete sich so selten, dass es kaum der Rede wert war, zwei- oder drei Mal am Tag. Tante Rosalie glaubte, dass außer ihr kaum jemandem das Zucken auffiel, zumal sich Fritz in Gesellschaft gut beherrschte. Er hatte einmal erzählt, dass sein Zucken mit dem Krieg zusammenhänge und mit seiner Beinverwundung.

Fritz war Prokurist, aber sie konnte sich immer noch nicht genau vorstellen, was ein Prokurist eigentlich tut. Wenn er gefragt wurde, gab er Antworten, mit denen man wenig anfangen konnte, zum Beispiel: »Der Prokurist hat stets Prokura.« Fest stand, dass er morgens um halb acht aus dem Haus ging und abends gegen sechs Uhr wiederkam. Meistens trug er seine geflochtenen Schuhe und weiße Hosen. Die Jacketts wechselten, oft waren sie kariert wie die Jacketts von Peter Frankenfeld aus dem Fernsehen. Die Krawatte passte farblich nicht immer. Das war ein Schwachpunkt.

Er ging mit Tante Rosalie oft in Restaurants essen, nicht nur am Wochenende. Im Urlaub fuhren sie zwei Mal an den Gardasee. Das Hotel lag direkt am Wasser und besaß einen Tennisplatz, den Onkel Fritz wegen seines kaputten Beins allerdings nicht nutzen konnte.

Im Spätsommer, etwa ein Jahr nach der Hochzeit, wurde es offensichtlich, dass Onkel Fritz ein Problem hatte oder sogar mehrere Probleme, denn das Zucken war stärker geworden. Es kam zuerst ungefähr ein Mal pro Stunde, später sogar alle zwanzig Minuten. Meine Tante fragte: »Ärger im Büro?« Fritz lächelte, der Goldzahn war nicht zu sehen. Nicht einmal ein kurzes Blinken. Meine Tante durchsuchte seine Taschen und seine Aktenmappe, fand aber nichts Ungewöhnliches, nur Geschäftspost, Kaugummi mit Menthol, Herrenparfüm und ein paar Autozeitschriften.

Fritz lud meine Tante zum Essen ins Hotel Continental ein. Das Hotel war einer der wenigen Altbauten aus imperialem Sandstein, die in der Bahnhofsgegend noch standen. Die Kellner kannten Fritz, sie führten ihn und Rosalie zu einem der besseren Tische mit Blick nach draußen. Draußen wurde wie immer gebaut, die Pflastersteine kamen weg, die Straße wurde asphaltiert, wie überall. Als ersten Gang wählte er Leberknödelsuppe, sie nahm klare Ochsenschwanzsuppe. Das Besteck war aus Silber, schwer, mit kleinen Dellen und Kratzern. Auf der Suppentasse stand in verschnörkelten Buchstaben der Name des Hotels.

Fritz sagte: »Du hast Recht. Es gibt Ärger im Büro.«

»Schlimm?«, fragte meine Tante.

»Da sind ein paar Unregelmäßigkeiten in meiner Abrechnung.«

»Hast du dich verrechnet?«

Fritz breitete die Stoffserviette aus und legte sie über seine Hose. »Ich habe mich nicht verrechnet. Nicht im klassischen Sinn. Ich habe etwas für mich abgezweigt.«

»Um Gottes willen«, sagte meine Tante.

»Nicht so laut«, flüsterte Fritz. »Nimm dich zusammen.«

»Was heißt das, nimm dich zusammen? Jetzt mal genauer, wissen die Bescheid, um wie viel Geld geht es?«

»Sie wissen, dass Geld fehlt, es ist weg, ich wollte es zurücküberweisen, aber ich bin klamm, ich hatte nicht genug, um das Konto auszugleichen, jetzt fehlt es eben.«

»Puh.«

»Ja. Puh.«

»Wie viel ist es?« Meine Tante überschlug im Kopf, wie viel sie kurz- oder mittelfristig flüssig machen könnte.

»Es sind ungefähr zweihundertfünfzigtausend Mark.«

Meine Tante rührte in ihrer Suppe. »Na, prima«, sagte sie. »Da kann ich dir nicht helfen. Was hast du damit gemacht?«

Fritz antwortete, dass er mit dem Geld gewettet habe.

»Wann willst du denn gewettet haben? Du warst doch nie auf dem Rennplatz.«

Fritz sagte, dass er in einem Wettbüro in Frankfurt gewesen sei. Das Wettbüro sei inoffiziell.

»Wo sind die Wettscheine?«, fragte meine Tante. »Weggeworfen«, sagte Fritz.

Rosalie vermutete, dass es sich um eine Frauengeschichte handelte. »Und jetzt?«, fragte sie. Fritz zuckte.

»Junge, Junge«, sagte meine Tante. »Mit dir habe ich wirklich das große Los gezogen.« Der Ober erschien und räumte die Suppe weg. Als Hauptgang gab es Hühnerfrikassee für Rosalie und Schinken in Aspik für Fritz.

Meine Tante wusste nicht, dass sie zu diesem Zeitpunkt, in einem Ausbruch unwahrscheinlicher, den Gesetzen der Biologie trotzender Fruchtbarkeit erneut schwanger war, zum achten oder neunten Mal in ihrem Leben, genau wusste sie das nicht, aber, wenn sie die Fehlgeburt vom vergangenen Jahr in Rechnung stellte, zum zweiten Mal erwünscht. Genau gesagt, erwünscht bis zum Eintreffen des Hühnerfrikassees. Jetzt, während sie das Frikassee aß, wäre sie sich ihrer Gefühle in Bezug auf die Schwangerschaft nicht mehr so sicher gewesen, wenn sie denn von ihr gewusst hätte.

In ihr stieg eine Wut auf, von der sie wusste, dass sie zu nichts nütze war. Wut trübt das Urteil und verleitet zu unklugen Handlungen. Aber sie konnte diese Wut nicht zurückhalten, die zäh und bitter alles in ihr überflutete. Sie wollte Fritz, ja, was eigentlich, was tun mit Fritz, der mit gesenktem Kopf, aber im Kern seines Wesens unberührt seinen Schinken aß, Fritz, der erzählte, dass es ihm Leid tue und dass sie einen neuen Anfang machen würden, in fünf, spätestens zehn Jahren sei er wieder oben, sie kenne seine Talente. Immobilienbranche, das hat Zukunft, in diesen Jahren würde jeder ein Vermögen machen, der nicht dumm ist und ein Mindestmaß an Initiative besitzt.

»Sag mir, wo das Geld ist«, antwortete meine Tante. »Dann reden wir weiter.«

In solchen Situationen gibt es zwei Grundarten des Verhaltens. Die einen werden laut, die anderen werden leise und eisig. Das laute Verhalten ist kurz- bis mittelfristig angelegt, weil es viel Kraft kostet und innerhalb eines begrenzten Zeitraums, der allerdings Stunden dauern kann, naturnotwendig zur Erschöpfung führt. Dieser Erschöpfungszustand besitzt erlösende Eigenschaften. Der Tobende hat die Wut nach außen gekehrt und sich auf diese Weise zum Teil von ihr befreit. Er hat die Wut in Demütigungen und Wunden verwandelt, die er seinem Gegenüber zufügt. Es ist wie ein chemischer Prozess, wie Oxydation.

Die andere, eisige Wut dagegen bewahrt sich in ihrer eigenen Kälte auf und richtet sich gegen den Wütenden selber, wie ein eingesperrtes Tier, das sich gegen die Gitterstäbe seines Gefängnisses wirft. Die Wut meiner Tante war kalt.

Vor dem Bezahlen steckte sie Fritz unter dem Tisch ihre Brieftasche zu. Sie übernahm normalerweise die Restaurantrechnungen. Für einen Mann wirkte es ihrer Ansicht nach demütigend, wenn die Frau bezahlt. Es war nicht üblich und lud das Restaurantpersonal zu Spekulationen und falschen Schlussfolgerungen ein. Fritz gab dem Kellner ein übertriebenes Trinkgeld, wie immer.

Auf dem Nachhauseweg sprach sie wenig. In den folgenden Tagen sprach sie nichts. Fritz verließ morgens das Haus, abends kam er zur gewohnten Zeit zurück. Fritz versuchte, sich normal zu verhalten, er grüßte, las aus der Zeitung vor, lag neben ihr im Bett.

Die Firma verzichtete auf eine Strafanzeige. Sie wollte die Angelegenheit diskret behandeln. Dieses Vorgehen entsprach dem in langen Jahren gereiften, diskreten Stil der Firma. Fritz durfte von sich aus kündigen, allerdings unter der Bedingung, dass er in einem anderen Betrieb keine vergleichbare Vertrauensstellung mehr annehme. Bei einem Verstoß würde man den neuen Arbeitgeber über sein Vorleben informieren. Außerdem musste er selbstverständlich den entstandenen finanziellen Schaden ersetzen, mit fairer Verzinsung. Dies setzte voraus, dass sie ihr Haus verkauften, das noch nicht vollständig abbezahlt war, und ihre gesamten Ersparnisse an die Firma überschrieben. Im Wesentlichen handelte es sich bei diesen Ersparnissen um den Erlös aus dem Verkauf der Rheingoldschänke. Dies alles zusammengenommen, blieb immer noch eine Restschuld.

Anfang September sah sich ein Makler das Haus an. Eine Verkaufsanzeige erschien am folgenden Wochenende in der

Zeitung. Das Haus wurde als »repräsentativer Bungalow mit allem Komfort« und »Notverkauf« bezeichnet. Vielleicht gab es eine Frist, bis zu der sie das Haus verlassen haben mussten. Wahrscheinlich sogar. Aber sie fragte Fritz nicht danach.

Mitte September ging meine Tante zum Frauenarzt. Sie hatte Symptome. Diese Symptome interpretierte sie in den ersten Wochen als körperliche Reaktionen auf den Verlust ihres Vermögens. Es konnten auch die beginnenden Wechseljahre sein. Zum Beispiel wurde ihr häufig übel. Zuerst dachte sie, dass der Anblick ihres nichtsnutzigen, leichtlebigen und verlogenen Ehemanns in ihr ein Gefühl der Übelkeit auslöste, das erschien ihr logisch und psychologisch stimmig. Aber es war ein Faktum, dass ihr auch dann übel wurde, wenn Fritz nicht in der Nähe war. Das machte sie unsicher.

Der Arzt brauchte nicht lange, um eine Diagnose zu stellen. Er entfernte sich ein paar Meter von dem Untersuchungsstuhl, nahm eine Karteikarte in die Hand, die auf seinem Schreibtisch lag und auf der mehrere Jahrzehnte Intimgeschichte meiner Tante verzeichnet waren, eine facetten- und ereignisreiche Chronik, in blauer Tinte aufgeschrieben bis zum letzten Abszess und bis in die kleinste Regelunregelmäßigkeit hinein. Er schaute nachdenklich auf die Karteikarte und sagte: »Soll ich Ihnen gratulieren, oder soll ich mein Beileid aussprechen?« Es war ein unsentimentaler Arzt, der meine Tante schon lange kannte und wusste, dass sie ebenfalls unsentimental dachte.

Meine Tante befreite sich mit einer schnellen Schwingung aus dem Stuhl, diesem Spezialstuhl, den kaum eine Patientin mag und der trotzdem in all den Jahrzehnten seiner Benutzung nicht Gegenstand menschlichen Erfindungsgeistes und Perfektionsdrangs geworden ist. Sie ging zu dem Arzt, wie sie gerade war, also halb entkleidet, und legte ihm die Hand auf die Schulter. »Ist schon gut«, sagte sie. »Warum nicht?«

Sie hörte in sich hinein und spürte ein Gefühl, das der Freude entfernt ähnelte. Sie spürte nichts, was sie jubeln oder lachen ließ, aber sie hatte den Eindruck, dass es so in Ordnung war. Ihr Leben würde eine Wendung nehmen, ins Unbekannte, gewiss, aber in ein Unbekanntes hinein, das allem Ermessen nach nicht nur Schlechtes bringen würde, sondern auch Schönes. Bei wie vielen Wendungen weiß man schon im Voraus, dass sie auch Gutes bringen?

Für den Bruchteil einer Sekunde tauchte in ihr die Erinnerung an Otto auf, ihren Bruder, das Kind, das nie erwachsen wurde, ebenso kurz dachte sie an ihre jüngere Schwester und an die Tatsache, dass ihre Sippe, unsere Familie, im Begriff stand zu verlöschen. Wir bleiben ohne Nachkommen, ein Fenster schließt sich gerade für immer. Gute und schlechte Eigenschaften, die nicht weitergegeben werden. Kleine und mittlere Talente, die versiegen, Hoffnungen, die nur noch auf das eigene kurze Leben gerichtet sind. Erinnerungen, die niemand weiterträgt. Verbrechen, die keinen mehr etwas angehen. Manche Familien sterben aus wie Tierarten, die der modernen Welt nicht mehr gewachsen sind.

Wenn sie von dir erzählen, wird keiner mehr aufmerksam zuhören. Wenige interessieren sich für den Freund eines Freundes. Aber wer interessiert sich nicht für seine Großeltern?

Ein Kind bedeutet, dass dein eigener Niedergang durch einen Aufstieg ausgeglichen wird, dem du zuschauen und an dem du teilhaben darfst. Es ist natürlich nicht so, wie das eigene Erleben einst war. Aber du siehst wenigstens, wie es ist, etwas zum ersten Mal zu sehen. Erleben kannst du es kein zweites Mal, aber nachempfinden, das geht. Du lebst nicht mehr in einer sich bis zum Tod wiederholenden Endlosschleife. Ein Kind wird dich immer überraschen. Dich selber kannst du ab einem gewissen Alter nicht mehr überraschen.

Meine Tante beschloss in diesem Augenblick, die Rheingoldschänke neu zu eröffnen, um wirtschaftlich wieder auf die Beine zu kommen. Sie beschloss, dass sie trotz aller Widrigkeiten am Wirtschaftswunder teilnehmen würde. Sie beschloss, dass sie, im Rahmen ihrer Möglichkeiten, meinem Cousin oder meiner Kusine, der oder die in ihrem Körper gerade lernte, warm und kalt sowie fest und flüssig voneinander zu unterscheiden, eine Mutter zu sein, an die dieses Wesen sich ohne Groll würde erinnern können. Zuletzt, kurz bevor sie zu ihren auf einem Stuhl zusammengefalteten schwarzen Kostüm griff, beschloss sie, Fritz zu verzeihen. Es gab auf der Welt schlimmere Fälle als Fritz, und sie musste Fritz etwas bedeuten, sonst wären sie beide nicht gemeinsam so weit gekommen, bis an diesen Punkt. Auch wenn sie nicht genau wusste, was für ein Mensch Fritz eigentlich war.

Sie erzählte ihm nichts von der Diagnose des Arztes, nahm aber ihm gegenüber noch am selben Abend einen Kurswechsel vor. Sie begann, wieder mit ihm zu sprechen. Sie fragte ihn, ohne jede Aggression im Ton, wo er den Tag verbringe und ob es nicht vernünftiger sei, zu Hause zu bleiben, wo er doch offensichtlich keine Stelle mehr hatte. Sie mussten sich um eine neue Wohnung kümmern. Das wäre zum Beispiel eine Aufgabe, der sie sich gemeinsam widmen könnten.

Fritz erzählte, dass er bei verschiedenen potenziellen Arbeitgebern vorgesprochen habe, auf gut Glück, teilweise auf Empfehlung von Kollegen. Etwas Definitives war noch nicht passiert. Ein paar Leute wüssten von seiner Verfehlung und hätten es herumerzählt, deswegen sei man ihm gegenüber misstrauisch, obwohl er in fachlicher Hinsicht tadellos sei, das wisse jeder. Aber das Vertrauen in ihn sei nun einmal irreparabel kaputt. Als Taxifahrer könnte er sofort anfangen. Vielleicht auch als Sachbearbeiter, im günstigsten Fall zu einem Drittel seines alten Gehalts. Ob sie ihm das raten würde? Rosalie sagte: »Ich könnte wieder in der Gastronomie aktiv werden.«

Ohne Startkapital war das schwierig. Andererseits, die alten Kontakte waren vorhanden und noch nicht eingerostet. Ein Privatkredit von einem ehemaligen Kunden der Rheingoldschänke, so etwas war denkbar, da könnte sie sich umhören. Ein kleiner Kredit natürlich nur, nicht zu viel riskieren, so muss jetzt die Devise lauten. Sie redeten über die Zukunft, über ihre Optionen, die nicht zahlreich waren, aber die es immerhin gab. Sie schmiedeten Pläne und vergaßen beide für Momente den Verrat von Fritz. Mit einem Augenblick des Vergessens fängt Versöhnung immer an.

Ende September rief der Frauenarzt an und bat Rosalie, noch einmal vorbeizukommen. Die Geschichte mit dem Fieber und dem Schwächegefühl, die seltsamen Flecken, davon hatte meine Tante im Weggehen nebenbei erzählt, und der Arzt hatte es gleich wieder vergessen – ein Kunstfehler, da nicht sofort aufzumerken und nachzuhaken, so etwas muss selbstverständlich geklärt werden, vor allem jetzt in der Schwangerschaftssituation. Kurzum, sagte der Arzt, es kann harmlos sein, es ist bestimmt auch harmlos, aber einen Bluttest, den machen wir zur Sicherheit mal lieber.

In dieser Zeit ging meine Tante manchmal mit ihrer Schwester am Rhein spazieren, unten am Winterhafen, wo es noch ein paar Waschbrücken gab, Hausboote, auf denen Frauen standen und ihre Wäsche in den Fluss tauchten, der dazu im Grunde genommen schon zu schmutzig war. Die Industrie blühte wieder. Die letzten Waschbrücken waren eine Sache, die man sich merken würde, ein Kennzeichen jener Jahre. Etwas, woran man sich erinnert. Andere Dinge, die man in dieser Zeit für viel wichtiger hielt, würde man vergessen, neue Gebäude, die eingeweiht wurden, Ruinen, die man wieder aufbaute, Politikernamen, die jeden Tag in der Zeitung standen.

Wer aus dem Abstand einiger Jahre auf die Zeit blickt, die wir Gegenwart nennen, sieht etwas anderes als das, was man gesehen hat, als die Gegenwart noch Gegenwart war. Jede Geschichte kann man unendlich oft erzählen, indem man sie immer wieder von einem anderen Punkt in der Geschichte aus betrachtet. Ein Ende gibt es nicht, es geht immer weiter.

Meine Tante dachte wieder freundlicher, fast zärtlich über Fritz, der meistens zu Hause war, im Garten arbeitete oder Schlagermusik hörte. Meine Großmutter riet ihr, einen Detektiv einzuschalten. Das Geld musste irgendwo sein. Vielleicht war nicht alles verloren. Meine Tante antwortete, dass jede Tatsache, die ein Detektiv herausfinden könnte, nur ihr Verhältnis zu Fritz belasten und Fritz sehr wahrscheinlich demütigen würde. Was wäre der Sinn einer solchen Erkenntnis? Der Sinn der Erkenntnis besteht darin, dass sie das Leben verbessert. Eine Erkenntnis, die voraussichtlich nur Unglück bringt, erspart man sich besser.

19

Tante Rosalie litt, wie ihr der Arzt mitteilte, unter Syphilis. Der Name dieser Krankheit klingt wie das Zischen einer Schlange. Aber dank der Entdeckung des Penizillins – Alexander Fleming, 1928 – hat die Syphilis, zumal, wenn sie in einem frühen Stadium erkannt wird, nach dem zweiten Krieg einen Teil ihres Schreckens verloren. Anders verhält es sich, falls die Erkrankte zufällig schwanger sein sollte. Dann ist es eine ernste Sache, für den Fötus vor allem.

Der Erreger der Syphilis wird verhältnismäßig leicht übertragen. Die meisten Ansteckungen erfolgen erwartungsgemäß beim sozusagen klassischen Geschlechtsverkehr. Schließlich handelt es sich um eine Geschlechtskrankheit. Wenn der Teufel es will, kann man sich aber auch bei anderen, weniger verbindlichen Sexualpraktiken anstecken, sogar beim Küssen. Es genügt aber keinesfalls, einem oder einer Infizierten einfach die Hand zu geben, die Aktentasche zu tragen oder gemeinsam ein Handtuch zu benutzen. Dies reicht zu einer Ansteckung nicht aus. Erotisch bedeutungslose Handlungen sind auch unter dem Aspekt der Syphilisansteckung bedeutungslos.

Vor der Entdeckung des Penizillins hat man die Syphiliskranken einfach mit einer anderen Krankheit angesteckt, mit Malaria. Die Syphilisbakterien halten eine Hitze von mehr als einundvierzig Grad nicht aus. Bei der Malaria produziert der Körper ein Fieber genau in der entsprechenden Stärke, so dass die Patienten eine schlimme Krankheit gegen eine etwas weniger schlimme eintauschen.

Als Überträger der Krankheit kam bei Tante Rosalie nur ihr Ehemann Fritz in Frage.

Drei Tage nach der Diagnose erlitt sie eine Fehlgeburt, die letzte ihres Lebens, denn danach wurde bei ihr, als Folge verschiedener Komplikationen, ein chirurgischer Eingriff vorgenommen, der zur Unfruchtbarkeit führt. Eine Krankenschwester sagte zu meiner Tante: »In Ihrem Alter ist es nicht mehr so schlimm.« Diese Bemerkung war tröstend gemeint.

Meine Tante litt am meisten nicht unter der Zerstörung ihrer, wie man es heute nennt, Lebensplanung. Sie litt auch nicht am meisten unter dem Scheitern ihres spät erwachten und vielleicht, wer weiß, gar nicht so tief verwurzelten Kinderwunsches. Sie litt auch gar nicht so sehr unter dem Verlust ihres Vermögens, wobei das Wort »Vermögen« fast zu hoch gegriffen scheint für die paar zehntausend Mark, die ihr aus dem Verkauf der Rheingoldschänke zugeflossen waren. Geld war ihr nicht wichtig. Niemandem aus meiner Familie ist Geld wichtig gewesen. Sie litt auch nicht am meisten unter dem Scheitern ihrer, wenn man es so nennen darf, Liebe zu Fritz. Worunter sie am meisten litt, war ein Gefühl der Demütigung.

Dass sie sich in Fritz geirrt hatte, war nicht Fritz vorzuwerfen, sondern ganz allein ihr. Fritz hatte sie betrogen, in jeder Hinsicht. Trotzdem war er der, der er war. An seinem Charme, an seiner Lebenslust und an der Brillanz seines Auftretens war ganz gewiss nichts gelogen. Sie konnte nicht anders, sie musste an die Gäste in der Rheingoldschänke denken, manche, denen sie regelmäßig ein wenig zu viel auf die Rechnung schrieb, in aller Unschuld, fand sie, manchmal trotz einer Sympathie für den jeweiligen Gast. Man wusste schon, bei wem man es tun konnte und bei wem nicht. Solche

Leute hatten etwas an sich, das einen zum Betrug einlud. Man mochte diese Art Kunden. Und man nahm sie nicht für voll. Die Sympathie für eine Person und die Achtung, die man ihr entgegenbringt, sind zwei verschiedene Gefühle, beides muss nicht unbedingt zusammenfallen. Sie hätte es wissen müssen.

Tante Rosalie raste aus verletztem Stolz. Unsereins kann mit Stolz nicht viel anfangen. Gefühle haben wir, das ja, aber keine enttäuschten Erwartungen, keine Hoffnungen, keine Sehnsucht, das alles kennen wir nicht.

Sie schrie, wenn sie morgens aufwachte, meistens gegen sieben Uhr. Fritz, der im Wohnzimmer schlief, konnte sie hören, aber es waren keine Worte, die er hörte, noch nicht, es war ein Geräusch wie von einem Tier, das in der Falle sitzt. Worte formte sie erst, wenn sie sich beim Frühstück trafen. Sie versuchte, Worte zu finden, die Fritz um den Hals fassten und dann langsam zudrückten, Worte, die ihm Säure in die Augen schütten, Worte, die seine Knochen zerschmettern und ihm lebendig die Haut abziehen. Sie schrie, um ihm die Worte wie mit einem Hammer in sein Gehirn hineinzuschlagen, schrie, damit die Worte ihn wie ein Sturm umwerfen, ihn unter Wasser drücken, ihn mitsamt seinen Wurzeln ausreißen oder ihn in blutige Fetzen zerreißen. Nichts sollte bleiben von ihm, nicht einmal Staub. Sie schrie. Nicht einmal eine Erinnerung sollte bleiben, kein Gefühl, gar nichts, nur ein helles Leuchten von Hass.

Aber kein Wort der Welt war stark genug. Kein Wort konnte so vernichtend sein wie das, was sie in sich spürte und was von innen wie Brandung gegen sie schlug. Diese Vergeblichkeit demütigte sie aufs Neue – dass ihre Wut zu stark war, um einen Ausdruck zu finden, dass sie diese Wut nicht als Vernichtung auf ihn übertragen konnte. Durch ihre Ohnmacht wurde die Wut noch stärker.

Fritz aber schwieg. Fritz wehrte sich nicht.

Meine Tante wusste nicht genau, welche Erlösung ihr Fritz hätte bieten können. Hätte es geholfen, wenn er weinend zusammengebrochen wäre, und sie noch mal drauf, noch mal zuschlagen, in den wimmernden Fritz hinein? Hätte es geholfen, wenn er weggelaufen wäre, einfach verschwunden, die endgültige Bestätigung seines niedrigen Charakters, feige auch noch, aber immerhin die Bestätigung ihres Hasses, eine Art Triumph, wenn auch hässlich. Hätte es geholfen, wenn Fritz dagegengehalten hätte, zurückgeschrien, Gegenanschuldigungen, wenn er seine Motive erklärt hätte? Rosalie, du hast mir dieses und jenes eben nicht gegeben, du hast mir etwas verweigert, da musste ich es mir eben anderswo holen, du bist es, die versagt hat, etwas in dieser Richtung. Offene Feldschlacht. Hätte es geholfen?

Aber Fritz saß nur da, er hörte sich alles an, mit einem Gesicht, in dem wenig zu erkennen war. Er beherrschte sich, er wehrte sich nicht, also war er schuldbewusst. Er verhielt sich wie ein Mann, der aus Versehen sein Haus angezündet hat und nun schweigend zusieht, wie es abbrennt, schweigend wartet, bis die Flammen sich ausgetobt haben. Löschen hat keinen Zweck. Das half Rosalie nicht. Das war keine Erlösung.

Von morgens bis abends schrie meine Tante Rosalie. Immer neue Wörter fielen ihr ein, ihre Augen schwollen an, denn das Wasser lief stundenlang aus ihr heraus, obwohl sie nicht weinte, sie selber hätte es jedenfalls nicht weinen genannt, denn sie trauerte nicht, da war keine Trauer. Ihre Lippen wurden spröde und platzten auf. Sie trank zu wenig und aß kaum. Wenn er am Tisch saß, ging sie in die Knie, bis beide Köpfe auf einer Höhe waren, dann versuchte sie, ihr Gesicht möglichst nahe an das Gesicht von Fritz heranzubringen, Auge in Auge, ihr Speichel wehte wie Sprühregen in das Gesicht von Fritz hinein, er war nass, als ob er geschwitzt hätte. Manchmal bewegte er sich, zuckte mit dem Kopf zurück, wich mit dem

Oberkörper leicht aus, er solle zuschlagen, schrie sie dann, das willst du doch, schlag zu, das wäre ihr recht gewesen, auch das noch, warum nicht, es passt doch. Aber Fritz schlug nicht. Er schwieg, solange sie schrie, und sprach ganz normal, wenn sie schwieg.

Sie schrie, bis sie nur noch krächzen konnte und bis sie endlich still wurde, bis sie fast nichts mehr sagte, und das geschah wieder im Monat Dezember, fast ein Jahr nach dem Beginn der Krise.

Im Januar sollten sie das Haus räumen, ein Käufer war gefunden, er wollte aber erst nach den Feiertagen einziehen. Eine Wohnung hatten sie nicht, das heißt, Fritz hatte nur halbherzig gesucht, an der Wohnungsfront, so nannte er es. Rosalie unternahm gar nichts. Wenn Fritz ihr von einer Wohnung berichtete, von der er in der Zeitung gelesen oder die er sich sogar angeschaut hatte, Frontbesuche, zwei oder drei Mal kam das vor, dann spuckte sie ihm ins Gesicht. Sie spuckte feuchte Klumpen, die Fritz schweigend wegwischte. Denn er nahm alles hin, auch das.

Er sagte aber immer noch nicht, was er mit dem Geld gemacht hatte. Er sagte nicht, für welches Gut er das Wirtschaftswunder eingetauscht hatte und woher diese Krankheit kam, von der sie das Penizillin beide ohne große Schwierigkeiten geheilt hatte. Gelobt sei das Penizillin.

Penizillin ist ein Schimmelpilz, das einzige Medikament, das ursprünglich ein Kunstwerk gewesen ist. Alexander Fleming hat in seinem Labor bemerkt, dass dieser Schimmelpilz das Wachstum von Bakterien hemmt. Daraufhin hat er auf den verschiedenfarbigen Bakteriennährböden, die es in seinem Labor gab, mit Hilfe des Penizillins bunte Kunstwerke angelegt, die nicht erhalten sind. Nach einigen Jahren des Staunens sowie des ästhetischen Experimentierens war er der künstlerischen Produktion müde und es keimte in ihm die Idee, aus seinen Kunstwerken ein Medikament herzustellen. Jahrelang starben Menschen, weil Alexander Fleming ein kunstsinniger, sensibler und phantasievoller Mann war, eine Spielernatur.

Rosalie wusste, dass es bei Fritz keine Nachtbars sein konnten, kein Bordell. Sie hatte sich umgehört, alte Kontakte, Freundinnen, aber Fritz, der schließlich keine unbekannte Figur war in der Stadt, nein, Fritz war nicht auffällig geworden, zumindest nicht in exzessiver Weise.

Zu Hause empfing Rosalie keine Besucher mehr, alle paar Tage aber besuchte sie meine Großmutter. Sie bemerkte, wie der Zustand ihrer Schwester sich verschlechterte, oder verbesserte, je nachdem, von welcher Seite des Bewusstseins aus man es betrachtet. Die Besucher waren fast ständig da, einer, mehrere, ausnahmslos Männer, nein, eine Ausnahme gab es. Katharina sah aus wie immer, das heißt blühend, sie redete nicht wirr, im Gegenteil, sie schien sogar ruhiger und überlegter geworden zu sein, als sie es in der Zeit vor der Ankunft der Besucher gewesen war. War sie glücklich? Möglicherweise.

Man hat sich daran gewöhnt, Vernunft und Glück als nahezu deckungsgleich anzusehen. Das Glück oder das Streben nach Glück sind vernünftig, Unvernunft bedeutet Unglück. So heißt es. Ein Licht, das alles ausleuchtet, soll Glück bringen. Dunkelheit bedeutet Unglück. Es kann aber genauso gut umgekehrt sein.

Meine Tante setzte sich in die Küche, meine Großmutter kochte Filterkaffee. Manchmal lächelte sie einen ihrer Besucher an oder zwinkerte jemandem zu. In der Küche standen immer noch das Terrarium und das Heuschreckenglas. Meine Großmutter fragte, ob es Neuigkeiten gebe, von der Wohnungsfront. Meine Tante zuckte mit den Achseln und schwieg. »Freddy weiß etwas«, sagte meine Großmutter. »Er hat sich bei seinen Matrosenfreunden umgehört. Er sagt, Fritz ist schwul. Er hat das Geld für Lustknaben ausgegeben. Die Matrosen kennen sich aus.«

Rosalie antwortete, dass es ihr egal sei, oder beinahe egal, das Geld ist weg, Hauptsache weg. Lustmatrosen, warum denn nicht. Das würde Fritz bestimmt nicht gern erzählen, wo er doch Offizier war. Gerüchtehalber soll er im Krieg allerdings nur Bürokraft gewesen sein. Das Bein hat er angeblich schon vor dem Krieg bei einem Unfall verloren. Jetzt erzählt man mir auf einmal überall solche Geschichten über Fritz, jetzt, was soll das, jetzt könnten die Leute ihre Geschichten auch für sich behalten.

Meine Großmutter sagte: »Bei einem Einbeinigen verlangen die Matrosen sicher besonders hohe Preise. Offiziersrabatt werden die ihm nicht einräumen.«

»Ob es Pferdewetten waren oder Frauen oder Knaben«, sagte meine Tante, »wo ist da der Unterschied? Was habe ich davon, wenn ich es weiß?«

Meine Großmutter sah das anders. »Beim Wetten hätte er eine Gewinnchance gehabt. Beim Wetten hätte er auch an dich gedacht, zeitweise, da wollte er reich werden für euch beide. Das finde ich als Fehler nicht so schlimm. Bei den Lustknaben hat er wahrscheinlich nicht an dich gedacht. Die Syphilis kann er sich bei den Pferden auch schlecht geholt haben.« Gegen die Pferde sprach doch einiges.

Freddy fragte meine Großmutter, ob sie nichts merke. Der Zustand meiner Tante sei eindeutig krisenhaft. »Die Frau ist mit den Nerven fertig«, meinte Freddy. »Das mit Fritz interessiert sie nicht mehr, kein gutes Zeichen. Die Seekrankheit hat die gleichen Symptome. Es wird einem alles egal.«

»Schauen Sie, wie mager Ihre Schwester ist«, sagte Rudolf Schock nachdenklich. Meine Tante wog noch fünfzig Kilo, und sie war nicht klein. Sie hatte keine Angst vor der Zukunft.

Angst hatte sie nie, sie sah nur keine Zukunft mehr, auf die warten sich lohnte. Die Zukunft war für sie nicht etwa eine Schreckenslandschaft, in der unbekannte Gefahren lauern, sondern eine sich bis in die Unendlichkeit erstreckende Ödnis, eine karge und einsame, flach sich hinziehende Strecke, bei deren Durchquerung sie lediglich auf die Begleitung ihrer Schwester zählen konnte. Wie sich deren innerer Zustand entwickeln würde, war nicht abzusehen. Zu Optimismus bestand kein Anlass.

Meine Tante stand auf, weiß wie Schnee, schwarz wie Ebenholz, tausendmal dünner als Schneewittchen, eine eigenartige Schönheit, erhaben über die Zeit und über das Unglück. Mit der Zunge schob sie ihre falschen Zähne im Mund herum, wie immer, wenn sie nervös war. Die Zähne waren der wertvollste Besitz, der ihr geblieben war, gefertigt vom besten Zahnarzt in hundert Kilometern Umkreis. In einer Aufwallung, die ihr selber fremd vorkam, nahm sie ihre Schwester in die Arme, die leise vor sich hinmurmelte, strich mit ihren Spinnenfingern verlegen durch das blonde Haar von Katharina, seit ein paar Monaten getönt, ein paar graue Strähnen waren eben doch schon da, trotz ihrer unverwüstlichen Jugend, und sagte: »Ich geh dann mal.«

Katharina blieb in der Küche sitzen, träumend, von der Liebe, von langen Nächten der Leidenschaft, gekrönt von fast ebenso langen Sonnenaufgängen, sie steckte sich eine Zigarette an oder zwei, lachte, schüttelte den Kopf, hörte Freddy singen, der ein neues Lied übte. Er sang: Tagaus, tagein, kein Glück, kein Heim, alles liegt so weit, so weit. Dann hörte sie ein Feuerwerk, Raketen, wie sie in den Himmel fahren und dort ihre Blüten öffnen, oder waren es Geschütze, die Geschütze der Liebe, die an der Hoffnungsfront das Feuer eröffnen.

Als mein Großvater von der Arbeit nach Hause kam, saß sie immer noch da, träumte, redete mit ihren Gästen. Draußen war es kalt, damals wurde es viel kälter als heute. An der Garderobe hingen die Mäntel. Mein Großvater wusch sich in der Küche am Spülstein die Hände und fragte nach Rosalie. Meine Großmutter sagte. »Rosalie ist weg.«

»Wieso hängt ihr Mantel noch da?«

»Rosalie ist zerstreut«, sagte meine Großmutter. »Die Kälte macht ihr nichts aus. Wir haben über Fritz gesprochen.«

»Wie geht es Fritz?«, fragte mein Großvater. »Ach, was willst du denn von Fritz«, antwortete Katharina. Für Fritz ist es auch nicht einfach, flüsterte Freddy. Fritz müsste auf einem Schiff anheuern und einfach wegsegeln. Wo ich die Liebste fand, da liegt mein Heimatland.

Im Fernsehen lief der »Blaue Bock«. Das Gerät war sehr teuer. Mein Großvater war stolz auf den Fernseher.

Er konnte sich aber an diesem Abend schlecht konzentrieren. Nach ein paar Minuten stand er auf und ging ins Badezimmer. Tante Rosalie lag in der Wanne. Die Pistole war ihr aus der Hand gefallen und lag auf ihrer Brust. Ihre Augen standen offen. Sie waren grün. Mein Großvater fühlte sich an den Tag zurückversetzt, an dem er aus dem Krieg zurückgekommen war. Damals, am Tag seiner Heimkehr, als der Franzose die Wohnungstür aufmachte, hatte er zum letzten Mal ein solches Bild gesehen. Er kniete neben der Wanne und nahm die Pistole in die Hand. Eine Viertelsekunde lang dachte er, es sei die Pistole des Kommissars. Es war aber seine Dienstpistole, die sie ihm bei der Bank gegeben hatten, zum Schutz gegen Überfälle. Er ließ sie immer zu Hause. Er wollte keine Waffe mehr tragen. Meine Großmutter hatte sie in den Badezimmerschrank unter die Handtücher gelegt.

Genau drei Monate später, auf den Tag genau, lernte ich meinen Großvater kennen und er mich.

20

Ein berühmter Komponist hörte sich bei einem Konzert auf der Reeperbahn Freddys Stimme an. Sein Spitzname lautete Fips, seine Musik war am fortschrittlichen amerikanischen Stil ausgerichtet. Er sah, wie Freddy sich bewegte, nämlich see- und weltmännisch zugleich. Er spürte, welchen Charme er besaß. Freddys Stimme, männlich, voller Tatendrang und trotzdem melancholisch, wirkte auf die Menschen wie warmes Abbrausen auf eine Zimmerpflanze.

Nach dem Konzert ließ sich der Komponist in Freddys Garderobe bringen. »Sie erinnern mich an Frank Sinatra«, sagte der Komponist. »Sie haben alles, was man haben muss.«

Freddy bedankte sich und fragte, welche Folgerungen aus dem Kompliment zu ziehen seien. »Sie haben das Zeug zum Weltstar«, sagte Fips, der Komponist. »Zurzeit gibt es keinen einzigen singenden deutschen männlichen Weltstar.« Bei den Frauen gab es Marlene Dietrich.

Freddy warf ein, dass er gar kein richtiger, also hundertprozentiger Deutscher sei, sein Vater sei amerikanischer Ire. »Um so besser«, sagte der Komponist. »Das wirkt exotisch.«

Der Komponist war als Junge von einem Taxi angefahren worden. Die Entschädigungszahlung der Versicherung, fünfhundert Mark, hatte seine Mutter verwendet, um ihm ein Klavier zu kaufen. Jetzt war er der berühmteste deutsche Komponist und leitete ein Fernsehorchester. Wenn es verlangt wurde, konnte er den deutschen Stil ins Fortschrittlich-Amerikanische übersetzen, deutsche Lieder klingen meistens melancholischer. Für einen Amerikaner, der ein deutsches Lied aufnehmen wollte, hatte er »Muss i denn zum Städtele hinaus« so lange bearbeitet, bis es amerikanisch klang. Der Amerikaner war Elvis Presley.

Einige Tage nach dem Besuch in der Garderobe zeigte der Komponist Freddy ein Lied, das er in seinen Vorräten gefunden hatte. Es war das perfekte Lied für ihn, genau passend zur Stimmlage und Ausstrahlung. Es handelte von der Sehnsucht, in diesem Fall von der Sehnsucht nach einer Frau. Der Text war auf Englisch und kreiste inhaltlich um ihre seelenvollen, braunen Augen, die den Sänger bezaubern. Er ging ungefähr so: »Tränen tropfen aus deinen braunen Augen. Bitte weine nicht. Ich sage nicht Adieu, sondern Auf Wiedersehen.« In diesem Stil ging der Text noch eine ganze Weile weiter.

Freddy las den Text und summte die Melodie. »Nicht schlecht«, sagte er. »Aber ein deutscher oder fast deutscher Sänger, der in einem Welthit die Farbe Braun besingt, kommt mir missverständlich vor. Blaue Augen finde ich an der Stelle besser.«

Der Komponist sagte: »Bei blauen Augen denkt jeder sofort an Frank Sinatra.« Eine Anspielung auf Frank Sinatra konnte nicht in Freddys Interesse sein. Freddys Argument schien ihm trotzdem nicht aus der Luft gegriffen.

Die entscheidenden Zeilen lauteten nach der Überarbeitung ungefähr so: »Tränentropfen fallen aus deinen blauen spanischen Augen. Sag, dass deine spanischen Augen, die hübschesten Augen von ganz Mexiko, auf mich warten.«

Der Begriff »spanisch« sei gut, weil bei diesem Wort im Gehirn als Assoziationen Meer und Romantik aufgerufen werden, außerdem Häfen und Musik, was gut zu Freddy passte. Oder man denkt, im deutschen Sprachraum, an Rätselhaftigkeit. Denn wenn etwas unbegreiflich ist, sagt man in unserem Sprachraum: »Das kommt mir spanisch vor.« Diese Assoziation passe ausgezeichnet zu einem Liebeslied. Denn die Frau bleibt für den Mann immer ein großes Rätsel. Jede Frau kommt jedem Mann, so betrachtet, irgendwann spanisch vor.

Der entscheidende Kunstgriff aber bestehe darin, dass die Augen einerseits »spanisch«, andererseits »blau« seien. Damit werden mehrere Hörergruppen berücksichtigt und sämtliche Missverständnisse ausgeschlossen.

»Hat eine Mexikanerin denn nicht eher mexikanische Augen?«, fragte Freddy, der rechthaberisch sein konnte. Außerdem habe er bei seinen Seefahrten niemals auch nur eine einzige blauäugige Mexikanerin getroffen, deren blaue Augen dann auch noch spanisch aussehen.

Fips, der Komponist, erklärte ihm, dass es bei der Liedliteratur nicht auf fotografische Abbildung der Wirklichkeit oder statistische Wahrscheinlichkeit ankommt. Sondern es kommt darauf an, ob man sich generell einen Seemann vorstellen kann, der sich von einer blauäugigen Mexikanerin verabschiedet und dem dieser Abschied schwer fällt. Ob so etwas grundsätzlich vorstellbar sei. Diese Frage könne mit Ja beantwortet werden. Das leuchtete Freddy ein.

Freddy und der Komponist schickten das Lied an Freddys Plattenfirma. Die Firmenchefs wollten die Angelegenheit mit ihrem Star persönlich besprechen. Es waren drei Chefs, die einander aber ähnlich sahen, weil sie ähnliche Anzüge und Brillen trugen, und die so ähnlich sprachen, dass es auch ein einziger Chef getan hätte.

»In letzter Konsequenz überzeugt das Lied nicht«, erklärten sie bei einem Abendessen, und zwar beim Nachtisch, heißen Pflaumen mit Cognac. »Es plätschert dahin, es ist einschläfernd. Außerdem, was soll der Ausdruck ›spanische Augen‹? Bei spanischen Augen denken die Leute an eine Augenkrankheit.«

Ein anderer Chef fügte hinzu: »Zigeuneraugen, das klingt. Zigeuneraugen geht ab.«

Der dritte Chef fragte: »Warum so kompliziert, Mexiko, blau, was soll das? Warum nicht ganz einfach? Singen Sie ›braune Augen‹, fertig, basta. Das Schlichte überzeugt am meisten. Und bitte nicht Mexiko, nehmen Sie besser Italien. Im Hintergrund würde ich gerne eine Trompete hören.«

Die Chefs verstanden nichts oder wollten nicht verstehen. Freddy flog mit dem Komponisten einige Tage später nach Miami, sie mieteten auf eigene Faust ein Studio. Dort sang er den Welthit, mit aller Inbrunst, die er aufbringen konnte, während magere Katzen nach Erlösung schreiend um das Studiogebäude strichen und die amerikanischen Studiotechniker kopfschüttelnd Kaffee aus Pappbechern tranken.

Er war so aufgeregt, dass er sich beim Text irrte. Statt »You wait for me« sang er »You waits for me«. Dies war ein Grammatikfehler, aber nur aus Stress.

Eine kleine Plattenfirma, spezialisiert auf Risiken und Grenzfälle, brachte den Song heraus. Freddy durfte ihn, nachdem der Komponist aus seinem Hotelzimmer heraus tagelang mit Moderatoren und Journalisten telefoniert hatte, in einer Fernsehshow vorsingen, deren Moderator keine Lust mehr auf weitere Telefongespräche mit Fips dem Komponisten hatte. Die Show wurde spät am Abend ausgestrahlt. Danach flogen Freddy und Fips zurück nach Hause.

Eine Woche später stand der Song in der amerikanischen Hitparade. Platz acht.

Um fünf Uhr morgens wurde Freddy von einem Radiosender angerufen. Die Radioleute meinten, dass nur noch ein winziger Anschub notwendig sei, um die Platte ganz nach oben zu katapultieren. Am besten komme Freddy noch einmal persönlich nach Amerika, diesmal für länger. Konzerte, Interviews, Fernsehshows, die Türen stünden offen. Ver-

einzelt würde man ihn bereits mit Frank Sinatra verglei-
chen.

Trotz seines wachsenden Ruhms ist Freddy damals derselbe
geblieben. Er kam fast jeden Abend in die Wohnung, lobte die
Beine meiner Großmutter, trank das Bier meines Großvaters,
summte seine großen Erfolge und erzählte von der Einsamkeit, die den Matrosen auf See quält. Ein Matrose kann der
See niemals entrinnen, denn ohne See gibt es keine Matrosen.
Deswegen, wegen der Unentrinnbarkeit, ist sein Schicksal tra-
gisch im klassischen Sinn.

»Wenn ich in Amerika ein Star werde, dann bedeutet dieser Erfolg für unser Land etwas Ähnliches wie der Gewinn
der Fußballweltmeisterschaft«, sagte Freddy nachdenklich.
Mein Großvater gab ihm Recht. Von allen Besuchern aus dem
Showgeschäft mochte er Freddy am liebsten. Freddy dachte
sich etwas bei dem, was er tat.

Eine Zeit lang hatte Katharina darauf gehofft, dass mein
Großvater, ihr Mann, seine Lebensfreude und seine Tatkraft
zurückgewinnt, denn so hatte sie ihn von früher in Erinnerung, lebensfroh, tatkräftig. Für die Tatkräftigen gibt es überall Möglichkeiten. Aber da kam nichts zurück. Joseph erwar-
tete vom Leben, dass es etwas zu essen gab, dass er Bier trinken konnte und dass die Wohnung gut geheizt war. Er erfreu-
te sich daran, als Hausmeister eine Respektsperson zu sein.
Über die Art des Respekts, der ihm da entgegengebracht wurde, dachte Katharina lieber nicht näher nach. Es war ein Respekt an der unteren Nachweisbarkeitsgrenze.

Er ist wie ein Tier, dachte sie. Ein Tier will essen, schlafen,
es möchte sich paaren. Weiter nichts. Vom Glück hat es keine
Ahnung. Nur von der Selbsterhaltung und von der Erhaltung
seiner Art versteht das Tier etwas.

Zu ungefähr dieser Zeit wurde das Lotto eingeführt, behut-
sam, vorsichtig, nicht auf einen Schlag, sondern in einem Bun-

desland nach dem anderen, um die, wie vergangene Jahrzehnte bewiesen hatten, allzu erregbare Volksseele nicht zu überfordern. Bei der ersten Ziehung, in einem Hamburger Hotel, wurde ein elfjähriges Kriegswaisenkind zur Glücksfee bestimmt.

Meine Großmutter beschäftigte sich mit Zahlenmagie. Die erste magische Zahl ist die Drei. Gott besteht aus einer Dreifaltigkeit. Alles auf Erden ist entweder fest, flüssig oder gasförmig. Demnach besitzt die Existenz, ebenso wie der christliche Gott, drei Zustände. In der Natur heißen diese drei Zustände Tier, Pflanze und Mineral. Am Geburtstag rufen wir instinktiv »dreimal hoch!«

Etwas Besonderes ist auch die Sieben. Seit vielen tausend Jahren, seit den Tagen des Reiches von Babylon, ist die Sieben das Maß für die Zeit, und eine Woche hat genau sieben Tage. Die Zwölf ist besonders wegen der zwölf Apostel. Die Dreizehn ist verflucht, weil sie der Gegenspieler der Zwölf ist und Judas der dreizehnte Gast am Tische des Abendmahls war.

Eine magische Zahl, die einem nicht sofort einleuchtet, ist die 23. Neben der 13 ist die 23 aber nach Ansicht der Zahlenphilosophen die zweite Zahl des Bösen. Zwei geteilt durch drei sind 0,666, so aber, 666, lautet in der Bibel die Zahl des Teufels.

Die neue deutsche Verfassung ist genau am 23. 5. 1949 in Kraft getreten, wobei fünf die Quersumme von 23 bildet und die einzelnen Ziffern von 1949 auch wieder 23 ergeben. Das war, wie meine Großmutter fand, eine erstaunliche Tatsache. Für einen Neubeginn nimmt man vernünftigerweise kein dermaßen verfluchtes Datum. Das ist doch nicht klug. Katharina beobachtete auch die Lottoziehungen unter den Gesichtspunkten der Magie und der Weissagungen.

Bei der allerersten Lottoziehung in Deutschland kam als allererste Zahl ausgerechnet die 13. Außerdem kam die 23. Gleichzeitig wurden die 3 und die 12 gezogen, dazu zwei weitere Zahlen von geringerer Bedeutung.

Vier magische Zahlen auf einmal. Die Mächte des Guten und die Mächte des Bösen kämpften miteinander. Dies war deutlich zu erkennen.

Bei der zweiten Ziehung kamen wieder die 3 und die 12, genau wie beim ersten Mal. Das Gute schien zu triumphieren.

In der dritten Woche kam wieder die 12. Eine 12, zum dritten Mal hintereinander. So etwas widerspricht jeder Wahrscheinlichkeit. Dazu die 23. Schon wieder eine 23. Zwischen Gut und Böse stand es weiterhin unentschieden.

In Katharinas Wohnung war nach einer Weile auch der Kommissar wieder aufgetaucht. Sie erinnerte sich noch an ihn, von damals, den weißen Nächten in der Rheingoldschänke, wenn sie morgens, halb im Tran, müde und ein bisschen betrunken, ihre letzte Zigarette vor dem Zubettgehen rauchte und zum ersten Mal Schatten sah. Die Schatten sind damals anders gewesen, weniger konkret, unverbindlicher, schattenhafter. Sie musste sich nur einen kleinen Ruck geben, den Kopf heftig schütteln, vom Tisch aufstehen, und sie verschwanden wieder. Das war jetzt anders, die Besucher kamen und gingen, wie sie wollten. Um sie zu verscheuchen, musste sie sich von Mal zu Mal größere Mühe geben. Aber wozu sollte sie das überhaupt tun? Sie hatte von Mal zu Mal weniger Lust dazu.

Der Kommissar war ein wirklich gut aussehender junger Mann, trotz seiner kaputten Brille. Männliche Bartstoppeln, Grübchen am Kinn, leuchtende Augen. »Mein Bruder«, sagte sie, »ist auch gewaltsam umgekommen. Er ist sehr begabt.« Der Kommissar antwortete mit seinem knarrenden Akzent: »Aha. Dann sollten wir einen Klub gründen, kleiner Otto.« Diesen Hang zum Sarkasmus mochte sie an ihm weniger. Dann aber setzte er sich wieder zu ihr, strich ihr übers Haar und ließ sie an seiner langen russischen Zigarette ziehen. Sie erzählte ihm, wie grob Joseph oft zu ihr war, sie dachte, wer soll für mich Verständnis haben, wenn nicht der Kommissar, und der Kommissar hörte auch geduldig zu. Mit Kommentaren hielt er sich allerdings zurück. »Die Sowjetunion«, sagte er ernst, »verfolgt eine Politik der Nichteinmischung in fremde Angelegenheiten.« Die einzige Bemerkung über Katharinas Ehe, zu der er sich hinreißen ließ, lautete: »Der Kapitalismus lässt den Menschen verrohen. Das ist gesetzmäßig. Es liegt am Kapitalismus.« Mit dieser Aussage konnte Katharina nichts anfangen.

Mit Otto verstand er sich gut. Sie hatten herausgefunden, dass sie beide dem gleichen Jahrgang angehörten. Der Kommissar erzählte Otto von den historischen Ereignissen, die er verpasst hatte, von der Bestie Faschismus und vom Sieg des Kommunismus, der wissenschaftlich längst bewiesen und unausweichlich war, nur der genaue Zeitpunkt des Sieges war noch nicht bekannt, so weit sei die Wissenschaft leider noch nicht. Otto erzählte, dass sein Vater auch oft vom Sozialismus und von der Arbeiterklasse gesprochen hatte, sein Vater sei auch ein Opfer des Faschismus, weil der Faschismus alle verfolgt, die um die Ecke herum denken. Der Faschismus marschiert immer geradeaus, wie im Schachspiel der Turm. Alfons war sozusagen ein Springer, der vom Turm geschlagen wurde. »Sie haben ihm eine Spritze gegeben«, sagte Otto und weinte. Der Kommissar versuchte unbeholfen, ihn zu trösten.

So kam es, dass sie manchmal nachts in Katharinas Wohnzimmer beisammensaßen wie früher in der Rheingoldschänke, Otto, Alfons, der Kommissar und sogar der uralte, klapprige, moosbewachsene Heigl, den Katharina fast schon vergessen hatte, vier gewaltsame Todesfälle. Hin und wieder setzte sich einer der anderen Besucher zu ihnen, vor allem Kulenkampff, der sich als umfassend gebildeter Mann sowohl für Geschichte als auch für menschliche Abgründe interessierte. Durch die Vorhänge fiel schwach das Straßenlicht auf den Gummibaum und spiegelte sich auf seinen gewachsten Blättern, der Gummibaum stand groß und grün in der Ecke, wie ein Polizist, der aufpasst, damit niemandem etwas passiert. Heigl und der Kommissar unterhielten sich gern über die Feinheiten des Partisanenkrieges, über das Anschleichen und Verstecken. Otto und sein Vater spielten Schach. »Wir sind Helden«, meinte der Kommissar eines Abends. »Der Heigl hat als frühproletarischer Revolutionär gegen den innerlich verfaulten Obrigkeitsstaat gekämpft, ich habe gegen die Bestie Faschismus gekämpft, Alfons ist ein Opfer des Faschismus, und du, Otto, hast deinem Mörder aus Klassensolidarität verziehen, was man ebenfalls eine Heldentat nennen kann.«

Kulenkampff mischte sich selten ein, aber dazu musste er etwas sagen. »Meine Herren, bei allem Respekt, ich sehe hier einen geistig verwirrten Mörder, einen narzisstischen Räuber, der sich seine Motive schönfärbt, und einen politischen Eiferer, der nach dem Krieg, wenn er ihn überlebt hätte, aus politischer Rechthaberei womöglich Gott weiß was angestellt hätte. Und der kleine Otto wäre, so blond, stark und begabt, wie er ist, bestimmt bei der SS gelandet. Entschuldigung, kleiner Otto. Sie alle sind rechtzeitig oder unter den richtigen Umständen gestorben. Heldentum ist eine Frage des richtigen Zeitpunktes. Reden Sie doch einmal über die Liebe, statt ständig über den Krieg. Den Krieg fangen andere an, man wird hineingestellt, die Liebe bringt man selber zustande. Der einzige Erwachsene hier, der wirklich das Zeug zum Helden hat, mich selbst eingeschlossen, ist unser Freund Joseph, der uns leider nicht sieht, obwohl er sich so viel Mühe gibt, Katharina in ihre Welt zu folgen. Joseph ist ein Held der Liebe, meine Herren.« Kulenkampff hörte sich gern reden und machte dazu die passenden Handbewegungen, wie sie es beim Fernsehen lernen.

Der Kommissar fasste sich nervös an seine Brille, die Sprünge hatte und mit Klebeband geflickt war. »Herr Fernsehstar, dem Herrn Joseph könnte ich vom Klassenstandpunkt aus verzeihen, obwohl ich sein Freund nicht sein kann, das werden Sie verstehen. Ein irregeleiteter, getäuschter und verführter Proletarier, so lautet der Standpunkt der Partei. Aber ich vermisse jemanden in unserer Gruppe, einen Jungen, den ich kannte. Der ideale Spielkamerad für Otto. Er gehörte zu meiner Einheit, er ist uns zugelaufen wie ein Hund. Ich weiß nicht einmal, wie er heißt. An die Waffen haben wir ihn noch nicht herangelassen, er war zu ungeschickt. Er ist ein bisschen verwirrt gewesen, nicht wie Katharina, aber ähnlich. Er ist am selben Tag und auf die gleiche Weise gestorben wie ich. Wo bleibt er? Was ist aus ihm geworden? Was hat Joseph mit ihm gemacht, um ihn so vollständig verschwinden zu lassen? Solange ich das nicht weiß, weigere ich mich, über das Heldentum von Herrn Joseph auch nur zu diskutieren, Herr Fernsehstar.«

Als Freddy aus Amerika zurückkam, wirkte er verzweifelter als das traurigste seiner traurigen Lieder. Die deutsche Plattenfirma hatte der amerikanischen Plattenfirma verboten, den Welthit herauszubringen. Alle bereits zum Verkauf vorbereiteten Schallplatten wurden eingeschmolzen. Auch aus der Hitparade wurde der Song gestrichen. Das war nur logisch, weil kein Mensch ihn mehr kaufen konnte.

»Ich habe eben keinen Vertrag mit den Amerikanern«, sagte Freddy. »Ich habe einen Exklusivvertrag mit den Deutschen. Verträge sind im Showbusiness wichtig. Die amerikanische Firma ist klein. Die deutsche Firma ist groß und droht mit einer Millionenklage.«

Freddy musste also sein Leben lang in Deutschland bleiben. Manche seiner Lieder bekamen einen verbitterten Unterton. Den Welthit brachte ein amerikanischer Sänger heraus, der ihn zufällig gehört hatte. Die deutsche Firma machte keine Schwierigkeiten, warum auch. Der Komponist war froh, dass sein Song doch noch eine Chance bekam. Die spanischen Augen wurden ein Welthit, schafften es aber wenigstens nicht zur Nummer eins, das tröstete Freddy. Aber sie wurden ein Klassiker, und zwar in exakt dem gleichen Arrangement wie bei Freddy, sogar mit dem Fehler. Der amerikanische Sänger sang: »You waits for me.« Die Amerikaner dachten: »Typisch mexikanisch.«

In der vierten Woche der Lottoziehungen kamen die 23 und die 13. Danach wurden die deutschen Lottozahlen normal. Das heißt, sie blieben unter magischen Gesichtspunkten unauffällig und hörten auf, sich dauernd zu wiederholen. Vier Wochen lang kämpften die positiven und die negativen Schwingungen gegeneinander, jede Woche gab es eine Botschaft, die nur wenige lesen konnten. Am Ende stand eine negative Prognose. Der Triumph des Bösen.

Meine Großmutter war der Ansicht, dass negative Schwingungen das Land beherrschen, speziell uns. Mein Großvater aber hielt den Spiritismus und das Zahlendenken für Unsinn, was er aber, um Streit zu vermeiden, niemals offen zu sagen wagte.

Seiner Ansicht nach liefen die Dinge deswegen nicht gut, weil wir übers Ohr gehauen wurden, andauernd, wir werden betrogen, wir dürfen einfach nicht hochkommen. Auch diejenigen, die es verdient haben, zum Beispiel Freddy, der stimmlich genauso gut, wenn nicht besser war als Frank Sinatra.

21

In den Monaten nach der Beerdigung meiner Tante dachte zum ersten Mal auch mein Großvater über die Frage nach, ob ein Fluch auf unserer Familie liegen könnte. Selbstmitleid überflutete ihn in einer alles beherrschenden Weise, gegen die so wenig ein Kraut gewachsen schien wie gegen andere, edlere Gefühlsregungen, die Liebe zum Beispiel. Selbstmitleid ist wie Schorf auf einer Wunde. Es bietet keinen schönen Anblick, aber es schützt, und das, was darunter liegt, ist meistens noch weniger schön.

Tagsüber verhielt sich meine Großmutter meistens unauffällig. Nachts irrte sie immer häufiger im Treppenhaus umher, klingelte an Türen, auch um drei Uhr morgens. Wenn die Tür sich öffnete, was nach einer gewissen Zeit des Klingelns selbstverständlich geschieht, denn ein Klingeln, das nicht aufhört, kann nur durch das Öffnen der Tür beendet werden, stand sie in ihrem Nachthemd und in zerstrubbelten Haaren vor den Nachbarn, lächelte wie ein Kind und wusste nicht mehr, was sie gewollt hatte. Oder sie sagte: »Ich möchte Sie im Namen von Hans Joachim Kulenkampff zu seiner Fernsehshow einladen.«

Die Nachbarn reagierten unterschiedlich. Es gab welche, die lachten und sich für die Einladung bedankten. Solche Nachbarn sagten: »Ist gut, wir kommen gerne zu der Show, aber gehen Sie mal lieber wieder ins Bett. Sie erkälten sich.« Andere drohten mit der Polizei oder schrieben am nächsten Morgen Beschwerdebriefe an die Siedlungsgesellschaft. Wieder andere drohten damit, ihr beim nächsten Mal einen Eimer kaltes Wasser über den Kopf zu schütten, den sie von nun an neben der Tür bereithalten würden.

Bis etwa dreiundzwanzig Uhr hielten sich die freundlichen und die empörten Reaktionen die Waage. Ab Mitternacht gab es durch die Bank ein, wie man heute sagen würde, negatives Feedback.

Sie war fast immer sanft und freundlich. Aber es gab auch andere Tage. An diesen anderen Tagen, die nicht vorhersehbar waren und nicht mit einer bestimmten Wetterlage oder bestimmten Ereignissen zusammenzuhängen schienen, klingelte sie, und wenn eine Frau die Tür öffnete, schrie sie: »Du Bankert, ich weiß Bescheid, lass meinen Mann in Ruhe.« Unter einem Bankert versteht man ein menschliches Geschöpf, das auf einer Parkbank gezeugt wurde.

Mein Großvater ging durch das Haus, entschuldigte sich, schrieb mühsam Briefe an die Siedlungsgesellschaft, mühsam, weil er nicht gern schrieb und die vorgeschriebenen Floskeln nicht kannte. Bei der Polizei rief er an und sagte, sie hätten einen häuslichen Umtrunk gehabt, seine Frau sei beschwipst gewesen, es würde nicht wieder vorkommen. Damit gab die Polizei sich zufrieden, denn sie hatte genug anderes zu tun.

Damit es wirklich nicht wieder vorkam, schloss er abends, bevor sie schlafen gingen, die Tür ab, eines der Schlösser zumindest, und versteckte den Schlüssel unter einem Sofakissen. Wenn meine Großmutter wach wurde und den inneren Drang verspürte, rüttelte sie zart an der Wohnungstür, bekam Angst und weckte ihren Mann. Mein Großvater beruhigte sie, zum Beispiel, indem er sagte: »Rudolf Schock fühlt sich wohler, wenn die Tür abgeschlossen ist. Seine Verehrer möchten immer zu ihm, er soll Autogramme schreiben. Er will aber bei uns seine Ruhe genießen. Das hat er mir erzählt.«

Nach einer Weile schlief Katherina wieder ein, aber immer nur für kurze Zeit. Mein Großvater schlief wenig. Er lernte, schnell einzuschlafen und mit weniger Schlaf auszukommen, so, als ob ein Säugling im Haus wäre. In der Mittagspause fuhr er nach Hause und legte sich kurz aufs Ohr, mittags war Katharina in der Regel ruhig und tat nichts Unvernünftiges. Im Krieg gab es auch wenig Schlaf. Bierlokale besuchte er nur noch selten. Dort hielten sie ihn ohnehin für einen Sonderling oder sogar einen Miesmacher, weil er sagte: »Wenn der Wiederaufbau abgeschlossen ist, werden neue Probleme auftauchen. Wenn diese Probleme gelöst sein werden, tauchen wieder neue Probleme auf.«

Er hatte festgestellt, dass es den Umgang mit meiner Großmutter vereinfachte, wenn er nicht mit ihr diskutierte und stattdessen auf ihre Ideen einging. Wenn sie zwei zusätzliche Kaffeetassen auf den Tisch stellte, machte er keine spöttische Bemerkung darüber, wie in der ersten Zeit, sondern nahm es einfach hin. Wenn sie ihm erzählte, wer alles da gewesen sei und welche Komplimente diese Männer ihr gemacht hätten, gratulierte er oder nickte zumindest.

Meine Großmutter drehte sich zum Beispiel mit den Fingern eine Locke und sagte: »Freddy geht auf Tournee. Er will mich mitnehmen.«

»Da siehst du was von der Welt. Wie lange geht die Tournee, Freddy?«

»Vier Wochen. Wir gastieren in allen großen deutschen Städten.«

»Kommt ihr auch nach Berlin?« Mein Großvater hatte Berlin 1941 im Rahmen seiner Verlegungstournee von der West- zur Ostfront besuchen dürfen, allerdings nur für wenige Stunden.

»Klar. Keine Deutschlandtournee ohne Berlin.«

»In Berlin musst du Katharina den Kurfürstendamm zeigen.«

»Das mach ich, Joseph. Ganz bestimmt.«

Meine Großmutter sah ihren Mann an, im ersten Augenblick wunderte sie sich, im zweiten Augenblick wunderte sie sich darüber, dass sie sich gewundert hatte. Das war doch alles ganz normal. Und Joseph war vielleicht doch anders, als sie es die ganze Zeit von ihm gedacht hatte.

Er musste aufpassen, dass sein Tonfall nicht ironisch klang, das merkte sie sofort. Sie wurde dann im Handumdrehen eisig, ging aus dem Zimmer und knallte mit der Tür. Die Ironie bekam er schnell in den Griff. Eifersüchtig war er nicht, warum auch. Im Grunde hatte er weniger Grund zur Eifersucht denn je. Katharina wollte nur noch selten ausgehen, zu Hause gefiel es ihr besser. Sie schauten gemeinsam fern, immer bis Sendeschluss. Manchmal betrachteten sie noch eine Viertelstunde zusammen das Testbild. Wenn meine Großmutter während einer interessanten Sendung mit jemandem ein Gespräch begann, sagte er: »Ich glaube, der Herr möchte sich die Sendung auch anschauen. Siehst du, er nickt.« Das klappte manchmal. An anderen Tagen reagierte meine Großmutter verärgert und rief: »Er nickt doch überhaupt nicht! Er schüttelt den Kopf! Herr Kulenkampff, das müssen Sie sich von meinem Mann nicht bieten lassen.«

Meine Großeltern waren nie so gut miteinander ausgekommen. Katharina erzählte oft, dass berühmte Männer sie mitnehmen wollten, fort, weg von Joseph, sie hatte Besseres verdient, einen Mann mit Stil, einen Mann mit Geld, der ihr etwas bieten und mit dem sie sich unterhalten kann, einen, der ihrem Geist Nahrung gibt, ihr die Welt zeigt, einen Mann, der vom Leben etwas will, Humor hat, zärtlich ist. Joseph antwortete, dass es ihm Leid tun würde, wenn sie ihn verließe. Aber wenn sie das Gefühl habe, ihn verlassen zu müssen und einen Besseren gefunden zu haben, dann könne er das nicht ändern. Dann soll es eben so sein.

Er fühlte sich besser als früher, denn er rechnete nicht damit, dass einer seiner Rivalen ernsthafte Schritte unternehmen würde. Gleichzeitig sorgten die Rivalen dafür, dass sich Katharina wohler fühlte, stolzer. Mit Männern aus Fleisch und Blut gab sie sich nicht mehr ab, das hatte sie nicht nötig, wo ihr doch die Besten der Besten zu Füßen lagen. Der einzige Mann aus Fleisch und Blut, mit dem sie sich abgab, nicht allzu oft, aber manchmal schon, war er.

Meine Großmutter besaß fünf ärztliche Atteste, in denen ihr Hämatome oder Abschürfungen bescheinigt wurden. Sie ging jedes Mal zum Arzt, weil sie davon überzeugt war, dass ihr die Atteste im Falle einer Scheidung nützlich sein würden. Bei den Scheidungen gab es immer eine schuldige und eine unschuldige Partei. Untreue war Schuld. Misshandlung war ebenfalls Schuld. Beides musste gegebenenfalls gegeneinander abgewogen werden. Fortgesetzte, provozierende Untreue stach, wie im Kartenspiel das Kreuz As die Pik neun, eine einzelne, im Zustand betrunkener Verzweiflung gegebene Ohrfeige. Eine einmalige Untreue, womöglich ebenfalls im Zustand verminderter Schuldfähigkeit verübt, wurde juristisch ausgelöscht durch körperliche Gewalt, die über ein Schubsen oder Rempeln hinausging.

Dieses Aufrechnen wäre gegebenenfalls schwierig geworden. Aber jetzt gab es solche Vorfälle nicht mehr.

Mein Großvater gewöhnte sich an, abends mit seinen Rivalen zu reden. Er sah sie nicht. Wie auch. Er wusste, aus welchem Stoff sie bestanden. Aber sie waren eine Art Freunde geworden.

Das Selbstmitleid verschwand nicht aus seinem Kopf, aber es wurde schwächer. Waren womöglich wir die Einzigen, bei denen die Dinge sich ganz normal entwickelten, so, wie es sich gehört, gerecht meinetwegen? Der Aufstieg des Landes kam ihm ebenso unwahrscheinlich vor wie die Zustände in ihrer Wohnung. Es wirkte wie Hexerei. Jeden Tag mehr von allem, das Alte versank so schnell, man merkte es kaum. Man sieht eine neue Straße, ein neues Haus, ein neues Schaufenster, versucht sich zu erinnern, wie es früher gewesen ist, aber es ist schon zu spät. Vielleicht bildet das Volk sich das alles nur ein, dachte er, in ihren Träumen reisen sie in Autos an das Meer, essen sich alle Tage satt, haben Arbeit, werden Weltmeister, aber es ist eben nur ein Traum, den sie für die Wirklichkeit halten. Eines Tages werden wir wach, sehen uns um und erschrecken, wovor auch immer.

Diese Gedanken wurden durch eine weitere Hiobsbotschaft genährt. Nein, Hiobsbotschaft ist ein zu starkes Wort dafür, dass sein Bruder wenige Wochen nach Rosalies Beerdigung von einem Auto überfahren wurde. Sie waren ursprünglich sechs Geschwister gewesen, aber nur sie beide hatten den Krieg überlebt. Seinen älteren Bruder mochte mein Großvater nicht sonderlich und hatte ihn seit seiner Heimkehr auch nur zwei oder drei Mal gesehen, denn Katharina mochte ihn ebenso wenig und verbot ihm den engeren Umgang. Ein starkes Stück im Grunde, wegen der Bande des Blutes. Aber es fiel ihm leicht, sich an das Verbot zu halten, also hielt er sich daran.

Sein Bruder hatte die Schlacht von Stalingrad überlebt. Er war von Beruf Bauhilfsarbeiter und wegen unheilbaren Jähzorns und chronischer Unzuverlässigkeit seit längerem arbeitslos, was zu dieser Zeit und in dieser Branche eine seltene, herausgehobene berufliche Position war. Den Tag verbrachte er an den Trinkhallen der Neustadt. Die Trinkhallen waren hölzerne Häuslein etwa von der Größe einer Gefängniszelle, in denen kriegsversehrte Rentner oder ältere Witwen hockten, um Kleinkram in fester und flüssiger Form zu verkaufen. Erstaunlicherweise war nichts an einer Trinkhalle auch nur im Entferntesten hallenartig.

Der Bruder meines Großvaters, mein Großonkel also, trug das Haar und die Koteletten lang wie ein Rock 'n' Roller, obwohl er aus diesem Alter heraus war. Seine Tage an der Trinkhalle waren einsam, weil es nur wenige Arbeitslose gab. Rentner aber besitzen eine schwache Kondition und machen beim Trinken schnell schlapp. Die Arbeitslosen waren außerdem im Umgang miteinander schwierig, es waren alles extreme Individualisten und ausgeprägte Charaktere, einsame Wölfe. Arbeitskräfte wurden so verzweifelt gesucht, dass es in den meisten Firmen nicht genügte, ein wenig renitent zu sein, ein wenig zu trinken oder zu seiner vorgesehenen Berufstätigkeit weitgehend ungeeignet zu sein, um entlassen zu werden. Über solche Kleinigkeiten sahen die Firmenchefs in ihrer Not hinweg. Um arbeitslos zu werden, musste man ein einsamer Wolf sein.

Der Bruder meines Großvaters hatte auf der Baustelle zuerst die Bierflaschen seiner Kollegen zum Kühlen in den Betonmischer gestellt, aus Versehen, danach war er auf einem Gerüst eingeschlafen, anschließend hatte er ein Gerüst durch Schaukeln zum Einsturz gebracht. Aber erst, als er eine Ladung Steine verwechselte und dafür sorgte, dass in einem Neubau statt des Badezimmers das Kinderzimmer grün gekachelt wurde, entließen sie ihn.

Nachmittags wurde es an der Trinkhalle lebhafter, wenn die Berufstätigen Feierabend hatten und sich vor der Heimkehr zu ihren Ehefrauen ein Bier genehmigten, um in eine gesellige und heimelige Stimmung hinüberzuwechseln. Der Bruder trank ebenfalls fast nur Bier, weil sich mit diesem Getränk die Phase des allmählichen Betrunkenwerdens, die der Kenner mehr schätzt als den statischen Zustand des Betrunkenseins, besser in die Länge ziehen lässt als mit einer Spirituose.

Er war in der Stadt eine bekannte Figur, weil er einer der ganz wenigen Arbeitslosen war und der Profilierteste aus dieser kleinen Gruppe. Er torkelte, wenn er nicht an einer seiner drei oder vier Lieblingshallen stand, singend rund um den Bahnhof, quer durch Alt- und Neustadt, ließ sein langes Haar wie das Band eines immerwährenden Frühlings durch die Lüfte wehen und begann sofort Streit mit jedem, der ihn krumm anschaute, wobei es beinahe unmöglich gewesen ist, ihn gerade anzuschauen, denn er empfand etwa ab fünfzehn Uhr nachmittags fast jeden Blick als krumm. Wenn man Streit vermeiden wollte, war es am klügsten, ihn überhaupt nicht zu bemerken.

Dies war ihm zum Verhängnis geworden, als er in der Nähe einer Trinkhalle einen in sein Auto einsteigenden Mann bemerkte. Diese Person fixierte ihn seiner Ansicht nach auf abschätzige Weise. In Wirklichkeit schaute der Autofahrer, an der geöffneten Wagentür stehend, mit zusammengekniffenen Augen auf die weit entfernte und deswegen schwer lesbare Bahnhofsuhr. Der Bruder bewegte sich in Richtung auf den Fahrer, wobei er sich abwechselnd an den parkenden Autos und an den Häuserwänden abstützte. Er befand sich in der schönsten Phase des Betrunkenwerdens, dann, wenn einem noch vereinzelt Gedanken von kristalliner Klarheit gelingen, wenn die Zunge den Befehlen des Gehirns noch im Großen und Ganzen gehorcht, wenn die Betrunkenheit einem noch steigerungsfähig erscheint, aber alles Belastende und Bremsende sich bereits aus dem Gehirn verabschiedet hat. Er torkelte mehr aus Gewohnheit als aus einer wirklichen Notwendigkeit. Als er rief: »Arschloch, bleib stehen!«, eine für seine Verhältnisse maßvolle Gesprächseröffnung, stieg der Fahrer hastig ein, löste die Handbremse und fuhr mit Vollgas los, wobei der Fahrer darauf achtete, keinen Blickkontakt zu dem langhaarigen Mann aufzunehmen, der ihm bedrohlich vorkam, obwohl der Bruder zu diesem Zeitpunkt lediglich eine einzige Vorstrafe wegen Körperverletzung aufwies, und die war zur Bewährung ausgesetzt.

Der Fahrer schaute angestrengt in eine andere Richtung. Er zwang sich dazu. Deswegen bemerkte er nicht, wie der Mann, der mein Großonkel war, auf einem von Spucke befeuchteten Schokoladenstanniolpapier ausrutschte und auf die Fahrbahn fiel. Nach dem Sturz wollte er sofort wieder aufstehen, wurde aber noch im Prozess des Aufstehens von dem Auto erfasst und in hohem Bogen gegen einen Laternenpfahl geworfen, wobei er sich einen Schädelbruch und jede Menge innere Blutungen zuzog.

Mein Großvater besuchte seinen Bruder, der schon als Kind unter Jähzorn litt und unangenehm werden konnte, ein Mal an seinem Krankenbett, und zwar heimlich in Josephs Mittagspause. Das Krankenbett war ein Sterbebett, denn sein Bruder blieb wochenlang bewusstlos, so lange, bis es seinem Herzen zu langweilig wurde, einem undynamisch vor sich hin dämmernden Körper zu Diensten zu sein. Der Bruder war an einen Schlauch angeschlossen, der eine Flüssigkeit in ihn hineinfließen ließ, er atmete regelmäßig, sein Gesicht sah friedlich aus, was wahrscheinlich mit den Medikamenten zusammenhing. Mein Großvater war allein im Zimmer und er hob vorsichtig die Decke, um sich seinen Bruder anzuschauen, was er seit Jahren nicht mehr getan hatte. Sein Bruder trug einen dünnen, nachthemdartigen Umhang aus den Beständen des Krankenhauses, der von einem Band gehalten wurde, das vor seiner Brust zusammengeknotet war. Abgesehen davon war er nackt. Unten war ein weiterer Schlauch befestigt, um den Urin abfließen zu lassen. Mein Großvater hatte seinen Bruder seit seiner Kindheit nicht mehr nackt gesehen, also noch nie als einen erwachsenen Mann, und er stellte fest, dass sie sich ähnlich sahen, beide zu dünn und mit einem hellen blonden Flaum bedeckt wie Küken. Es würde ihm nicht passen, so betrachtet zu werden, dachte mein Großvater, der würde mir eine reinsemmeln, wenn er noch könnte, andererseits, bald kuckt ihn sich der Leichenbestatter an, wäscht ihn, da ist die Intimität sowieso hinüber. Dann deckte er ihn wieder zu.

Erstaunt stellte er fest, dass er seinem Bruder niemals so nahe gewesen war und ihm wahrscheinlich auch niemals näher kommen könnte. Seine Bewusstlosigkeit war die Voraussetzung dafür. Er erkundigte sich bei einem Pfleger, wie es stünde. Der Pfleger schilderte die Lage, aber mein Großvater hörte kaum zu. Dann fragte er, was sein Bruder im Moment empfinde. Der Pfleger erklärte ihm, dass der Patient etwas Stimmungsaufhellendes und Schmerzstillendes bekomme, wahrscheinlich würde er etwas Angenehmes träumen, möglicherweise auch nur ein vages Wohlbefinden spüren, sonst nichts, wie ein Ungeborenes, denn es stehe wissenschaftlich nicht fest, wie tief eine solche Bewusstlosigkeit reiche und welche Gehirnteile an- beziehungsweise abgeschaltet sind.

So lebten sie. Dann kam ich.

22

Das Gefühl, an einer geöffneten Tür zu stehen, kurz zu zögern, hindurchzugehen. So erinnere ich mich an meine Geburt. Joseph stand am Kühlschrank. Er hatte eine Schlafanzughose an und wollte sich eine Flasche Bier holen. Die Tür stand offen, er schaute ins Licht und überlegte, ob er die angebrochene Flasche von gestern noch zu Ende trinken oder ob er sie nicht lieber wegschütten sollte. Wegschütten widerstrebte ihm.

Er nahm also ohne große Vorfreude die angebrochene Flasche, die mit einem Weinkorken verschlossen war, den er speziell für diesen Zweck zugeschnitten hatte. Dann drehte er sich um und sah mich.

Ich weiß nicht genau, wie ich aussehe. Auf jeden Fall nicht normal, aber auch nicht unangenehm oder bösartig. Von meinem Äußeren her schätzt man mich auf neun oder zehn Jahre. Als Persönlichkeit bin ich natürlich viel reifer.

Ich weiß nicht genau, wo ich herkomme oder hingehe, aber, bitte sehr, wer weiß das schon. Ich bin, glaube ich, eine ungewöhnliche Erscheinung. Aber kein Gespenst. Sind Ideen etwa Gespenster? Nein, sie kommen auf die Welt, in einer bestimmten Situation, nach einer gewissen Zeit, in der sie allmählich in den Menschen entstehen. Dann werden sie geboren, wachsen, verändern sich, manche sterben, gewiss, auch das.

Joseph drehte sich also um, schaute mich an, entkorkte die Flasche, nahm einen Schluck und schaute mich noch einmal an. Dann ging er zum Küchentisch, stellte die Flasche ab, schaute zum Fenster hinaus, der Verkehr auf der Straße wurde von Jahr zu Jahr dichter, immer mehr Unfälle. Er drehte langsam seinen Kopf und schaute noch einmal hin. Ich sagte nichts, um ihn nicht noch mehr zu erschrecken. Ich stand einfach da und versuchte, auf keinen Fall bösartig zu wirken.

Er ging aus der Küche hinaus, ohne sich umzudrehen. Ich ging hinterher. Katharina saß vor dem Fernseher. Der Gummibaum war ein Gummibaum. Die beleuchtete Hausbar im Wohnzimmerschrank war eine beleuchtete Hausbar. Joseph schaute Katharina an, er wartete darauf, dass sie etwas bemerkt. Aber sie sah mich nicht. Sie schaute sich gelassen den »Blauen Bock« an, eine Sendung, in der Lieder gesungen werden. Zwischen den Liedern schunkelt man und trinkt Apfelwein aus Tonkrügen.

Joseph setzte sich. Er war verwirrt. Die Wohnungstür war abgeschlossen. In diesem Moment – ich war, wie gesagt, noch ganz neu und wusste selber nicht, wie mir geschah – strömten Josephs Erinnerungen zu mir und füllten mich aus. Ich kannte ihn plötzlich ganz genau. Ich wusste, was für ein Mensch er ist, was er erlebt hat und was in ihm vorgeht. Ich spürte seine Angst. Er hatte keine Angst vor mir, sondern davor, den Überblick zu verlieren, die Kontrolle über seine Erinnerungen. Ich spürte, dass er gern ein anderer gewesen wäre, und wusste, dass ihm das nicht gelingen würde, so wenig wie fast alles in seinem Leben. Ich war froh, dass ich bei ihm war, ausgerechnet bei ihm, und nicht bei einem, dem alles gelingt.

Er versuchte, mich zu ignorieren, in der Hoffnung, dass ich verschwinde. Aber das war nicht möglich. Ich hätte, ehrlich gesagt, gar nicht gewusst, wohin ich gehen soll.

»Wer bist du?« Es dauerte fast eine Stunde, bis er fragte.

»Es hängt von dir ab«, antwortete ich. »Ich bin der, als den du mich erkennst.«

Er überlegte. »Dann bist du mein Enkel«, sagte er. »Falls es möglich ist.«

»Das ist möglich«, antwortete ich. Heute würde ich sagen: *Anything goes.* Wir sind Dienstleister. Die Biologie oder überhaupt die Naturwissenschaften mit ihren unflexiblen, unbarmherzigen Abläufen sind dem weichen, biegsamen Gehirn nicht gemäß. Das Gehirn ist ein breiiger Fluss, der sich durch die harte Realität hindurch seinen Weg gräbt. Phänomene, wie ich eines bin, stellen kein Problem dar, sondern eine Lösung.

»Aber erkläre mir eine Sache. Warum bin ich nicht dein Kind?«

»Dazu ist es zu spät«, sagte mein Großvater. »Oder müssen wir die Reihenfolge einhalten, gibt es da Vorschriften?«

»Es gibt keine Vorschriften«, sagte ich. »Trotzdem frage ich mich, welches der Grund ist.«

»Ich bin keiner, auf den man stolz sein kann.«

»Ist Stolz etwas Gutes?«

Mein Großvater überlegte. »Etwas Gutes nicht, aber etwas Notwendiges.«

»Notwendig wozu?«

Er sagte nichts. Aber ich verstehe inzwischen, was er meinte. Stolz ist ein Ehrgeiz, der sich erfüllt hat. Deswegen macht Stolz gelassen, anders als Ehrgeiz. Wer auf sich stolz ist, erträgt Misserfolge und wird im Erfolg nicht leicht übermütig. Wenn der Stolz sich seiner selbst nicht ganz sicher ist oder wenn er zu groß wird, heißt er Arroganz, der mittlere Stolz aber ist ein ruhiges Gefühl und eifert nicht, wie die Liebe. Wer laut über seinen Stolz sprechen muss, besitzt in Wirklichkeit nicht viel davon, sondern will ihn herbeibeschwören, wie jemand, der ständig seine Liebe beschwört, weil er seiner Sache nicht sicher ist. So sehe ich es heute, da ich von Gedanken und Gefühlen mehr weiß.

Mein Großvater saß in seinem Fernsehsessel, ich ging zu ihm. Ich sagte ihm, dass ich ihn von seinem Leben nicht freisprechen kann, dass ich ihn aber auch nicht anklage. Ich bin nicht der Kläger. Ich muss ihm auch nicht verzeihen, dazu gibt es keinen Anlass. Wenn es einen Grund dazu gibt, ihn anzuklagen und über ihn Gericht zu sitzen, dann soll es getan werden, aber nicht von mir. Diese beiden Leute, die er getötet hat, werden ihm wahrscheinlich nicht verzeihen. Ich glaube jedenfalls nicht, dass ich es tun würde, wenn ich an ihrer Stelle wäre. Aber ich bin keiner von ihnen, sagte ich. Ich bin das, wozu du mich gemacht hast. Deswegen ist deine Last meine Last. Mir hast du das gegeben, was du diesem Mann und dem anderen Jungen genommen hast.

Für einen Enkel ist es eben leichter, sagte mein Großvater.

Meine Großmutter wunderte sich darüber, dass mein Großvater so ausführlich und kompliziert mit mir redete. Normalerweise waren seine Gespräche mit den Besuchern von seiner Seite aus, bei aller Freundlichkeit, einsilbig und allgemein gehalten, schließlich hörte er nicht, was sie antworteten, er sah sie ja nicht einmal und war deswegen ganz auf seine Frau angewiesen, um herauszufinden, worum es ihnen ging und wie überhaupt das Thema der Konversation hieß. Andererseits konnte er nicht viel falsch machen, denn es drehte sich meistens um Katharinas Vorzüge, um die Erfolge der Besucher, manchmal auch um seine, Josephs, Schwächen und Verfehlungen. Er hatte fast schon vergessen, dass er dieses Spiel einmal begonnen hatte, um Katharina einen Gefallen zu tun. Inzwischen war er daran gewöhnt. Es machte ihm manchmal richtig Spaß, jedenfalls waren die Abende auf diese Weise weniger langweilig. Durch meine Ankunft war die Situation für ihn einfacher geworden. Jetzt hatte er jemanden, mit dem er sich austauschen konnte, einen Besucher, der ihm gehört.

Ich möchte mich nicht allzu sehr loben, aber ich bin, trotz meiner kindlichen Erscheinung, kein uninteressanter Gesprächspartner und habe ein breites Themenspektrum. Ich weiß nicht, woher das kommt, aber es ist so. Nach einer Weile habe ich mich sogar beim Fußball ausgekannt.

Eine Zeit lang machte sich mein Großvater Sorgen, weil er befürchtete, verrückt geworden zu sein. Jetzt bin ich also auch dran, dachte er. Er befürchtete, nicht mehr zur Arbeit gehen zu können.

Er befürchtete, sich nicht mehr um Katharina kümmern zu können. Diese Sorgen vergingen schnell. Außer mir sah er niemanden. Es weitete sich nicht aus. Und ich bin immer sehr vernünftig. Was ich sage, hat Hand und Fuß. Ich bin schließlich kein Gespenst. Er erzählte aber niemandem von mir. Das habe ich ihm auch geraten.

Für meine Großmutter ist durch meine Ankunft die Situation nicht einfacher geworden, sondern komplizierter. Sie war ein wenig eifersüchtig. Auf einmal gab es zwei verschiedene Sorten von Besuchern.

Ich wüsste gern, was genau meine Großmutter mit ihren Besuchern gemacht hat, wo und wie, wenn das Licht aus war, aber darüber sprach sie nicht im Detail. Ich konnte es auch nicht in ihr lesen, die Grenzen der Schicklichkeit blieben ihr zu sehr bewusst. Von mir nahm sie an, dass Joseph mich irgendwie hergeholt hat. Sozusagen als seine Antwort. Aber das stimmt nicht. Natürlich habe ich mich mehr um ihn gekümmert, aber er hatte ja nur mich und sonst niemanden, sie hatte ihre Bewunderer.

Ich bin gleich zu ihr hingegangen, gleich nach dem Gespräch mit Joseph, und habe ihr gesagt, dass ich ihr Enkel bin.

Sie hat sich kurz gesträubt, sie sagte »was denn, wie denn«, sie malte sich vor dem Badezimmerspiegel die Lippen an, sie schaute noch einmal zu mir hin, und dann ließ sie mich in ihrem Kopf zu und erzählte mir ihre Version der Geschichte.

23

Der Hauptfriedhof liegt in der Nähe der Universität, die früher eine Kaserne war. Mitten durch den Hauptfriedhof führt infolge des Wiederaufbaus und der wirtschaftlichen Neugeburt Deutschlands eine Schnellstraße. Das ist, was die Besinnlichkeit und das Trauergefühl angeht, von Nachteil. Über die Schnellstraße führt eine Fußgängerbrücke, auf der Trauernde von einer Seite des Friedhofs auf die andere gelangen können. Durch den Friedhof laufen manchmal Studentengruppen, die den Weg hinunter in die Stadt abkürzen wollen oder einfach Lust auf etwas Natur haben. Der Friedhof gehört zur grünen Lunge der Stadt.

Obwohl Joseph schon lange pensioniert war, hatte die Bank eine Anzeige in der Zeitung aufgegeben und ihren besten Spezialisten für Beerdigungen geschickt, einen Chef der mittleren Ebene, den sie vor ein paar Jahren im Rahmen eines betriebsinternen Machtkampfs degradiert hatten. Seitdem musste er Repäsentationstermine wahrnehmen. Aufgrund seiner Erfahrung und seines teuren Anzuges machte er einen würdigen Eindruck und legte, ohne sich seine Routine allzu sehr anmerken zu lassen, einen Kranz nieder. Die Siedlungsgesellschaft hatte ebenfalls einen Kranz geschickt, allerdings ohne Repräsentanten.

Josephs Geschwister waren alle tot. Freunde hatte er nicht mehr, weil er sich seit vielen Jahren um Katharina kümmerte und nicht mehr zum Fußball ging. Die Familie wurde von einem Neffen vertreten, der von Josephs Tod aus der Zeitungsanzeige erfahren hatte.

Der Neffe war Frührentner und wurde von seiner Frau begleitet. Er hatte Joseph seit Jahrzehnten nicht mehr gesehen, erinnerte sich aber an einige Kindheitserlebnisse. Er trug auf dem Rücken einen Kanister, sein Beatmungsgerät, von Zeit zu Zeit drückte er eine Sauerstoffmaske an seinen Mund. Seine Lungen versteinerten allmählich. Er ging gern zu Beerdigungen, das lenkte ihn von seinem eigenen Tod ab. Fritz und sein Bruder Berti waren da, Fritz im Rollstuhl, weil ihm auch noch sein zweites Bein abhanden gekommen war. Fritz rauchte zu viel. Berti unterstützte ihn finanziell, weil er als Arzt gut verdiente. Im Namen der Hausgemeinschaft war, leicht gebückt, aber immer noch gut zu Fuß, Frau Wiese erschienen, mit einem großen Blumenstrauß. Frau Wiese hat immer großen Respekt davor gehabt, wie mein Großvater meine Großmutter jahrzehntelang pflegte. Jedenfalls sagte sie das.

Wir waren in der Mehrheit. Von uns waren der alte Heigl gekommen, Alfons und Ursula, Otto, Rosalie, Josephs Geschwister, seine Eltern, Freddy, Kulenkampff, Rudolf Schock, einige weitere gut aussehende Herren, die ich nicht kannte, dazu ein paar verwitterte Damen aus der Rheingoldschänke sowie einige Kriegskameraden, letztere wirkten sehr eindrucksvoll in ihren zerfetzten Uniformen, wie aus dem Fernsehen, einer trug sogar eine Gasmaske. Es war eine ganz schöne Versammlung. Josephs älterer Bruder schwankte leicht, immerhin nahm er sich zusammen und fing mit niemandem Streit an. Kurz bevor es anfing, hörte man von hinten eine helle Stimme, die »Macht Platz!« rief und »Ich seh nix!«. Einige traten zur Seite, und auf seinem Rollbrett fuhr der beinlose Postkartenverkäufer in die Friedhofskapelle, der mit meinem

Großvater immer auf dem Fußballplatz gewesen war und jetzt zu uns gehörte.

In der Kapelle wurde ein kurzes Orgelstück gespielt. Einen Organisten gab es nicht, aber eine Musikanlage. Der Pfarrer besaß eine Kassette und spulte sie nach jeder Beerdigung zurück. Es waren die neunziger Jahre, heute haben sie bestimmt längst eine CD-Anlage und mehrere Musikrichtungen für die verschiedenen Geschmäcker.

Der Pfarrer sagte, dass diese Generation, die jetzt von uns gehe, sich durch Pflichterfüllung ausgezeichnet habe, im guten wie im schlechten Sinn. Diese Generation habe es schwer gehabt und zahlreiche Verfehlungen begangen, aber nach meiner Ansicht, sagte der Pfarrer, müssen wir uns vor Verallgemeinerungen hüten. Der Pfarrer war ein Mann mittleren Alters. Mein Großvater sei ein korrekter, geachteter Angestellter gewesen, ein liebevoller Ehemann. Er habe bescheiden gelebt und Freude an den kleinen Dingen gehabt. Konkreter konnte der Pfarrer seine Rede nicht gestalten, denn er hatte niemanden gefunden, mit dem er vor diesem Termin etwas ausführlicher reden konnte. Kurz vor Beginn der Zeremonie hatte er in aller Eile ein paar Worte mit dem Herrn von der Bank und mit dem Neffen gewechselt, dem aber das Sprechen schwer fiel. Dann wurde der Sarg auf einen Wagen geladen und von vier Arbeitern nach draußen gerollt. Die fünf Trauernden gingen mit gemessenen Schritten hinterher. Fritz wurde von Berti geschoben.

Das Wetter war schön. Die Sonne schien. Nur im Kino regnet es bei Beerdigungen immer.

Mein Großvater ist nicht alt geworden, keine achtzig Jahre. Er hat es geschafft, sich bis kurz vor seinem Ende um meine Großmutter zu kümmern, er ließ sie nie länger als eine Stunde allein, nur in den letzten vier Wochen ging es nicht mehr. Mit den Jahren war sie ruhiger geworden, aber auch schwächer.

Sie lief nachts nicht mehr so viel herum, redete nicht mehr so viel, das lag an den Tabletten. Große, dicke Dinger, echte Klopper, sagte mein Großvater, die hauen ein Pferd um. Er brachte sie zum Arzt, wartete unten, ließ sie allein hochgehen in die Praxis, weil er dachte, wenn der Arzt sieht, dass sie nicht allein zur Praxis findet, weist er sie womöglich ein. Der Arzt war immer stark beeindruckt von dem Zustand meiner Großmutter und verschrieb erst mittlere, dann schwere, dann die ultraharten Klopper. Weitergehende Gedanken machte er sich nicht, oder nur selten. Meine Großmutter erzählte ihm von den Besuchern, lud den Arzt mit verführerischem Lächeln zu sich nach Hause ein und klagte über die seelischen, auch körperlichen Misshandlungen ihres Mannes, aber der Arzt fand bei zwei Untersuchungen keinerlei Misshandlungsindizien und verzichtete von da an auf weitere Nachforschungen.

Manchmal ließ mein Großvater die Tabletten ein paar Tage weg, damit sie wieder auftaucht aus ihrer Tiefsee und man sich mit ihr besser unterhalten kann, aber in klarem Zustand war sie schwer unter Kontrolle zu halten, sie wurde dann laut, telefonierte Gott weiß wohin oder lief zügellos umher wie in den frühen Jahren.

Mein Großvater aber, der nicht mehr zur Arbeit musste, der nicht mehr zum Fußball ging und nicht mehr in die Kneipe, begann ein neues Leben als Beduine.

Meistens trug er einen Poncho, eine filzige Matte, die aus einem der Dritte-Welt-Läden stammte, die es in der Neustadt jetzt gab. Er ließ seine Haare lang wachsen und legte sich den weißen Schnurrbart zu, über die beiden Mundwinkel hing der Bart lang und dünn Richtung Boden hinab wie bei einem Chinesen. Auf dem Kopf trug er, je nach Laune, eine Baskenmütze oder einen schwarzen Schlapphut. Die Ränder seiner Brille waren dick und ebenfalls schwarz, diese Brille besaß ungewöhnlich große, getönte Gläser, abgerundete Rechtecke, die wie durchsichtige Handflächen vor den Augen lagen. Die übergroßen Brillengläser gaben seinem Gesicht etwas von einer Eule. Er war außergewöhnlich dünn. Seine Fußbekleidung gestaltete er konventionell, geflochtene Sandalen, bis weit in den Winter hinein. Bei Regen trug er schwarze Gummistiefel.

Auf die Frage nach dem Warum konnte er keine Antwort geben. Abgesehen von seiner Kleidung veränderten sich sein Auftreten, seine Redeweise und sein Lebensstil überhaupt nicht. Er ging zu Aldi einkaufen, schaute fern, fegte den Hof und ging in die Apotheke. Innerlich war er klar wie ein Glas Quellwasser. Er ging nicht zu Demonstrationen, rauchte kein Haschisch und war politisch eher gegen als für Experimente. Aber er war ein stadtbekannter Freak. Die Leute mussten, ob sie wollten oder nicht, lachen, wenn sie ihn sahen. Er selbst blieb meistens ernst. Nur manchmal zwinkerte er den Leuten mit einem Auge zu, oder er zog mit Daumen und Zeigefinger eine der hinabhängenden Schnurrbartspitzen nach oben. Mit dieser Schnurrbartspitze winkte er dann.

Ein Gefühl der Peinlichkeit oder der Scham spürte er nicht oder nur andeutungsweise. In jüngeren Jahren hatte er darauf geachtet, das Radio nicht zu laut zu stellen und keine grellen Farben zu tragen, bei der Arbeit hatte er in dreißig Jahren keine einzige Beschwerde geäußert und niemals um eine Gehaltserhöhung gebeten, aus Zurückhaltung, obwohl es hin und wieder schon Grund zu Beschwerden gegeben hätte. Nicht unangenehm auffallen, nicht lästig sein, niemandem einen Anlass zum Unmut geben, am besten, niemanden an seine Existenz auch nur zu erinnern. Am besten, mit dem Hintergrund zu verschwimmen, mit den Büromöbeln und den Schreibtischlampen im Packraum, wo er seine Aufträge erteilt bekam, zu einer Sache werden, etwas Neutralem, mit dem man umgeht, ohne es zu bemerken. So war das gewesen.

Nun war es das Gegenteil. Dabei überwog ein Gefühl der Erleichterung, stärker noch, der Befreiung. Er genoss es, dass man ihn sah. »Du kannst das nicht verstehen«, sagte er zu mir, »weil dich fast keiner sieht. Das Besondere an dir besteht darin, dass keiner dich sehen kann. Bei mir ist es umgekehrt.«

Die Leute gewöhnten sich an ihn. Darauf kann man sich, glaube ich, verlassen: Die Leute gewöhnen sich. Es dauert zwei oder drei Monate, und sie finden an einem alten Mann mit langen weißen Haaren, Schlapphut, Eulenbrille und Poncho nichts Besonderes mehr. Sie redeten wieder genauso wie früher mit Joseph über das Wetter oder die steigenden Preise und stellten keine Fragen. Es war in Deutschland allgemein so, dass viele Menschen auf einmal anders aussahen, in dieser Zeit, lange Haare, Bärte, seltsame Gewänder. Bei den Jungen ist es schwer abzusehen gewesen, wie viel an der Veränderung rein äußerlich war und wie viel vielleicht doch innerlich. Das Verhältnis von Form und Inhalt, wie Wissenschaftler es, glaube ich, nennen, blieb eine offene Frage. Bei Joseph schienen die Dinge einfacher zu liegen, unter der neuen Haut lag das Gleiche wie vorher, darauf konnten die Leute sich einstellen.

Die Zeit seiner Sichtbarkeit ging also bald wieder vorbei. Trotzdem war es für meinen Großvater nicht wieder wie vorher. Wenn er mit Katharina auf die Straße ging, schauten die Leute, obwohl die meisten sich an ihn gewöhnt hatten, als Erstes zu ihm. So wie jetzt passen wir gut zusammen, sie und ich, es ergänzt sich, sagte er zu mir.

Ich wüsste gern, ob ich ihn wiedersehen werde, ob er in Zukunft zu uns gehört. Es hängt von der Phantasie ab. Jemand auf der anderen Seite muss sich erinnern, jemand muss ihn herbeirufen, ihr habt diese Kraft, wir haben sie nicht. Ich hoffe, dass Katharina es tut. Sie wohnt jetzt in einem Heim, in dem Ort am Rhein, in dem damals ihre Eltern gelebt haben, damals, als ihr Vater ihren Bruder tötete. Aber das bedeutet ihr nichts mehr, sie hat es vergessen. Sie denkt nur noch an die Liebe und wird darüber langsam schwächer.

Das Grab lag ziemlich weit von der Kapelle entfernt, in einer hinteren Ecke des Friedhofs. Alle schwiegen. Bei einem Beerdigungsmarsch gibt es selbst für die schwatzhaftesten Naturen nicht viel zu sagen. Am Grab schon eher. »Herzliches Beileid«, »Dass er so früh gehen musste«, oder Ähnliches. Ich ließ mich ein Stück zurückfallen, weil ich sah, dass Otto ganz hinten lief. »Der Junge fehlt«, sagte Otto. »Der Junge hätte doch diesmal ruhig kommen können.« Ich erklärte ihm, ich weiß nicht, zum wie vielten Mal, dass der russische Junge, den mein Großvater in der Nähe von Jelnja kennen gelernt hat, niemals kommen kann, egal, wohin, denn kein Lebender erinnert sich mehr an ihn, niemand hat jemals über ihn gesprochen, deswegen ist er für immer verschwunden, ich weiß nicht, wohin. Ich fürchte, ins Nichts. Otto versteht das nicht. Er wird eben immer ein Kind bleiben.

Nachdem alles erledigt war, liefen wir den Berg Richtung Neustadt hinab, ganz schnell, wir machten einen Wettlauf bis zum Bahnhof, ich habe gewonnen, das war klar, weil ich die längeren Beine habe. Ohne darüber zu reden, wussten wir beide, wo wir hingehen. Als wir unter dem Baum standen, dem größten Baum der Neustadt, der für uns, glaube ich, immer ein Treffpunkt sein wird, um uns an die zu erinnern, die uns gemacht haben, sahen wir den Kommissar, der sich mit einem ironischen Lächeln an den Baum lehnte und eine Zigarette drehte. Wir verstehen uns gut, er und wir, obwohl wir nicht an den gleichen Gräbern trauern.

Wertvolle Informationen über das Leben des Michael Heigl verdanke
ich den Werken von Oskar Döring (»Der Räuber Heigl«) und Manfred
Böckl (»Räuber Heigl«).

Der »Freddy« dieser Erzählung ist eine Phantasiegestalt, deren Emp-
findungen und biographische Details sich nicht mit denen des realen
Schlagersängers Freddy Quinn decken müssen.

Für Unterstützung und konstruktive Kritik danke ich Ute Martenstein,
Karin Graf, Christian Rohr und Sabine Weißler.   H. M.

Satirisch, hintersinnig, preisgekrönt

Harald Martenstein ist einer der meistgelesenen Autoren Deutschlands. In seinen kurzen Texten wagt sich der vielfach preisgekrönte ZEIT-Kolumnist immer wieder an die großen Themen der Gegenwart – subjektiv, überraschend, witzig. Ob es um politische Korrektheit, um Migration, Feminismus oder um scheiternde Utopien geht: Martenstein hat keine Angst davor, sich unbeliebt zu machen und dem Mainstream zu widersprechen. In »Jeder lügt so gut er kann« geht es aber auch immer wieder um das private Scheitern und Alltagsprobleme, als Vater, als Berliner, als Mann oder Deutscher. Brillante Glossen – intelligent und amüsant.

PENGUIN VERLAG